二锅水

烟猫与酒 著

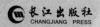
长江出版社
CHANGJIANG PRESS

图书在版编目（CIP）数据

二锅水 . 上册 / 烟猫与酒著 . — 武汉 : 长江出版社，
2022.9
ISBN 978-7-5492-8428-3

Ⅰ . ①二… Ⅱ . ①烟… Ⅲ . ①长篇小说－中国－当代
Ⅳ . ① I247.5

中国版本图书馆 CIP 数据核字（2022）第 137070 号

二锅水 / 烟猫与酒 著

出　　版	长江出版社
	（武汉市解放大道 1863 号 邮政编码：430010）
市场发行	长江出版社发行部
网　　址	http://www.cjpress.com.cn
责任编辑	江　南
策划编辑	鹿玖之
特约编辑	鹿玖之　拾　虞
封面设计	Laberay
印　　刷	艺通印刷（天津）有限公司
版　　次	2022 年 9 月第 1 版
印　　次	2022 年 9 月第 1 次印刷
开　　本	880mm × 1230mm　　1/32
印　　张	10
字　　数	258 千字
书　　号	ISBN 978-7-5492-8428-3
定　　价	45.80 元

二锅水

目　录
contents

目　录
c o n t e n t s

第一章

便宜弟弟

这一年的知了太能叫了。

江初把两条腿架在桌上，脸上盖了本杂志，抱着胳膊仰躺在椅子里眯着。

这是他每天中午固定的休息模式，平时腿一架就能睡上半个小时，这一天却有点儿不顺利。

他也说不清楚睡着了没，耳朵里的知了声一直没停过。

而且这声音还有越来越大的趋势，像辆破了音的拖拉机，动静从"知了——知了——"直往"初儿——初儿——"上奔。

"初儿，江初？"大奔在旁边喊了他几声，实在受不了了，蹬着腿把转椅滑过来，顺手往桌上放了刚接满水的保温杯，"你这是睡死过去了还是怎么着？"

江初还处在迷迷糊糊中，冷不丁被他这一声吓到。

他睁开眼缓了两秒，才抬手把脸上的杂志拿开，皱着眉毛在大奔的肥脸上聚了半天焦："怎么了？"

"手机振半天了你听不见啊？"大奔又冲着他的脸打了两个响指，"还愣着呢？回神了哥们儿！昨晚干吗去了？困成这样。"

"滚蛋。"江初揉了揉后脖颈坐起来，感觉有点儿抻着了。

他把已经振到桌边的手机抄过来，是江连天的电话，前面连着三个未接来电都是。

他正要点接听，这通也挂了。

江初没管，把手机推回桌上，捞过大奔的保温杯拧开盖子吹了吹："热水泡柠檬？缺不缺心眼儿？"

"底下还有两颗大枣呢。谁的电话那么执着？"大奔蹬着转椅又滑去了书墙架子前，"哎，上回那本带色谱的书收哪儿了？中午吃什么？"

"都在那儿，自己翻。"江初把保温杯的盖子拧上，捞过自己的杯子起身出去，"还点昨天那家外卖就行。我爸的。"

他跟大奔的对话总是这风格，一个连轴问，一个串着答，说话跟下跳棋似的，有时候大奔的女朋友在旁边都听不明白。

"你爸给你打电话干吗？还是鱼香肉丝成吗？"大奔还在喊。

"随便。"江初说。

对于江连天能有什么事联系他，江初想不出也懒得猜，打心眼儿里没兴趣，反正以他们父子的关系，一热情基本就没好事。

上上回江连天这么连着给他打电话，还是让他帮着操办自己和覃舒曼的婚礼。

江初当时都听乐了，说道："我妈还在呢。"

江连天立刻说："你爹我不也还活着呢吗？你帮你妈办婚礼我也没拦着啊，你一个当儿子的对你老子和老娘怎么还搞区别对待？"

上回江连天联系他是让他帮覃舒曼的沙龙店搞个商标，还强调"本来定的是别人的设计，是你覃阿姨专门说'给小初吧，钱给别人赚不如给自己人'，你给弄得像样点儿啊"。

江初对这话左耳朵进右耳朵出，但是从来不跟钱过不去，把设计单接过来就转给了实习生唐彩，让小姑娘拿去练手。

江初站在饮水机旁边灌了杯水，摸摸兜，打算去院子里抽根烟醒醒神。

唐彩正在工位前蔫头耷脑地发愣，见他经过就带着哭腔喊了声"初哥"。

"怎么了？"江初停下来，朝她的电脑上扫了一眼。

"我没法伺候这家茶叶罐子了，前前后后改了十二版了，刚才发过去还要改，我真的要疯了。"唐彩说着就往下掉了两串泪珠子，抬起胳膊用力抹了一把脸，"你扣我的钱吧，我不做了。"

"我当什么事呢，弄得这么气势悲壮。"江初笑了笑，"行，知道了。大奔正订餐呢，让他给你点杯奶茶。"

"谢谢初哥！"唐彩立刻喜笑颜开，一咧嘴冒出个鼻涕泡。

江初重新回到屋里，大奔直接把他的手机抛了过来："又打来了。"

还是江连天的电话。

江初刚迈进来一条腿，接住手机又转身迈出去，冲电话里的人问："什么事？"

"你亲爹给你打个电话，非得有事啊？"江连天笑了一声。

"没事就先挂了，忙着呢。"江初又咬上根烟。

"你等会儿，"江连天那边不知道跟谁嘀咕了句什么，又接着对江初说，"一个小破设计公司一天忙得跟真的一样，还不是你老子给你拿钱搞起来的？"

"到底有什么事？"江初被知了叫得有点儿烦了。

"啊，是这样，"江连天终于做够了铺垫，"你等会儿……大概再过半个小时吧，去火车站帮爸爸接个人。"

"谁啊？"江初朝屋里看了眼时间。

"你覃阿姨的儿子，"江连天顿了一下，又说，"跟她前夫的。"

江初有时候想不太明白，为什么江连天真就能做到"娶进了门咱们就是一家人"。

"她跟她前夫的儿子，"江初重复了一遍，"我就不说跟你有什么关系了，跟我挨得着吗？"

江连天那边传来走动声，他应该是避开了覃舒曼，再开口就随意多了。

"我知道跟你没关系，要走得开我会喊你去吗？"江连天飞快地报了个地名，"我跟你覃阿姨现在往回赶，最快也得一个小时。他爸两个月前没了，你先把他接上，不能他来了没个人接啊。"

爸没了？

江初踢开脚底下一块小石子儿，只好问道："那我接了人直接送你家去？"

"这样，你覃阿姨没准备好，"江连天没有直接回答，沉默了一会儿才说，"我订个饭店，我们从这边直接过去，你也带他过去等着吧。"

"亲妈见亲儿子还用得着准备？"大奔等江初一进来就追着问，边听边感慨，"前夫都没俩月了……这儿子有点儿不受欢迎啊。"

"不清楚。"江初没向江连天多打听，也懒得知道。

他掐着时间把手上的活儿处理了一遍，让大奔掂量着把能处理的事今天就给解决了，弄不完就先扔着，交代完就揣着车钥匙去接人了。

"饭来了，你不吃一口再走啊？"大奔在他屁股后面喊。

"你都吃了吧。"江初一踏出去就感觉脸皮被热浪熔了一半，头也没回地摆了摆手。

从江初的"小破设计公司"到火车站，不堵车的情况下要二十分钟。

江初还专门跟江连天确认了一遍，到底是火车站还是动车站。

他大概记得覃舒曼的老家在哪个小县城，坐动车过来都得五个小时，火车起码翻一番。

江连天给他发了一串车次号，江初查了一下，确实是火车，还是昨天夜里十一点发车的。

"把他的手机号发我。"江初给江连天回了条语音。

估计这儿子过来也没提前跟他母亲说，不然他母亲怎么也不能让他挤一宿火车过来。

江初都快到了，江连天那边才回过来一条消息，还不是手机号，是张照片。

江初点开照片只觉得无话可说——这孩子顶多八岁，再大一点儿都不可能。

他很瘦，两颗黑眼珠子直盯着镜头，估计不怎么乐意拍照，嘴角抿着，满眼的倔强之色，像个野孩子。

这样的孩子长大了要么是个书呆子，要么就是个刺儿头。

江初正心想，这个年龄的孩子，家长能让他一个人上火车？江连天又发了条语音过来："他昨天联系你覃阿姨的电话是用座机打来的，手机号还真没有。她临时也就能找着这张小时候的照片，你对着看看吧。他现在多大？啊，快十七了。"

江初听着简直想笑。

他把手机扔进扶手箱里，微信自动播放出江连天的下一条语音："他叫覃最，两个字，你覃阿姨的覃，最好的最。"

江初停好车去出站口前等着时，广播里覃最坐的那趟列车刚好进站。

他本来算得挺好，就盯着十六七岁的男生看，手上拖着行李箱的、一出来就茫然地到处找人的那种，十有八九就是那个覃最。

结果第一批人潮从出站口里涌出来时，江初立刻发现自己想得太简单了。

人实在太多了。

十六七岁的男孩子不少，可都行色匆匆。

好不容易有一个跟他对上目光的，江初还没说话，那人就不耐烦地连连摆手，说着"不住店叫过车了"，拖着箱子像躲什么似的贴着墙根儿往外溜。

这么傻等了二十分钟，江初有点儿火了。

江连天真是个天才，一没手机，二没见过面，就凭一张八岁的破照片、一个破名字，就把他使唤来火车站接人。

更恼火的是他还真来了。

那个覃最都不一定知道有人过来接自己。

八月正午的太阳刺得人眼晕，江初撑在出站口的栏杆上不耐烦地转着手机，决定再等最后五分钟。

能等着最好，等不着就拉倒，他不伺候了。

五分钟后，他转过身，一双沾满浮灰的人字拖在他跟前停了下来。

他顺着人字拖往上看，看到两边各有两条白道的红色运动裤，把"阿迪"印成"阿达"的山寨 T 恤，在肩头上被勒成一股绳的民工包带，以及一双冷漠锋利的黑眼睛，乱七八糟的头发里裹着半根草。

这人估计以为自己是挡了路才被盯，跟江初对视了一会儿，他拽了拽肩上的包带，眼皮一耷拉就要往旁边绕开。

"覃最？"江初福至心灵，一股突如其来的直觉涌上来——他要接的那人来了。

男孩儿没有像刚才那位一样绕开他，应声偏过了脑袋。

这位估计就是覃最了。

江初松了口气，对方的年龄也基本对得上。

接着他就情难自控地挑起眉毛，心想这人怎么跟条野狗似的。

"野狗"覃最警惕地轻轻一抿嘴角，盯着江初，没起伏地"嗯"了一声。

"我是你……哥。"江初跟他对视片刻，无话可说地点了点头，"先走吧，我爸和你妈在饭店等你。"

他都走出去两米了，再回头，人家覃最根本没跟上来，还在原地站着，微微皱着眉打量着他，一副下一秒就可能掏手机报警的表情。

江初在心里骂了一句。

"防拐意识还挺强。"他实在被晒得有点儿不耐烦，没耐心地笑了笑，又站回覃最跟前，"你妈叫覃舒曼，我爸叫江连天，他们二婚了。你亲爸两个月前没了，你昨天上车前才给你妈打了个电话，我爸一个小时前给我打电话让我来接你。这是你小时候的照片。"

他"噼里啪啦"地说了一通，最后举着手机往覃最脸前一戳。

"能跟我走了吗？"江初盯着覃最问。

覃最看着手机上的照片，黑眼睛眯了一下，又看了江初一眼，还是野狗一样的目光，但没再问别的，拽了拽背包带跟着他。

江初一扭头，看见覃最黑 T 恤的后背心上还沁着一大圈汗碱。

他们一前一后地隔着小两米的距离，直到江初走到车旁边要开后备厢时，才发觉覃最身上就一个破包，连个行李箱都没有。

"你东西都拿齐了？"他回头问，"没箱子？"

覃最一直在身后无声无息地打量江初，听见江初问他，又是一声"嗯"，过来要把大包卸进后备厢里。

江初扣上车后盖，接过他的包直接塞进了后排座位。

"上车。"他绕去驾驶座，从里面把副驾驶座的门推开。

覃最也不知道是不放心自己的包还是不放心江初，站在外面犹豫了两秒，才躬身坐进来。

刚才在外面闻不到，现在两个人挨着坐在密闭的车厢里，江初闻到了从覃最身上传过来的一阵阵汗味。

不只是汗味，还有在火车上挤了一夜的那种形容不来的酸味，十分复杂。

他把空调风量调大了点儿，将车子从地下车库开出去。

江连天又打了通电话过来，问江初接着人没，他们已经点好菜了。

"十分钟。"江初直接开了外放，让覃最也能听见。

江连天说了两句"路上慢点儿"之类的废话，江初用余光瞟着覃最，发现他没有反应，连眼睫毛都没多抬一下。

本来江初来前还心想，万一这前儿子刚没了亲爹，见到自己这个后爹的儿子再气不顺或者哭上一鼻子，还挺让人头痛。

这一刻看来他纯粹就是想多了，覃最上了车就把视线定在车窗上，不知道是在看景还是在琢磨什么，一路没说话。

虽然省事，可他们到底牵着"兄弟"的名头，也不能这么沉默到底吧？

"你坐卧铺过来的？"江初目视前方开着车，用不经意的语气问了一句。

覃最望着窗外，还是个面无表情的模样，等了一会儿，他才终于开口说了见面后的第一句话："站票。"

江初看他一眼，说道："够累的。"

覃最又不说话了。

江初到饭店停车场停好车，覃最开了车门就去拽他的大包。

"你那包……"江初想说就上去吃个饭，这么大个包用不着随身带着，放车上就行。

他张开嘴才反应过来，覃最吃完饭直接就跟着覃舒曼去江连天那儿了，如果把包留在他的车里，还得等他们吃完再下来取。

覃最看他，江初改口说道："拿着也行。"

覃最也没打算参考他的意见，江初话音没落，他已经把包带勒回肩头了。

进门时大厅经理看了他们好几眼，要过来把覃最的大包接过去存在柜台里，覃最一点儿也不配合，径直从江初身后进了电梯。

"没事。"江初朝经理笑了笑，实在不知道说什么好，抬手摁下电梯按钮。

两个人到了包间门口，从门里迎出来的是江连天。

"儿子来了，辛苦了。"江连天拍了拍江初的肩，见到覃最的造型也有点儿吃惊，但他表现得滴水不漏，比对亲儿子还热情，一把将覃最揽过来，"来，来，快进来凉快凉快。"

覃最明显不乐意被个陌生人……不对，陌生爹这么招呼，但是也不好做什么反应。

江初在他身后看他僵着身体被江连天揽进去，突然有点儿想笑。

"小初来啦？"覃舒曼从座椅上站起来，笑着喊了他一声。

"啊。"江初点了下头，奇怪她竟然不先跟自己的亲儿子说话，下意识地转眼去看覃最。

覃最进门后就盯着覃舒曼，嘴角轻轻地动了动，没出声。

见着妈了他也不喊？

覃舒曼这才望向覃最，把他从头到脚打量了一遍，开口的第一句话却是："你怎么这样就过来了？"

她是个挺有气质的女人，跟江初的亲妈是两种风格，一颦一笑都很温婉，对覃最说这话的语调虽然不高，可也不是那种母子间亲切的责备，甚至有点儿生疏。

江初想起江连天打电话时说她还没准备好，现在看这态度，何止是没准备好，几乎就是不欢迎。

覃最看着她不说话。江连天忙说："他刚来，一路都没休息好，咱们先吃饭。江初，自己坐，有你喜欢吃的菜。"

江初本来想送人到了地方就走，这会儿倒是有点儿好奇覃最跟覃舒曼之间的古怪气氛，而且他今天从早上就没吃东西，确实饿了。

他拉开一张椅子坐下，江连天在另一边给覃最拉开一张，想帮他把大包给摘下来。

覃最没让他碰，侧过身避开，没挨着覃舒曼坐，去江初旁边坐下了，把包放在脚边。

江初正在涮餐具，一边眉毛抬了抬，没说什么，顺手把覃最面前的碗筷拿过来，慢条斯理地也给拾掇了。

江连天跟覃舒曼对视一眼，有点儿尴尬。

覃舒曼拨拨头发，无奈地笑了一下，轻声对江连天说："你过来坐吧，他自己能吃。"

江连天招呼服务员上热菜，想多关心覃最几句，结果覃最还是那个样儿，见了亲生母亲也没有任何变化。

江初也懒得说话，两个人坐在一块儿，闷头就是吃。

吃着吃着，江初发现了一个细节——覃最一直跟着自己夹东西。

他夹麻酱豆角，覃最也吃麻酱豆角。

他夹一块糖醋小排，过一会儿，覃最也吃糖醋小排。

江连天在对面挥着公筷热情推荐的海参、大虾，他一筷子都没碰。

做设计的人多少具备点儿共情的基本素养，江初观察着覃最，就想起来以前上学的时候看《红楼梦》，林黛玉刚进贾府那一段。

在不熟悉的环境，分不清真情实意的人，生怕自己走错一步路、说错一句话出丑，就看着别人干什么，自己学着来。

设身处地地想想，亲生母亲再婚几年了都没把他接过来一块儿住过，现在父亲死了，他一个人坐一宿的火车过来，也没感受到欢迎的态度。

十六七岁的男孩儿是最要面子的，覃最这样不爱搭理人，大概是他自我保护的方式。

说到底他还是年龄小。

江初再动筷子时就有意往贵的菜上多夹了点儿。

反正是江连天花钱，不管从他这儿论还是从覃最那儿论，左右都是爹，他们不吃白不吃。

"覃最来这边，学校安排了吧？"这顿毫无氛围的饭吃到最后，江连天放下筷子倒了杯茶，问覃舒曼。

"嗯。"覃舒曼用纸巾擦了擦嘴，"之前他……爸，在那边学校都给他办完了。我也跟二十七中沟通好了，等手续转过来，月底开学他直接就跟着上高二。"

江初正往生蚝上倒醋，这是他跟大奔学的吃法，抬眼见江连天和覃舒曼都盯着自己，就随口接了句："二十七中挺好的，重点。"

"对。"覃舒曼点了点头。

"是吧，"江连天笑着搓搓手，手臂撑在餐桌上，往前倾了倾身，望着江初亲切地说，"离你那儿也近，走读方便。"

覃最在吃一块牛肉，咬肌随着这句话一顿，抬起眼皮盯着覃舒曼。

江初被醋呛得偏头咳了一声，把生蚝往餐盘里一丢，说道："倒多了。"

然后他拽出张纸巾擦手，边擦边回望向江连天，真诚地问："你说什么？"

覃舒曼讪讪一笑，江连天直接朝他招着手往外走："来，儿子，陪爸去抽根烟，你覃阿姨也想跟覃最说说话。"

当着覃舒曼和覃最的面确实不好说什么，江初把纸巾揉成个团也扔进餐盘里，站起来跟着江连天出去。

两个人进了吸烟室，对着盆龟背竹一左一右地点上烟，江连天才就着烟气深深地呼出口气。

江初也不问，只靠着窗台看他，等着听他能说出什么花来。

结果没等听完，江初就把烟头一弹，转身朝外走。

"儿子，江初！"江连天立刻攥住他，"你这什么狗脾气？都是你妈教的……好，好，你先听爸爸说完……"

"听不了。"江初拨他的手，"你自己说出来不觉得好笑？让他去我那儿住，我欠他的还是欠他妈的？你别拽我，松开，我不跑。"

"不是长住，是先住一阵子，"江连天向他仔细解释，"等你覃阿姨准备好，我们再看看怎么安排。"

"她到底准备什么啊？"江初十分纳闷，"孩子不是她亲生的？"

"你不懂，现在跟你也说不明白。"江连天抽了口烟，摆摆手示意先不提这个，"你就当帮爸爸个忙。他的生活费用不着你掏，都准备好了，其实就相当于你把房间租出去一间，还能赚点儿钱，多好！"

"这么有钱你给他买套房自己住啊。"江初都笑了，觉得不可理喻又烦躁。

"他自己住也得等他先适应咱们这儿的生活啊。一个小孩儿，没成年，人生地不熟的。"江连天挨着他压低声音说，"你看他穿的那一身衣服，还有那闷不出声的劲儿，眼神野得跟狼崽子一样，放他自己住，过不了几天就得去少管所里寻他。"

"跟我没关系。"江初转身又要走。

"一个月给你一万元。"江连天说。

江初停下来，转头看着他。

"一万五千元。"江连天立刻又加了点儿。

"两万元。"江初坐地起价。

"一万六千元，够你俩吃了，你爸的钱也不是大风刮来的。"江连天叉着腰，从鼻孔里喷出股烟气，"又不是我亲儿子，够可以了。"

江初倒是被他这句心里话逗乐了。

江初又抽了根烟，仔细想了想，短时间收留覃最住一阵也不是不行，主要是看他那架势，不是个多麻烦人的主儿，往家里一放，给了吃的喝的，估计一天都闷不出个屁来。

"他住多久？"他问江连天。

"看他吧，"江连天这"冤大头爹"当得也挺不得劲儿，"好歹先管着他一学期，回头你嫌他烦，让他去住校也好张嘴。"

江初跟江连天回到包间，覃舒曼跟覃最母子俩如他们出去前一样，各自在位子上坐着，没看出聊什么了，一点儿热乎劲儿都没有。

只是覃最手上多了张卡，夹在指缝里，在餐桌上一下一下地转圈磕着。

听见门响，他侧过脸看着江初。

江初吃饱喝足，不想在这儿多待，也懒得扯虚的，跟覃最对上目光就抬了抬下巴："走吧，跟我回家。"

覃最手上的动作停了下来，江初想着说不准这孩子心一寒，直接再买张火车票回去了。

但是覃最什么都没说，又看了覃舒曼一眼，把卡往兜里一揣，背上自己的大包就跟着江初下楼了，头也没回。

这包到底是白背了。江初忍不住在心里想。

大热天被支使出去接人，折腾了一圈，他还把人接自己家来了。

覃最仍是一路无话，江初心里想东想西，琢磨琢磨，一会儿觉得覃最省事，一会儿又觉得后悔——接只小猫小狗回家都得操心，这怎么说也是一个大活人，以前他见都没见过，知人知面不知心，一大意就是往家里招了个小贼。

他这一天的生活也真是够戏剧性的。

"不想说点儿什么？"再转一个路口就到家了，江初朝窗外看看，开口问了句。

覃最无意识地攥了攥搭在大腿上的手，没出声。

江初把车往路边一停，解开安全带。

"下车。"他跟覃最对视着，说道。

覃最看了江初一会儿，伸手就要从后排座位拽自己的包。

"拽什么呢？放着。"江初推开门下车，"没要赶你走。"

覃最皱皱眉，跟着他从车里出来。

江初抬手一指不远处的理发店："带你去剃个头，回家直接就洗澡了。"

覃最想破头也没想到江初要来这么一出，无言地在原地站了一会儿，低头扒拉扒拉头发，也没提反对意见，任由江初带着他进去，把一头杂草理了个圆寸。

江初很满意，感觉覃最整个人看着都精神了。

覃最五官很不错，就该这样全露出来，带劲儿。

理发店的老板是熟人，收钱时笑着问江初："这谁啊？你自己不顺便修修？"

"我弟弟。"江初也没藏着，一声"弟弟"答应得大大方方，还冲镜子看看自己的脑袋，"我的还行吧，过阵子再来。"

"弟弟个儿挺高。"老板顺手从柜台上抓了颗糖抛给覃最，"小帅哥，以后修头发直接来找我。"

那糖直接被抛到了覃最的胸口，他只好兜手接住，没说什么，冲老板幅度很小地翘了下嘴角。

回到车上，江初扫了覃最一眼，过一会儿又看一眼。

"看什么？"覃最盯着窗外，突然问。

"你会笑啊。"江初打着方向盘将车子开进小区，无聊地说，"笑起来不挺好的，再笑一个？"

覃最没理他，继续默默地记着路线，手指尖在大腿上轻轻划拉。

这便宜弟弟从见面到现在总共说了两句话，江初倒是开始习惯他这冷不丁来一句的发声方式了。

"一号楼二单元403，进了小区大门直接左拐。出了小区对面就是个商场，超市在负一楼。"江初把车开进地下停车场，想着哪儿说哪儿，漫不经心地跟覃最介绍，"这是咱们家车位，拎上你的包，从旁边直接上电梯。"

覃最在停车场左右看看，跟在江初身后进了电梯。

电梯里没别人，江初从电梯门的反光板里看着覃最的影子，面对面时没觉得，从第三视角来看，发现覃最挺高的。

他自己有一米八二，覃最才十七岁，已经没比他差多少了。

来到家门口，江初把钥匙捅进门锁里，通知了覃最一句："家里有点儿乱。"

覃最没反应，江初能说带回来就把他带回来，肯定是一个人住。

单身男人能把家里住成什么模样都不稀奇。

门一开，江初果然没有谦虚。

覃最站在玄关口往里看，单是玄关连着客厅的这一小片地方就乱得可以，沙发脚冒出来半截袜子，拐角的地上竟然还放着一只碗。

江初在鞋柜里翻了一会儿，翻出来一双拖鞋让覃最换上，领着他把几间屋子介绍了一下，边走边顺便捡了一路的衣服裤子。

"厨房、书房、阳台、浴室。"江初推开浴室的门，"沐浴露、洗发水、淋浴，往左是热水，往右是冷水。"

"带浴巾了吗？"他给覃最介绍完，指了指盥洗台上的架子，"牙刷、牙杯和毛巾放这儿就行。"

"嗯。"覃最答应一声，出去拉开自己的大包找东西。

"你先洗着，换下来的衣服直接扔洗衣机里，"江初拎着吸尘器去客卧，"以后你就住这屋。"

覃最看看旁边虚掩着门的另一间卧室，那应该就是江初自己的房间。

浴室里传来水声，江初推着吸尘器，都想不起自己上回正儿八经地收拾屋子是什么时候。

平时他睡醒就去公司，三顿饭基本在外面解决，偶尔回家吃也是点外卖，洗个澡，玩会儿游戏看看电影，倒头就睡，活动范围就那么几步路。

这客卧东西置办得十分齐全，跟个样板间一样，除了像大奔这样的哥们儿喝多了偶尔来趴一宿，他自己都没睡过。

头一回正儿八经地启用，竟然是给这个不同父也不同母的"弟弟"。

覃最痛痛快快地洗了个澡，甩甩脑袋，照着江初交代的话把衣服扔进洗衣机里，扔进去后，扶着盖子想了想，又把内裤拿了出来。

他不知道江初家的洗衣粉和洗衣皂放在哪儿，站在洗衣机前扫了一圈，拉开了悬在洗衣机上面的柜门。

看了一眼，他又把柜门给关上了。

　　江初套完床单被罩，顺便把自己的房间也拾掇拾掇，点了两杯冷饮。

　　大奔打电话过来，问他今天还过不过去，建材公司那帮人又在催进度。

　　"不过去了，你告诉他们要我做就等，要不挑人就安排加个班，明天就给发过去。"江初去阳台点了根烟。

　　"他家不就是又点你又不乐意等吗？"大奔挺烦的，"怎么也得让人准备准备吧？"

　　江初笑了笑："你看着办就行，我今天反正是腾不出空了。"

　　"你那弟弟接着了？"大奔一提他们家的闲事就来劲，"怎么样，能相处吗？"

　　"啊。"江初听见浴室门被打开的动静，没再跟大奔多说，"明天见面聊，挂了。"

　　他摁着手机回客厅，入眼就是覃最一片光溜溜的脊背。

　　覃最穿着那脏 T 恤的时候看不出来，没想到衣服一脱还挺有样儿。

　　不说多结实，好歹还是个青少年，但是肩膀和腰背的线条很舒展，十分紧绷，不知道覃最平常除了上学都干点儿什么，竟然有肌肉。

　　"饮料还没到，要喝水饮水机上有杯子。"江初说着，见覃最低头没动，又问，"盯什么呢？"

　　覃最扭头看他一眼，洗完澡他也不脏了，整个人从里到外透着清爽的感觉，拎着洗完的内裤朝墙角指了指。

　　"你的内裤……"江初的注意力却先被他身上的那条内裤引走，"怎么还破洞啊？"

　　覃最面无表情地跟他对视两秒，垂眼看看自己刚换上的内裤，拽了下裤边儿。

　　"哎，别弹了。"江初都不知道是想笑还是无奈，想了想还是忍不住想笑，去拽了条大裤衩给覃最，"晚上凉快了去商场买两条，还缺什么到时候一块儿置办。"

他关注完覃最的内裤，才看向团在墙角的周腾。

"我的猫，"江初低头找了找，从墙角捡起周腾的水碗，给它接了点儿水，"怕生，不咬人。"

覃最也不知道是喜欢还是不喜欢，跟周腾一高一低、一大一小、大眼瞪小眼地对视了一会儿，问江初："它叫什么？"

"周腾。"江初说。

覃最看他半天，没说话，低头挠了两下后背，去阳台挂内裤了。

江初又想起来些需要交代的细节，比如家里的灯的开关都在哪儿，空调遥控器、电视遥控器和窗帘遥控器之类的。

他全跟覃最说明白，顺便别有居心地告诉他周腾的猫粮罐头都放在哪儿、一次给它倒多少、猫屎怎么铲。

覃最也不吱声儿，江初说什么他就记什么。

都听完了，他把他的大包拎去卧室，往柜子里收拾衣服。

江初也去冲了个澡，出来后靠在门框上看了一会儿，心里默默合计覃最这穿的都是些什么玩意儿，从里到外都得带他去重新买几身。

"我睡个午觉。"江初算了下时间，对覃最说，"你自己玩吧，困了就睡，饿了点外卖，不饿就等我醒了再说。"

说完他也没管覃最，直接回房间了。

前两天熬了两个大夜赶单，中午在公司也没眯踏实，江初这一觉一口气睡到了晚上七点。

半睡半醒之间他还在想，家里的零钱、卡什么的都放在玄关的桌子上，如果覃最是个小贼，趁他睡觉圈点儿东西走，就走吧，这半天自己也算上心了。

他是带着些戒心睡的，等再睁眼，望见门缝外透进来的灯光，不知道覃最在客厅干吗，传来走来走去的动静。江初心里虽然说不上高兴，但也一下子觉得挺踏实。

他伸了伸腰，开门出去，问道："饿了没？"

覃最正蹲在墙角喂猫，听见江初问他，就抓了抓肩膀想站起来。

他刚一动，江初突然往前跨了两步，伸手在他的后背上摁了一把。

覃最跟被蛰了似的，猛地站起来，扭头盯着江初，说道："别碰我。"

说完他也觉得语气太硬了，又抿抿嘴，收敛些许眼神，补充了一句："痒。"

江初没搭理他，扣着他的肩往后一扳，在覃最的肩胛骨上又摸了两下。

"你……"覃最皱着眉要挡开他。

"你不痒谁痒？过敏了自己没感觉吗？"江初松开手，特利索地转身回卧室穿衣服，兜头给覃最也扔了一件，"穿上，跟我去医院。"

覃最把衣服从脸上拿下来，去卫生间对着镜子照了照自己的后背。

还真像是过敏了，背心靠左那一片肩胛骨像被滚水浇了一遭，通红一片，冒着小疹子。

原本没注意到的时候只觉得有点儿痒，现在看在眼里，他反手抹了一把，瞬间就觉得痒得糟心，快透过背心连着前面心口跟着一块儿发作了。

"人呢？"江初在玄关穿着鞋子喊。

覃最有些心烦地用力抓了两把，边套上江初扔给他的衣服，边回房间揣上自己的身份证。

"你是不是不能碰猫啊？"江初一路上都在琢磨过敏原，床单、被罩是他前天刚从那床上换下来洗好的，沐浴露也不应该导致这状况，想来想去也就剩个周腾。

罩最微微皱着眉头，隔一会儿就往后够着手挠挠，硬邦邦地说："不知道。"

江初看他一眼，摸出手机撅了几下，往罩最身上一扔："帮我把这关过了。"

罩最接住手机，屏幕上显示的是消消乐，而且还是很轻松就能过去的第十一关。

等车停在医院停车场上，罩最把手机递回来，已经刷到三十一关了。

江初笑笑，接过手机夹在手指间转了一圈，领着罩最去门诊挂号。

虽然看一眼罩最的背就薅着他来医院，还分析过敏原什么的，跟多专业一样，但江初本人打记事起是真没怎么来过医院。

不说他和他父母，就是往上再掰扯到两边的爷爷奶奶、姥姥姥爷，四个老人身体都很硬朗。江初仅有的几次医院之旅，要么是他二姨家生孩子了来看看，要么是他小叔动个阑尾手术来看看，还从来没轮着他给自己或者带谁来正经看过病，连周腾都没去过宠物医院。

经过护士台，他还抱着点儿侥幸心理专门问了句："过敏，挺急的，要挂号吗？"

"挂号，挂号。"护士没听完就抬手朝挂号窗口一指。

无论什么时候，医院最不缺的都是人，几个窗口前全部排了老长一串人。

江初挑了支稍微短点儿的队伍站过去，罩最看看四周，挠着背说："我排，你去找地方等着。"

"哟。"江初低头撅着手机，"九个字，破纪录了啊。"

罩最无聊地看了他一会儿，见旁边的队伍短了一截，从江初身旁挤过去，手揣着兜也排了个队。

队伍看着长，真排起来也挺快。

江初前面还剩一个人时，覃最就没再接着排了，去旁边等他。

"好像要身份证，带了吗？"江初问。

覃最正要从裤兜里掏给他，江初身后的两个人推推搡搡地挤起来了。

"我真挺急的，我说话快，半分钟就行，通融一下不行吗？"一个毛躁的年轻男人咋咋呼呼地要插队，长着不大点儿的个子，还跟个蹦豆儿似的弹来弹去。

"我通融你，谁通融我啊？我这也排半天了，都是来看病的，谁不急啊？"本来排在江初身后的女人不悦地嚷嚷，"真要急你也好好说，上来又挤又蹭的，你干吗呢？"

"谁挤你了？"年轻男人顿时觉得脸上挂不住，有点儿恼了。

"你什么意思？！"女人尖着嗓子叫起来。

周围人都在往这边看，江初扭头扫了眼就转回头来，不想掺和事。

前面的人拿着挂号单走了，他接过覃最的身份证，对覃最说了句："去那边等我。"

覃最的身份证照片拍得不错，鼻子是鼻子眼是眼的，江初没忍住多看了两眼。

这小子一拍照，脸上虽然没表情，但眼神充满戾气，挺酷的，就是显得整个人有点儿"匪"气。

江初回想他自己的证件照，不管身份证、驾照还是护照，一律惨不忍睹，属于机场安检的时候要被人家照着脸多研究两遍的那种惨。

之前为这事他还挺郁闷，直到有一回，大奔的女朋友宝丽非想把她的小姐妹介绍给江初，把微信都推来了，也不知道宝丽跟那姑娘闭着眼夸了江初多少好话，姑娘一上来就特热情，弄得大奔在旁边看着都跟着尴尬。

江初实在跟人家没话说，一咬牙直接把身份证照片拍了发过去，那边立刻熄火了。

丑身份证也就能在这方面有点儿用，回头换证的时候他还是得好好拍一……嗯？

江初又仔细盯着覃最的身份证看了一眼，这生日不对啊。

按覃舒曼"十六七"的说法，覃最还没十七岁，但是按身份证上这日子算下来，他下个月都十八岁了。

他上户口的时候报早了？

江初瞎琢磨着往前迈了一步，脚跟还没在窗口前落稳，随着一声尖叫，他的后背像是被一辆三轮车撞了，整个人被狠狠撞在了挂号台上。

江初肋骨下边顿时一阵生疼，他下意识地往台子上撑了一下，结果这破台子是大理石的，他手心里还嵌着张身份证，手掌摁上去就直接滑到了底。

紧跟着，也不知道是旁边人们的惊呼声先响起来，还是他先磕到了窗口玻璃上。

从江初的视角，他只看到窗口后面的护士跟演电影似的，眼睛随着他的下巴砸上去的那一下缓慢睁大。

这一系列变故其实也就两三秒的事，但江初的牙床已经麻了。

他摸摸下巴，倒是没破，只是一张嘴，血腥味瞬间就沁满了口腔。

江初用舌尖顶了顶下嘴角内侧，有些暴躁地骂了一句。

撞上他的是那个女人，她被江初砸到脸那一下吓了一跳，可也没解释的意思，正一个劲儿地扯着嗓子喊："不是我撞的！是他推我！"

江初皱着眉毛转过身来，还没看清怎么回事，周围又是一阵惊呼，刚才跟这女人吵架的那个插队男被卡着后脖子摁在了窗口玻璃上。

里面护士的眼珠子刚复位，又被吓得差点儿瞪飞出去。

旁边的女人直接闭嘴不吱声了，江初也吓一跳，这动静可比他刚才那一下响多了，而且就在他旁边。

而且摁在这人的脑袋上的手，正是他那半天吐不出三句话、异父异母的新弟弟覃最的。

覃最刚才给江初递了身份证后就在旁边没动。

这两个人推起来的时候，他看了看他们跟江初之间的距离，本来想着护士肯定得来拦，结果护士还没赶到，男的就蹿火了，朝女人的肩头狠狠地推了一把。

然后就……

覃最本来伸了伸手想去拉江初一把，被女人挡着，没来得及。

眼见着江初直接被顶到玻璃上了，后背的痒和心里乱拱了一天的烦躁情绪瞬间不受控制地拧在了一起，覃最胳膊一转，直接勒过那人的脖子，卡着脑袋把他也撞在了玻璃上。

每天在医院排队排到掐起来的人也有不少，执勤保安喊几嗓子也就下去了。

一看有人真上了手，还把对方往挂号台玻璃上砸，几个保安忙吆喝着过来。

"怎么回事，怎么回事？好好排队，不要影响大家！有事好好说！"一个保安想把覃最拉开。

"干吗呢？！"护士也在外围大声喊，"要打架出去打，这是你们打架的地方吗？都什么素质？"

江初自己的脾气其实说不上多好，平白遇着这样窝火的事，他控制不住也得动手。

但他跟覃最的区别在于，他动手之前会试着控制一下情绪。

可覃最这一下，显然就没考虑控制情绪的事。

江初看覃最那个眼神，一点儿也不怀疑如果把他惹烦了他能再跟保安动手。

江初抬手挡了一下保安要拽人的胳膊，对覃最说："松开他，我没事。"

覃最先扫了一眼江初的下巴，没松手，在那男的耳后面无表情地说："道歉。"

"谁啊？放开我！"被覃最摁着脑袋那哥们儿这会儿才刚缓过神儿，挣扎着要往上拱。

覃最耷了耷眼皮，掣着他的后脖子的手往上用力一推。

"道，道，道！我又不是故意的！"那人脸贴着玻璃，嗓音都尖了，手在玻璃上一连串地拍，"我道！对不起！"

两个人到医院的时候是七点半，等挂了号、看完门诊、做了检查、打了针、拿了药、接受完公共秩序教育，再接受完那蹦豆儿插队男不情不愿的道歉以及药费赔偿，从医院出来时，已经八点四十分了。

江初人生头一回在医院接受道德教育，上车后先点了根烟消化这一神奇的事实，然后搓开覃最的化验单靠在椅背上又看了看。

"海鲜过敏。"他把单子掖进扶手箱里，踩油门开车，"你自己吃什么过敏不知道啊？"

覃最跟人动完手，把情绪发出去不少，望着窗外没说话，也没看江初，过一会儿反手抓了抓后背。

他当然不知道，不知道是因为没过过敏，没过过敏是因为在今天之前压根儿没吃过海鲜。

江初转转眼又看了一眼覃最，把一兜子药扔进他怀里："别抓了，越抓越发。"

说话的时候，烟嘴在伤口上刮了一下，江初皱皱眉，对着后视镜看了一眼，发现自己下巴已经肿了。

覃最偏过来小半张脸睄着他。

"看什么？"江初没好气地睄回去。

对着睄了两秒，覃最动动嘴角，还是没说话。他收回目光继续望着窗外，没忍住，嘴角翘起一点儿弧度。

江初的下巴现在看着像个"小葫芦"。

"想笑就笑，憋屁呢？"江初被他气乐了，朝覃最的胳膊上捶了一下。

"别碰我。"覃最还是这句话，但是这次没再跟被薅了尾巴一样往上蹦。

"狗脾气。"江初又摸摸自己的下巴，挺郁闷地"啧"了一声，"这种磕碰消了肿还得青上一周，你明天收拾收拾替我上班去。"

覃最耷拉着眼皮挠后背，嘴角又扬了起来。

下巴挨这么一下，就换来这破弟弟笑了一下，江初怎么想这都是个冤大头的买卖。

江初不想琢磨他的下巴了，闹心。

将方向盘一打，他转移话题问覃最："吃什么？饿了，挑个你不过敏的东西。"

"回去吃。"覃最这回倒是答得挺快。

"怎么了？下巴磕一下我还不能见人了？"江初说。

覃最无话可说地又看他一眼，过了会儿才解释明白："回去吃，我做。"

江初本来想着覃最来自己这儿住的第一天，带他出去吃顿好的，也算补偿江连天中午一顿饭给人家喂出一身红疹子。

覃最要回家自己做，江初也就没说别的，直接把车往回开。

家里什么吃的喝的都没有，他得去超市买点儿，顺便也给覃最买点儿换洗衣服。

"你还会做饭呢？"他开着车感叹了句，感叹完又觉得没什么好惊讶的。

爹不在娘不爱的，一个人在小县城长这么大，再没点儿生活技能，早不知道怎么活了。

但是他这么想似乎也不太对。江初自己也是离异家庭，他父母在他高中时就离了——尽管两个人离之前，他母亲就风风火火闯九州，成天忙着做生意，江连天跟他的交流方式更是基本全靠打钱来维系，可他活到现在称得上会做的，总共也就一个蛋炒饭。

覃最没搭理他的感叹，继续望着窗外不说话。

江初回想着覃最刚才把人摁窗户上的那两下动作，又想到覃舒曼中午的态度，又喊了一声："覃最。"

覃最扭过脸看他。

就这一眼，江初突然觉得，虽然才过去半天，但覃最和他已经过完了与对方初识的尴尬期。

覃最对他有了基本的信任，他也已经大概能摸清覃最的脾气——不爱说话，不爱搭理人，性格不怎么样，但无论跟他说什么话，他其实都悄无声息地听在耳朵里。

要说男人之间的友谊，不一定能牵扯到"不打不相识"，但如果一块儿"干过仗"，交情一定会最快升温。

江初想说"你平时是不是没事就打架"，话到嘴边，也不知道为什么没说出口，摇摇头改口说道："没事。"

覃最继续看着他，脸上没什么表情，但江初觉得他一定十分无语，心里估计觉得自己十分神经，还要闭着嘴不说话。

"你不爱说话，是不是都在腹诽啊？"江初笑着说，这种不爱表达的人逗起来其实也挺有意思。

他以为覃最又会一言不发地转回头去，结果覃最盯了他一会儿才转头，低声说了句："无聊。"

江初没忍住，笑了半天。

第二章

别碰我

　　夏天晚上的商场跟医院没什么区别，来闲逛的、小情侣看电影的、小区里带着孙子过来蹭冷气赖在按摩椅里装傻不走的……哪儿都是人。

　　江初从停车场带着覃最上去，一路走一路又给他大概介绍了一下每层都有些什么。

　　覃最穿着他的 T 恤和大裤衩，跟在他身后大概一米的位置，手揣在兜里懒洋洋地晃，时不时还要抓两下后背。

　　"先上楼给你买点儿内裤？"江初扭头问了句，"不然等会儿拎着菜买衣服，也太居家了。"

　　"超市没有？"覃最惜字如金地说。

　　"有是有，"江初想了想，卖家居用品的那里似乎动不动就整个架子出来卖点儿打折内衣裤，三十元三条、五十元七条什么的，"质量不好，万一你穿了再过敏呢？那种地方总挠不好看吧。"

　　正挠后背的覃最顿了顿，非常无语地看着他。

　　"走吧，跟哥哥走，不会害你。"江初又想笑了，抬手揽过覃最的肩膀。

　　他明显感觉到覃最从肩到脖子猛地一僵，还拱了下肩想把他的胳膊顶开，也不知道是什么毛病，大老爷们儿这么不能碰。

　　江初没管，索性把胳膊又扣紧了点儿，没给覃最挣扎的机会，直接把他拐着上了二楼。

说的时候没觉得有什么，真带着覃最进了店，江初才发觉两个男的一块儿来挑内裤，好像有点儿奇怪。

导购是个年轻小姑娘，跟在他们后面，脸上欲言又止的表情都快溢出来了。

其间，江初和覃最冷不丁一扭头，还看见她正跟收银那里的小姐妹比了个"OK"的手势疯狂点头，跟他们对上目光，又尴尬地笑着站好。

江初也不明白她们在"OK"个什么劲儿，覃最则在旁边一脸烦躁的样子。

好在两个男的买东西还有个优点——快。

又快又多，尤其袜子、内裤这种穿在里面的东西，江初像搞批发一样直接拿一堆，也不怎么计较款式，回家洗完了塞衣柜里挨条换换就行。

覃最不用提了，估计被跟得浑身不自在，拿了一盒就要去付钱。

江初被覃最这个过敏体质搞得有点儿应激反应，毕竟下巴还那么肿，虽然他也计划着速战速决，但还是认真挑了挑。

他本来还想问问覃最更愿意穿四角还是三角、什么尺寸，话都到嘴边了，又怕这青少年再觉得不好意思，干脆就各拿了盒纯棉的，又带着点儿恶作剧心理地拣了两条冰丝豹纹子弹头，在覃最欲言又止的目光里去结账。

没办法，不爱吱声儿的人就是连挑内裤的先机都没有。

拎着内裤再下到负一楼的超市寄存好，江初推了辆小推车，覃最顺手接过来推着。

"吃什么？水果在那边，这头是蔬菜，水产你就不用看了，"江初胡乱指了指，又比画一下右边，"熟菜在那儿。"

覃最大概扫了一眼，推着小车往前走。

他似乎目标很明确，直接去拎了两包面条，又去蔬菜区拣了几样配菜，江初看他挑菜的动作还挺熟练。

吃面条啊？

江初想想滚烫的面汤从他嘴角的伤口上滚过去，顿时一点儿胃口也没有了。

没胃口他也没说，小朋友头一回想展示一下厨艺，他不打算提什么要求，转身去旁边拿水果。

江初在这方面一向没什么规划，见着什么想吃就拿点儿，家里缺洗发水、卫生纸什么的，也是经过那个区碰巧想起来才记得拿。

大奔以前就说他的脑子只适合买大件儿东西，对这种生活里鸡零狗碎的小玩意儿，他从来很随意。

江初没当回事，反正从以前他父母还没离婚到现在他自己过，家里就没开伙，没过过像样日子，习惯了。

不过现在看着覃最有模有样地推着小车买食材，他还是挺舒心的。

"我去那边看看，过会儿来找你，还是你跟我一块儿去？"江初往小车里扔了盒脆桃，问他。

覃最把他拣的桃子又拿起来看一眼，眼神都没给一个，从鼻腔里回了个"嗯"，推着小车跟着江初。

江初一路走一路往车里扔东西，新杯子、新毛巾、新牙杯、新牙刷……牙刷算了，家里还有个电动的，回去拿给他。

他突然有种刚接周腾回家时的感觉，也是这样有点儿一头雾水，什么准备工作都没有，见着什么可能用得上的东西就往家里买。

"有爱吃的东西吗？"经过零食区，江初拿了盒巧克力要转身放进小车里。

结果覃最没跟在他身后，还在刚才转过来的拐角那儿，像是在研究什么东西。

江初只好拿着巧克力过去，问他："看什么呢？"

覃最手里拿了个罐头轻轻抛了抛，问道："它吃吗？"

这话说得没头没脑，但江初一看罐头上金枪鱼的图案，立刻就明白了。

他有点儿想笑地摇摇头："想给周腾买？它有专门给宠物吃的食物。"

覃最又看了一眼江初，问道："那你呢？"

"你买了就自己夹馒头吃。"江初说。

也不知道这话哪个字又戳着他的点了，覃最很轻地笑了笑，把罐头扔进购物车里。

他们从超市买了两大兜东西拎回家，一半都是江初挑的。

到家他也不收拾，把东西往厨房一扔，让覃最赶紧去洗澡。

"快点儿，你洗完我洗，一身医院的消毒水味。"江初边走边脱了衣服、裤子往洗衣机里扔，"你身上的也脱了。"

覃最本来想去卫生间洗手，转身拐去了厨房，说道："你先吧。"

"你先洗了好抹药，"江初用脚尖挑开周腾，去客厅开空调，"洗澡的时候顺便把你的内裤也搓了。"

他说着又进了厨房，把给覃最买的内裤翻出来准备拆开。

"我自己来。"覃最立刻把内裤从他手里接过来，拿着去了浴室。

两个人一天各洗了两回澡，这忙活得。

江初等他洗完，自己也进去冲了冲，再出来时闻到了一股饭香，餐桌上已经被覃最收拾利索摆好碗筷了，江初陡然还有点儿不适应。

他过去看了一眼，竟然不是面条，是冷面。

凉丝丝的清亮面汤上铺着细细的黄瓜丝和番茄片，江初本来有点儿没胃口的，挑了一筷子尝尝，又觉得能吃下去两碗。

"药抹了吗？"江初吹了声口哨，端着碗去把电视打开。

覃最抓着后背从卧室出来，"嗯"了声。

他从江初跟前儿晃过去坐在餐桌前，江初看了一眼他的后背，不知道是不是又冲个澡被热水激了，感觉看着比下午出门前还严重了点儿，也没闻到药膏的味道。

"抹了？"他伸手，顺着覃最的脊背竖着抹了一下。

几乎是同时，他明确感受到覃最后背的肌肉绷紧了。

"你能不碰我吗？"覃最几乎是控制着没让自己直接弹起来，扭过脖子盯着江初，认真地说。

江初这人要是掰着指头数优点，也能数出几条来，那几条里最好的一条是讲理。

一般来说呢，不管对自己人还是外人，哪怕是对家，再往大了说，上学时候见了面就想干仗的"仇家"……只要对方说的话让他觉得有点儿道理，他都乐意站在对方的角度思考问题。

但今天对上覃最，他这条优点突然有点儿失灵。

覃最不让他碰，从见了这人到现在，江初听他说得最多的一句话就是"别碰我"。

这个"别碰我"的范围囊括了摸背不行、捶胳膊不行、搭肩膀不行，连戳一下肩胛骨都不行。

他明白各人有各人的习惯，自己就不喜欢被碰脑袋，大奔不乐意被拍肚子，连周腾都有自己的想法，不爱被人摸屁股。

可是被覃最用这种带点儿警告意思的眼神盯着，他就是感到一丝难以自控的不爽。

对，他就是不爽。

从发现覃最过敏开始，江初带着他去医院打针、拿药、做化验，自己还平白被磕了一嘴血，下巴肿得跟个牛角包似的，关心他一下还被警告了。

他这哪是给自己招了个弟弟啊？这分明是往家招了个慈禧，这儿也不能碰，那儿也不能碰。

江初倒也不是多想碰他、非碰不可，那不是因为他过敏了吗？

退一万步说，要不是因为过敏，真当他多乐意碰一个糙老爷们儿呢？

再退十万步，退到中午，眼前这个坐在他的餐桌前瞪着他的人，压根儿就不该到他这儿来。

江初跟覃最对视一会儿，笑了笑，往后坐在沙发扶手上。

"你平时没事是不是总打架玩啊？"他问出了刚才在车上没问出口的那句话。

覃最没说话，估计也是没听明白怎么话题突然就转到这儿了，继续盯着江初。

"你现在得明白一件事，小覃最。"江初又挑了一筷子冷面，直接忽视覃最因为他这个称呼皱起来的眉毛。

"你现在住我这儿，是你亲妈跟你后爸共同的决定。"江初慢条斯理地接着说，"跟你乐不乐意没关系，现在跟你有关系的人是我。"

"你以前在你自己家里怎么样我管不着，以后你从我这儿出去了，我也管不着，但你现在人在我的屋檐底下，在我这儿过敏了，我就得管你，该碰你就得碰你，明白了吗？"他对覃最说。

覃最那眼神的意思就是没听明白，跟江初又对着盯了会儿他才说："随便。别碰我。"

"我可太稀罕碰你了。"江初都让他气乐了。

他站起来把碗搁在餐桌上，居高临下地看着覃最。

"这样吧，你不是会打吗？"江初抬了下眉毛，"跟我动两下，你要能把我摁在沙发上，以后我再碰你一下，你给我当哥。"

"要是你被我摁那儿了，"江初顿了顿，想了想说，"以后当哥哥的想对你干吗你都给我受着，在我跟前儿把你那些矫情毛病都给我收起来，行吗？"

江初这话说得有模有样的，覃最的目光都锐利起来了，滑到他肿着的下巴巴上，又嘴角一挑，耷着眼皮有点儿想笑。

自己都磕成那样了，他还在这儿大言不惭。

"你表情给我注点儿意啊。"江初大概能猜到覃最在想什么，指了他一下，"来不来？"

覃最慢慢悠悠地站起来，扫了一眼客厅："就在这儿？"

"这儿还不够你施展？反正目的地就是这张沙发，你要能把我扔里面的床上，那也成。"江初把周腾往旁边轻轻蹬开，周腾往地上一趴，不愿意动，覃最弯腰掇着它的胳膊把它抱走了。

"让你一只手？"他看着江初的下巴，微微歪了歪头，有点儿故意挑衅的意思。

江初眯着眼就笑了："行啊。"

说着要动手，覃最在江初跟前儿站定，还是觉得不太好真上手碰他。

他的手劲儿是真的挺大，又不能往肚子这种软和的地方招呼，往上走，再一拳头给江初砸出鼻血，那江初明天就真没法出门了。

江初没他那么些顾虑，开口就说实际的："打架我总得碰着你，你那后背能碰吗？"

覃最松松肩胛骨，"嗯"了一声。

江初点了下头，接着没给覃最一点儿反应的机会，脚往覃最的两腿之间一别，扳着他的右胳膊就往身后拧着掀了过去。

覃最眼神猛地一凛，江初的力道竟然出奇地大。

他甩出左胳膊肘要往江初肋下顶，江初却用胳膊一搂，架着覃最的左臂将他整个上身旋了个个儿，别在覃最的双腿间的膝盖同时往上一顶，顶着他的大腿内侧就把人往沙发上压了下去。

"你说的让我只手啊。"他在覃最耳后笑着说。

覃最的膝盖重重地抵在了沙发上，其实这时候他胳膊肘绷上力气也能把江初给摔出去，但是没等他使劲儿，江初把着他的胳膊的手却突然顺着脊柱往下一滑，在他的腰窝上揉了一把。

覃最从来没打过这么速战速决的架。

关键被"决"的还是他自己。

随着江初的小动作，他的后背连着腰一麻，紧接着就被江初用膝盖抵着大腿，以一个倒捆猪的姿势，脸朝下地卡在了沙发上，肚子上还正好窝了个抱枕。

全程不过三十秒。

覃最铁青着脸挣扎了两下，江初笑着没撒手，腿一跨直接坐在他的屁股上，弹了弹他的耳朵愉悦地问："服了没?"

覃最从耳朵到脖子迅速飞红一片，一声不吭。

他觉得实在太窝囊了。

江初心底的不爽彻底排空，他像个万恶的大地主，张狂地骑在他弟弟的屁股上，进一步补充言语羞辱。

"有时候过于保护什么东西，就等于把弱点往人跟前送。"他还拽了一下覃最的大裤衩的裤腰，弹出声响，"你力气是挺大，不过我好歹也学了几年擒拿，被我摁着不算丢人。"

覃最闭着眼抿了抿嘴，再睁开，周腾不知道什么时候跳了上来，蹲在他脸前歪着脖子看他。

他受不了，把脑袋转了个方向，闷着声音对江初说："放开我。"

"愿赌服输。"江初又拍了拍覃最的脖子，够着上半身把搁在沙发顶上的药袋子拿过来，挨个儿拆开看了看，就往他后背上挤了一堆药膏，揉揉手掌一通乱搓。

覃最强忍着一拱身子把江初摔下去的冲动，最后索性又闭上眼，只当自己已经被江初打死了。

江初一开始就没想真跟覃最动手，把人摁那儿就图心里痛快，顺便给覃最抹完药。他抬腿从覃最身上下来，往覃最的屁股上甩了一巴掌："起来吧，冷面做得不错。"

覃最后背的弧线明显松了一些，但是人趴着没动。

他生气了？

江初抬抬眉毛，弯腰想看看他的表情。

江初也没带过小孩儿，他家就他一个，亲戚家的孩子都和他差不多大，一年见不着两回面，用不着他照顾。

他平时跟大奔他们闹着玩惯了，朋友之间什么玩笑都乱开，这会儿才琢磨着自己是不是有点儿过分了。

不管怎么说覃最也是刚到他家，回头再跟江连天告一状，说到家第一天被哥哥打趴下了，听着算怎么个事啊？

结果他的脸一靠过去，覃最皱皱眉，又转开了头。

"哟。"江初从下往上捋了捋他的脑袋，刚刮的圆寸手感很不错，没忍住又多捋了一把，捋得覃最后脑勺上都快显现出"不耐烦"几个大字了。

"你这是什么意思，闹情绪？"江初观察着他露出来的小半张脸，还是觉得想笑，"撒娇啊？我是不是还得哄哄你？"

覃最简直要无语了。

"能去吃你的面吗？锅里还有。"他忍无可忍地转过头来瞪着江初，眉头皱得能打个蝴蝶结。

"好，好。"江初笑着做了个让步的手势，又扫了一眼覃最的耳朵根儿，端着碗进厨房盛面。

听见覃最起身的动静，他快速地往外偷看了一眼。

"哎。"江初朝料理台上一靠，忍不住笑出了声。

覃最正要关门的动作卡顿了一下，然后他僵着脖子"砰"的一声关上了门。

"什么脾气？"江初笑得不行，嘬了口面条，还差点儿从鼻子里呛出来。

他摇摇头打了个喷嚏，还是想笑。

一直到隔天去了公司，江初想起来仍觉得乐，并且将这事分享给了大奔。

大奔笑得比他还夸张，仰在转椅里差点儿滑下去，指着江初的脸差点儿捯不过气来："你的下巴就是让人家给捶的吧！都青了。"

"滚。"江初笑着揉揉下巴，好像还有点儿肿，但起码不像牛角包了。

"你那弟弟多大啊？回头带出来，大奔哥哥也请他吃顿饭。"大奔撑着椅子坐起来，灌了两口水呼出口气。

"十六七八。"江初被这么一问，想起来覃最身份证上那个生日，昨天过得乱七八糟的，也忘了问。

"那没毛病。"大奔回忆着过去，又一通乐。

"可不吗？"江初跟着他回想，两个人神经病一样笑得停不下来，"郭美丽看你睡觉非让你起来站着，你不起就不起吧，还趴桌上给人回了句'不方便'，本来美丽都没听懂，方子笑出一串屁，直接把她气哭了。"

"哎哟！"大奔快不行了，"我跟方子还写检查来着，是不？咱们那阵脸可真大啊！"

"你自己，别带着我。"江初瘫在椅子里摆摆手，看见唐彩在门口探头探脑，清了清嗓子问："怎么了？"

唐彩端着电脑进来要给江初看设计稿，看到他们这模样，愣是差点儿没敢往里进。

江初玩得好的朋友，乃至于江初自己，现在虽然都勉强说得上人模狗样，但当初上学的时候有一个算一个，全是比着脸大的主儿。

覃最在厚脸皮这方面跟他哥就差多了，连着一星期，他都不乐意跟江初说话。

每天上午江初起来收拾收拾去上班，覃最还在房间里睡觉。

等他傍晚回来，桌上已经摆好了面条，冷面、炒面、汤面、拌面换着来。周腾也有吃有喝，被伺候得好好的。

江初想跟他说几句话，覃最一概能不吭声就不吭声，将爱搭不理贯彻到底。

本来话就够少了，江初都怕他天天在家憋出毛病。

更主要的是，他真的吃够面条了，感觉擤个鼻涕都能擤出面条来。

"覃最。"周六下午下班早，第二天休息不用去公司，江初拎了个西瓜回来，进门就抱着胳膊把覃最堵在厨房里。

锅里果然又煮着面条。

"把火熄了，哥带你出去吃。"他用脚背蹭了蹭周腾的肚子，又欠收拾地伸直腿，在覃最的小腿肚上夹了一下。

覃最这双腿长得特好，又长又直，看着就有劲儿。

他光顾着欣赏，覃最偏头望他一眼，这回轮到江初没来得及反应了，覃最把煮面的汤勺往锅里一撇，一把攥着江初的脚踝捞起来，上前一步把他摁在了墙上。

江初真的一丁点儿准备都没有，谁能想到下个班回自己家里还能碰上偷袭啊？！

他的右腿直接被覃最折起来了，膝盖被掰得顶着墙。

江初手上还有两下，腿是真没系统练过，这么被迫金鸡独立地一站，他差点儿贴着墙直接栽下去，忙一手往后攥着门框，另一只手没东西抓，死死地扣上了覃最的肩膀。

"松手！"江初晃了两下，倒抽一口气，"韧带要断了！"

覃最肯定不能真把韧带给江初抻断了，手上拿捏着力道呢。

看江初晃晃悠悠地站不稳当，覃最有种出了口气的快感，故意盯着他问："服吗？"

"服什么？！等会儿不想挨揍就给我松手！"覃最这一下压迫感太强了，江初不由得又往后贴了贴墙，恨不得一耳刮子抽他脑袋上。

缺心眼儿的玩意儿！

覃最望着他，眉梢一动，攥着江初的脚踝又往上推了推。

"服，服，服！你是哥行了吧？！"江初立刻认怂，不说韧带行不行了，再掰下去等会儿裤子先破开了，接下来一星期就得轮着他没脸了。

"松开我，乖，真扯着胯了。"他讨好地拍了拍覃最的脖子。

覃最敛下眼皮，露出个报复得逞的轻微笑容，撒开手带着点儿得意地晃了出去。

江初龇牙咧嘴地揉了两下腿根，立刻原形毕露。

"你能耐啊！"他喊了一声，扑出去要勒覃最的脖子。

覃最一猜就知道他得来这手，回身一个格挡，两个人差点儿一块儿摔进沙发里。

两个人互相闹了几下，西瓜都不知道滚去哪儿了。

跟年轻人待在一块儿，心态也会变年轻。

江初现在觉得这话有点儿道理。

家里来了这么个弟弟后，不说他是不是心甘情愿吧，至少下班后愿意多动弹动弹的心思多了。

他这两年玩心淡了，都是下班直接回家，有什么娱乐活动也是从公司直接过去，到家后累得半死不活，冲个澡往沙发上一躺就不想动了，唯一的运动项目是十点以后从沙发上挪到卧室的床上。

现在他好歹会跟覃最打打架，也会琢磨着没事了带覃最出去吃点儿别的东西，思考思考这个年龄的学生都爱干什么。

"你是不是要开学了？"他开车在路上漫无目的地转，想着吃什么好，问了覃最一句。

"下周。"覃最给了他个更确切的回答。

"哦，下周。"江初点点头，一想这天都周六了，又惊讶地说，"那不就是后天吗？"

覃最没说话。

江初顿时觉得自己这个哥哥当得有点儿糙，跟覃覃两个人处得像室友似的，再过两天都开学了，也没带他到处逛逛。

"饿吗？"他迅速规划了今晚的安排，"去买几件衣服，然后再去吃饭？或者去你的学校看一圈？"

覃最"嗯"了一声。

"干脆也别专门找地方吃饭了，"江初又想了想，食指轻轻地叩了两下方向盘，"带你去吃学校后门一条街。"

"二十七中？"覃最看他一眼。

"啊。"江初笑笑，"当年也是我的母校，想想还挺怀念的。"

江初带罩最买衣服很快，比那天买内裤还快。

也不知道到底是"人靠衣装佛靠金装"，扒掉罩最刚来那天的民工装，剃个头让他的气质一下上来了，还是罩最本身底子太好——江初抓着什么风格的衣服让他去试，看着都像模像样的，绝对是往学校里一扔，会被小姑娘回头多看两眼的那一款。

只是简简单单的休闲运动裤，配个 T 恤和胸包，罩最手揣在兜里没什么表情地往那儿一站，就有股说出不来的劲儿。

江初顺手把旁边模特身上的背包给扒拉下来，甩在罩最肩上让他当书包，满意地吹了声口哨。

前面两套衣服还试了试，后面江初直接把这一步都省了，一口气拿了四五套偏休闲运动风格的上下装，又买了三双鞋。

他想想已经立秋了，开学马上九月份，天气说冷就冷，又给罩最买了三件外套。

"多了。"罩最拎着袋子跟江初出来时，轻声说了句。

"不是我的钱。"江初没打算塑造个多牺牲自我的好哥哥形象，随意地说。

走到店门口，他看见模特头上的棒球帽不错，摘下来自己戴上试了试，又扣在罩最的脑袋上看了一眼，突然说："你是不是长高了？"

"不知道。"罩最戴着帽子看他，视线好像是比上周刚来那天又平了些。

青春期的少年就是个子蹿得快，江初高中那会儿也是一天一个样儿。

男长二十三，看罩最这腰高腿长的势头，他少说得奔到一米八五。

江初有点儿不服气地"啧"了一声，转回去买了两顶同款不同色的帽子。

"换上新衣服去逛？"他手上转着帽子问覃最。

覃最身上还穿着江初的大裤衩和 T 恤，不知道是无语还是好笑地看着他，只伸手把帽子拿过来戴上，把大包小包全扔进了车后排座位上。

从江初家到二十七中确实不远，两个路口的距离，油门还没踩到底就到地方了。

江初边回想边告诉覃最坐几路车能直接到学校，地铁得走一个路口，等走到站离校门也不远了，骑车其实最方便。

越说他越觉得，覃舒曼和江连天压根儿就不是因为二十七中是重点中学才把覃最安排来这儿，直接就是冲着他来的。

夫妻俩贼一块儿去了。

"你妈这几天给你打电话没？"前面就到学校了，江初在马路对面找地方停车，随口问。

问完他才突然觉察一个在现代社会被自动忽略的问题。

"你有手机吗？"他盯着覃最问。

江初仔细想了想，从见到覃最开始，好像就一直没见他拿过手机。

"没打，有。"覃最用三个字回答了江初的两个问题，跟江初对视了一眼，推开车门下去，补充了一句，"没带身上。"

"在家呢？回去跟我加个微信。这就是二十七中。"江初也锁了车下去，抬手比画了一下，"对了，你现在到底是快十七还是十八？身份证上跟你妈说的好像不太一样。"

"你说话总这样吗？"覃最很难得地主动问了他一个问题。

"什么样儿？"江初反问他。

"蹦着说。"覃最顿了一下，酝酿出这个形容词。

"那你是没见着大奔，我好赖还在原地蹦，他是原地就能把话题给你蹦没了，"江初笑了笑，抬手往覃最的肩膀上一搭，"走着。"

覃最后脖子一紧，想起那场"丧权辱国"的三十秒擒拿架，什么办法也没有，只能耷着眼皮抿抿嘴，跟着江初往马路对面走去。

二十七中作为一个重点高中，并且是矗立于市中心地段的重点高中，门面却非常小。

江初以前上学的时候还没觉得，现在转回来看，要是把大门口的名牌一摘，感觉它都没小区后面那家幼儿园有派头。

本来江初这样一看就跟学生挂不上钩，覃最也穿得没个学生样儿，往学校里走肯定得被门卫拦着。

不过现在正好是晚自习之前的吃饭时间，校园进出的都是人，他们贴着门边混进学生群里溜了进去。

整个学校总共就那么大点儿地方，其实没什么逛头，穿过几栋教学楼，一条道走到底就是学校后门。

但是江初时隔挺多年重回高中校园，感觉还挺奇妙。

置身高中校园独有的叽叽喳喳的氛围里，看着各种各样、干什么都有的学生从面前经过，还有挤在可怜兮兮、一丁点儿大的小操场上坚持打球的大男孩儿们，他想起不少以前自己上学时的事。

真是青葱岁月啊。

"你在几班？排了吗？"他问覃最。

"（9）班吧。"覃最想了想才说。

相较于江初的回味，他是完全没有表情。

江初专门看了一眼，覃最不管是在火车站，在饭店，还是在他这个年龄该在的学校，总是面无表情，面无表情里又带点儿很淡的不耐烦。

整个人脑门儿上恨不得顶几个大字：别招我。

这么比起来，两个人在家里打架玩，反倒是他情绪最丰富的时候了。

　　江初本来还想问问覃最以前的成绩怎么样，看着他这个劲儿估计也是稀烂，没什么好问的。

　　既然没兴趣，他们干脆也没多留，在校园里转了一圈，就直接穿过后门去了小吃街。

　　"咱们吃什么呢？烧烤？"江初闻着各种混合的香味，突然特想吃小龙虾。

　　"你海鲜过敏能不能吃虾？"他扭头问覃最。

　　"虾是河鲜吧？"覃最上回吃虾还是小时候过几岁生日，他父亲自己在家做的，太久远的事了，当时过没过敏他一点儿印象也没有。

　　"都在水里爬，往上数八代都一个水坑里的祖宗。"江初掏出手机查了查，遗憾地摇摇头，"你吃烤串吧，我自己来二斤麻辣小龙虾。"

　　覃最在外面吃饭跟在家里一样，没什么话说，自己吃自己的。

　　江初已经习惯了，剥着小龙虾有一句没一句地说，十句覃最能应他两句就算是胜利。

　　他边吃还边观察着覃最，剥虾的时候一只钳子飞进了啤酒杯里，覃最稳稳当当地用筷子给他夹出来，然后再扔进铁盘里。

　　半杯啤酒下了肚，江初的话量顿时就开始往不太可控的方向发展。

　　他一会儿问覃最吃饱没，一会儿问覃最还想吃点儿什么。

　　酒精又在肚子里滚了一圈，他干脆亲自剥了只虾，抬手向覃最递了递，方向还有点儿歪，直冲着鼻子，说道："尝一个？看看过不过敏，反正家里还有药。"

　　覃最吃得差不多了，靠在凳子上抱着胳膊看他，没就江初的手，伸出筷子把虾仁夹过来，扔进嘴里嚼了一下。

　　覃最一直没说话，江初没忍住接着说："你爸是怎么……"

　　话出口的同时他就有点儿后悔了。

要是江初脑子清醒的时候，肯定不会主动跟覃最提他父亲，出于不想戳伤口也好，不想给自己找麻烦也好，连问问情况安慰安慰都没这个打算，除非覃最自己开口，否则这种事就算问了都不知道怎么往下接。

喝酒果然还是误事。

但覃最对这个问题的反应倒是比江初想象中坦然，甚至比前面的问题回答得都快，他像在说别人父亲似的，眼睛都没眨一下，语气四平八稳地说："脑出血。"

江初"啊"了一声。

"我从学校回家，他人已经凉了，在他床边的地上，半截腿伸在门外。"覃最说出了他跟江初相处以来说得最长的一句话。

江初这回都"啊"不出来了，想想那个画面，再代入一下自己放学回家看到那画面的心情，一股酒劲儿冲上来，冲得他眼前倏然闪过一片小黑花，有点儿想吐。

这时候万一真吐出来，估计覃最得从桌子对面伸胳膊过来打他，好在他忍住了。覃最把剩下半瓶酒拧上盖，推开凳子去结账。

江初叫了个代驾，办完这件重要的事，他身心放松，酒劲儿就开始加速往上涌。

"你估计真得背我了，弟弟。"他胳膊搭着覃最的肩，有些晃荡地坚持回到车上，半闭着眼又点了根烟，吸一口觉得难受，随手递给覃最。

覃最把烟碾灭弹进垃圾桶，靠着车等代驾。

江初车门大开地躺着，胳膊压在脑门儿上露出一只眼瞄覃最，伸伸腿想蹬他一下。

覃最看了他一眼，把他滑出来的腿捞回车里。

江初蜷了蜷，眼睛已经眯缝了。

这人喝多了倒是不闹，跟他父亲比起来，几乎称得上一句"好酒品"。

覃最偏着头看了他一会儿，有点儿想笑，关上车门，让江初安安生生地窝着。

那之后直到到家，江初都很配合地陷入昏迷状态，意识飘飘荡荡。

等意识上的飘飘荡荡转化为身体的飘飘荡荡，他才睁开眼，发现自己在覃最的背上。

这小子还真把他背回家了，已经到了家门口，覃最正有些困难地反手在他兜里掏什么。

"摸什么呢？"江初在他耳朵后面弹了一下。

覃最动作一顿，立刻很麻利地把他从背上卸下来。

"哎，慢点儿，晕。"江初靠着门缓了一下，眯了会儿反而更晕了，自己在兜里掏了好几下才摸出钥匙。

"你自己的钥匙呢？我不是给了你一把吗？"他边对锁孔边问覃最，对了好几下也没对进去。

覃最把他挡到一边，麻利地开了门。

江初整个人靠在门上，覃最猛地把门一推，他整个人顿时跟个麻袋一样，直接跟着歪了进去。

这么摔一下估计能摔吐了，江初下意识地伸手胡乱扒拉了一把，想抓点儿什么。

与此同时，也不知道该不该说太巧了，覃最很迅速地往他前面跨了一步，想把江初捞起来。

江初的手混乱间似乎抓到了什么，整个人直接被覃最给蹬了出去。

脑袋磕上门板的瞬间，江初真想骂一句：覃最你是不是虎？

等他扶着脑袋站好，看见覃最以一种似乎有点儿暴躁的步伐朝卫生间走去，突然还原了事件经过。

他忍不住往墙上一靠，低声笑着骂了一句。

本来喝多了他笑点就低，反复回想着刚才的画面，越笑越停不下来。

等覃最黑着脸从卫生间出来，江初才刚换了鞋把自己扔沙发上，还跷着条腿在偷偷乐，周腾在旁边莫名其妙地看着他。

"我刚才是不是抓着你了？"江初肯定自己一定是喝上头了，听着自己带笑的声音都想替覃最捶自己两拳。

"滚。"覃最咬着牙回了他一句。

江初翻了个身，差点儿从沙发上滚下去，笑得想吐。

到家了也不用憋着，他撑了下沙发站起来，进浴室把晚上喝的那点儿酒吐了一遭，觉得好受点儿了，又顺便冲了个澡，冲完澡才反应过来自己没拿衣服。

被热水浇过的脑袋有点儿不好使，江初拽出自己刚脱掉的内裤抖搂抖搂，不太想穿。

他琢磨着不然就这样出去吧，反正覃最是个弟弟，也不是妹妹……

江初往洗手台上一靠，头昏脑涨地又是一阵笑。

他在浴室里笑时，覃最跟周腾面对面地蹲在客厅里，教周腾握手。

此刻他的心情就是一团破抹布，梗在胸口上不去下不来。

他现在最该做的是摔上门回卧室，然而江初在浴室里又是吐又是洗，一听动静就是他随时能睡在里面，覃最照顾醉鬼太多年了，怕江初回头出个好歹，只能强忍着不爽在门口守着。

听见浴室里一阵响，覃最皱眉站起来，一拧门把手直接进了浴室。

看清楚江初的状态，他抿抿嘴，又转身走回客厅。

他以为江初是滑倒了，实际上江初只是靠在台子上的动静有点儿大，盥洗台上的牙刷、杯子、牙膏什么的被他碰倒了，他正撑着盥洗盆在往外捡东西。

江初被覃最突然开门的动静吓了一跳，下意识地要挡一下，又意识到都是大老爷们儿，没什么好挡的。

关键是现在他一看覃最的脸色就想笑。

"你说怎么那么巧呢？"反正门也开了，江初把他拽出来的内裤又扔回洗衣机，直接出去，手往覃最肩上一搭。

他身上的水都没擦干，头发也湿漉漉地往脑后一扒拉，几点水滴溅到覃最的脖子上，江初感觉到覃最身子一僵要把他掀开，干脆笑着"哎"了一声："晕。"

不用睁眼，他都能从覃最散发出的僵硬气场上感到他非常想把自己打一顿。

江初现在逗覃最也大概逗出规律了，压根儿不把他的反应当回事，只觉得好笑。

这弟弟真的越逗越有意思。

"你能穿上裤子吗？"覃最压着心烦问了句，朝旁边避，江初也跟着往这边倒。

生怕刚才的场面再复刻一遍，覃最只能薅着江初的胳膊把他往卧室里拽。

他之前竟然还觉得这人喝了酒只会嘟囔不烦人，真是脑子被周腾踢了。

"这就睡了，明天再穿。"江初这会儿已经处于不怎么走脑子的状态。

覃最托着他的胳膊把人甩在床上，跟喝高了的人没法说话。覃最自己都被气得要头晕了，也不管江初被甩出了个什么姿势，转身就要出去。

终于能躺着了，虽然是脸朝下地趴着，江初还是舒服地叹了口气，意识混沌。

他听着覃最要关门出去的动静，闭着眼把头埋在枕头里，昏昏沉沉地又喊了声："覃最。"

覃最关门的动作停顿了一下，他沉着脸付出最后一点儿耐心，盯着江初等他说话。

江初又笑了。

覃最狠狠地摔上了门。

江初这一觉直接睡到了隔天十点半。

睁眼的时候他怀疑覃最是不是趁半夜来揍了他一顿，头痛欲裂，坐起来半天没回神。

他茫然地靠在床头愣了一会儿，回忆了一下昨晚怎么突然裸睡了。

大概回忆完全程，江初都不知道是觉得好笑多一点儿还是尴尬多一点儿，从衣柜里拽了条裤子套上，揉着脑袋晃了出去。

"覃最？"他先喊了一声，从冰箱拿了瓶苏打水出来，覃最没理他，也没出现。

江初又去卫生间看了一眼，也没有人。

覃最还睡着呢？

江初敲了敲覃最卧室的门，推开门看了看，没人。

他有点儿蒙，平时他起来就去上班了，也不知道覃最早上都有什么活动。

难不成自己把他给抓跑了？不至于吧？衣服和大包还在衣柜里，被子都没叠。但想想平时搭个肩膀覃最都恨不能跟他干一架的架势……

江初攥了攥手，冷静地分析了一下自己的力道，还是喝多了没轻没重的力道。

苏打水瓶子被他攥得一阵响，他突然很紧张。

江初又去阳台和书房找了找，覃最连个影子都没有，只有周腾不知道从哪儿睡醒了跳出来，扒拉他的小腿。

江初把它蹬一边儿去，灌了口苏打水找手机。

他翻了半天才从被扔进洗衣机的裤兜里把手机摸出来，想给覃最打电话，想起来自己压根儿没覃最电话，微信也没加。

江初正有点儿茫然地准备打电话给江连天问问覃最是不是找他母亲去了，房门外传来一阵钥匙声，覃最拎着一兜面条和两株芹菜，带着八月份上午的热气回来了。

"买面去了？"江初靠着门框松了口气，看覃最这模样应该是没什么问题。

这口气还没松完，他本来还有些模糊的记忆画面因为见了覃最的脸而瞬间加倍清晰，一点儿也没忘。

他一阵尴尬，讪讪地想说句什么，覃最对上他的目光，面无表情地换上鞋，拎着面条和芹菜往厨房走去。

"还吃面啊？"江初脑子一抽，无话可说地来了一句。

覃最停下脚步看他一眼，江初立刻一脸诚恳的表情："特别好，我今天就想吃面条。"

周腾绕过来蹭蹭覃最的腿，也"喵喵"地叫了两声。

覃最弯腰摸了摸猫，没搭理江初，去厨房洗手下面。

江初摸摸鼻子，转身去洗漱。

洗漱完回来，江初还是不太放心。万一真给覃最造成什么伤害，他不好意思开口自己忍着，忍出毛病了怎么办？

"覃最。"江初咬了根烟，尽量让语气显得真诚，"你要有什么不对劲儿的地方，得跟我说。"

覃最切芹菜的刀一停，江初硬着头皮接着说："这儿还挺重要的，嗯。"

菜刀又是一声响，这回不是"咔嚓"，而是"当啷"一声，刀被覃最扣在了案板上。

然后他从袋子里又掏出什么，江初正看着他，当胸被覃最扔过来一个小纸盒。

他差点儿以为飞过来的是菜刀，忙用手接住看了一眼，是醒酒药。

"滚出去。"覃最继续切菜，看都不想看他一眼。

江初抛了抛手上的醒酒药，盯着覃最的后脑勺欲言又止。

最后还是看在这盒药的面子上，他没好意思提醒覃最这儿是他的家。

江初无所事事地在屋子里晃荡了一圈，赫然发现家里竟然没什么需要他干的事。

虽然覃最来之前他也十天半个月收拾不了一回家，但处理周腾的猫屎猫粮以及喝水的碗，还是他必不可少的工作。

覃最来家里以后，这些他就没再动过手。

客厅沙发上十天半个月就堆出一座衣服山的景象也没再出现过。

他专门去卫生间看了一眼，连马桶都保持得很干净。

那么这些活儿都是谁干的呢？相信大家心中已经有了答案。

江初只好去往洗衣机里倒点儿洗衣液，把昨天换下来的衣服洗了。

他边倒洗衣液，边在脑子里想事。

伴随着洗衣机运作的声响，覃最煮的面条香味也散出来了，江初从昨天覃最背着他回家联想到今天，在心里默默地把他往"田螺男孩儿"的区域划拉划拉。

尽管已经吃腻面条了，江初也不得不承认，此时此刻来片醒酒药和一碗蔬菜面，非常治愈他宿醉醒来的胃。

虽然覃最压根儿没给他盛，只盛了自己的坐那儿就吃，江初还是自己觍着脸进厨房捞了碗面。

"挺香的。你够吃吗？"他端着碗在覃最对面坐下，尝了一口味道还可以，没话找话地跟覃最客套了一句。

他说这话本来都没打算能听到覃最回答，结果覃最抬起眼皮扫他一眼，说了一句："不够。"

江初一愣，瞬间明白了。

这小子绝对是故意的，下那么一大锅！家里再来头猪都能给喂饱了。

他这是还报复着呢！

江初有点儿想笑，没说什么，从自己碗里挑出一筷子面放进覃最的碗里，随口说道："我以为你又要一周不搭理我呢。"

这下又轮到覃最筷子一顿。

江初没管他又犯什么洁癖，是真饿了，闷头开吃。

覃最眼皮一耷拉，也跟着继续吃面。

第三章

覃二声最

　　吃饱喝足，江初带着点儿补偿的心思，主动去刷锅洗碗。

　　这一天虽说是周日，但他开个公司就是自己给自己打工，压根儿没什么真正的休息日，还有个单子今天得赶出来。

　　去书房开工前，他专门拿着手机先去了覃最的房间，想加微信。

　　刚才想找人却连个头绪也没有的情况，他真心不想再体验第二回。

　　江初自己一个人住惯了，敲了下门喊了声"覃最"，就直接往里走。

　　也不知道这两天怎么就那么巧，他一推门，覃最正好背对着他在脱裤子，内裤被带得卷下去半截，露出一段腰。

　　江初一咧嘴就要乐。

　　听见他的动静，覃最又把裤子给拽了上去。

　　"还挺……"江初对上覃最要喷火的视线，自觉地别开视线，没再继续吭声。

　　"能等我回答再进来吗？"覃最几乎是咬着牙在说。

　　"不好意思，"江初彻底明白了，跟覃最不能用跟一般男孩儿那么糙的方式沟通，这人太敏感了，"我一个人住惯了，在公司也都敲了门就随便进。"

　　覃最没说话，把裤子重新扣好，转过身来看着江初。

　　"是不是……还难受啊？"江初冲着他努了下嘴。

覃最忍无可忍地一抬眉梢，猛地上前一步把江初绊倒在床上，似乎想以其人之道还治其人之身。

江初脚后跟磕着床脚了，不然不能这么轻易就被扣住。

他还有些晕，头晕眼花地被覃最往床上一推，忙一只手摁住覃最拽他的裤腰的手，笑着做了个"好好好"的手势："不闹了，头疼。"

被口水呛着了，他又偏开头咳了两声。他只穿了条大裤衩，上身光着，脖颈、肩膀与锁骨连成紧绷的线条，连带着胸口一块儿起伏。

覃最一条腿卡在床沿上，居高临下地盯了他一会儿，甩开江初扣在他的手背上的手，往后退到衣柜上靠着。

"你跟我加一个微信，把手机号也给我。"江初也没起来，覃最不拽他，他就干脆舒舒服服地仰躺在床上，直接把手机扔过去。

江初的手机没密码，覃最接住摁了几下，只把手机号输了进去。

他不想点别人的微信，又把手机扔回江初的肚子上，去枕头底下摸自己的手机。

江初拿起手机看了一眼，覃最在通信录里给自己备注了个"覃最"。

他给覃最拨过去，破锣一样的铃声冷不丁地在旁边炸起来，快赶上小区花园里每天放广场舞曲的那破喇叭声了，听得江初一愣。

"什么动静？"他看向覃最刚掏出来的手机。

覃最拿着个出土文物似的又厚又旧的破手机，边缘还有点儿掉漆，面无表情地挂断了江初的来电。

江初张张嘴，真的特别想说一句"你这拿的什么"，转念一想，说不准是覃最他父亲之前用的，只能闭上嘴不吱声。

他往后撑着条胳膊坐起来，调出自己的二维码给覃最扫。

覃最靠在他跟前摁手机，江初扫着机身背后从覃最的指缝间露出的商标觉得闹心。

"wiwo"……

不是，这玩意儿能扫码吗？底下怎么还带着两行键盘？

覃最摁了下桌面上微信的图标，两人盯着屏幕等了几秒，打开了。

覃最再按"扫一扫"，点开后屏幕先漆黑了一会儿，江初的手机屏幕都灭了，他又给点亮，覃最手机上的扫码框终于显示出来。

"你这手机……"江初听着扫码成功那声巨大的"嘀"，几乎要控制不住自己的表情，"老了吧？"

覃最没理他，一脸漠然地又点了几下，江初这边才终于收到他的好友申请。

"'qin 二声最'申请添加你为好……"

"这都什么啊？！"江初实在受不了了，把手机朝床上一摔。

覃最估计是在给江初弄备注，靠着柜子继续摁手机，没理他。

"你打个拼音也行啊，qín！什么'qin 二声'……"江初都要被气笑了，"是不是你的手机打不出来啊？"

"加完了吗？"覃最终于看了他一眼，言下之意是加完了赶紧走。

"你这手机不行。"江初站起来就往客厅走去。

他没法顾忌什么遗不遗物了，自己也是从学生时代过来的，覃最明天要是拿着这破玩意儿去上学，一亮相就得没朋友。

"我现在带你出去买一个，或者我先给你拿个旧的用。"江初翻出自己两个月前刚换下来的手机，还行，挺新的，不新也比覃最那个"wiwo"强两万八千倍。

"把卡换上，你那旧手机想留着也能好好保存。"他把手机扔给覃最。

覃最皱皱眉，看着江初。

"看什么？你要觉得你的手机拿得出手，你出门吃饭怎么不带着？"

江初朝门框上一靠，坚定地看回去，对这个问题毫不妥协。

覃最倒也没在这个过于真实的问题上反驳，想了想，只问了句："多少钱？我给你。"

"旧手机，别提这个。"江初说，"把你的微信名字也换了。"

江初心想，这得被人叫错多少回，他才能想到取这么个名字？

对于这个建议，覃最没当回事，开口就一个字："不。"

"你……"江初快无语了，偏头笑了一声，又望着覃最说："你改成'最冷酷'多好啊！最牛！行不行，'覃二声最'？"

"覃二声最"的嘴角忍不住往上翘了一下，他看看手上的手机，又往后歪歪脑袋看着江初，像是觉得江初挺好玩儿。

江初还想说什么，覃最那个破锣一样的手机突然响了起来。

覃最看一眼来电显示，看向江初，意思大概是让他出去，自己要接电话。

不用他看江初也得走，他真不能听这动静，简直是声波污染。

他从床上捞了自己的手机要出去，还很体贴地带上了门，心里顺便想，覃最这么提防，说不准对方是覃最在他小县城家里的……

但是那山寨机的喇叭太夸张了，还剩个门缝没关严实，覃最接通电话，江初愣是能听见从他的手机里漏出来的声音，挺模糊的，对方上来就喊了声"小最哥"。

是个男生。

这狗脾气的人在家竟然还有朋友。

怪不得覃最来他家住那么些天了，江初一直没听他打过电话或接过电话，原来他们都在他去上班不在家的时候联系。

江初不由得幻想出一个跟覃最差不多大的男同学，手里拿着一部跟覃最的"wiwo"很配的"oqqo"。

他在门口走了下神，覃最冲着手机低低"嗯"了一声，两步走过来，从里面把门推上了。

江初差点儿被挤着鼻子，笑着朝覃最的房门上不轻不重地踢了一脚，去书房赶自己的活。

这人不是也能挺柔和地说话吗？

"奔儿，建材公司的件我发你邮箱了，你看有没有哪儿别扭，要没有就直接给他发过去。"江初把转椅往后蹬开半米，两条腿往桌子上一架，给大奔打了个电话。

"好的，我都不用看，直接发了。"大奔在电话里说。

江初抬起一只手盖在脸上揉了揉眼，笑着说："那后面再有什么问题让他直接跟你对接，别来烦我。"

"提他们就烦，明天去公司再说。"大奔飞快地换了个话题，"你吃了没？我未来丈母娘炖了锅红烧肉刚送来，晚上过来一块儿尝尝？宝丽昨儿夜里还念叨你呢，又想给你介绍对象了。"

不提吃饭江初还没想着，他这人就属于那种要么不干活儿，要么就一口气儿干出个阶段性成果的类型。

一听"红烧肉"，他咽了咽口水，拿开手机看了一眼时间，竟然已经下午四点半了。

早上吃了那碗"早午面"之后，这一天他都没进食，覃最竟然也没动静，还真跟他最开始想的一样，给了吃的喝的，半天都闷不出个屁来。

"你女朋友成天念叨我干吗？"江初揉揉肚子，有点儿饿了，"你俩好好享受吧，我现在被动拖家带口，已经不是上个月潇洒的我了。"

"照顾个弟弟被你说得跟喜当爹一样。"大奔笑着说道，"成，跟你弟弟吃去吧，拖家带口的初总。"

"拖家带口的初总"挂掉电话，又在椅子里窝了五分钟。

他早上起得晚，平时按时准点的午睡时间被折过去了，现在有点儿要困不困的，不太想动，拿不准是眯一会儿，还是撑到晚上早点儿睡。

他有点儿迷茫地翻翻手机，回了几条消息，点开覃最的微信头像。

覃最跟梁小佳打完电话，发了会儿呆，然后摊开昨天随手拿来没看完的书看了一下午。

中间他出去喝了杯水，周腾趁机溜进他的房间抱着床脚睡了一觉，又趁他去卫生间溜了出去。

微信消息响起来时，他正靠在椅子里跷着腿，滑着江初给他的手机沉思，要不要现在把卡换上。

旧手机的声音是有点儿大，突然"叮咚"一声响，听得他自己眼皮都跳了跳。

他捞过手机看了一眼，江初不知道犯什么病，给他发了两个字，"弟弟"，然后又发来一张图。

图没法显示，手机太慢，内存也满了。

覃最只能先去清清手机垃圾，又去相册里挑着删了几张截图，重新回到微信点开图片。

手机费劲儿地加载了半天，图片终于一点点地加载出来，就俩大字，"饿了"。

江初从覃最的朋友圈退出来，也不知道是不是这小子给他设置了什么不可见，一条内容都没有。

隔着书房和卧室的两道门，他听见覃最发出了类似于把手机摔在床上的动静。

接着是开门的声响和脚步声，几秒后，覃最没有表情地来到书房门口，有点儿无奈地问他："面？"

　　江初还保持着两条长腿架在桌上的姿势，转转手机跟覃最对视一会儿，突然觉得想笑。

　　覃最这人有些地方真是挺可爱的。

　　"都行，我再叫两个菜。"江初叫了份红烧肉和大拉皮，从书房出来跟着覃最晃到厨房，"你昨儿吃那只虾没过敏吧？"

　　覃最"嗯"了一声。

　　"有就是有，没有就是没有，'嗯'是个什么意思？"江初撩开覃最的衣摆看了眼，然后在覃最要转身揍他之前安心地出去了。

　　红烧肉送上门的时候，覃最那个破锣手机又进来一通电话。

　　中午那通电话打了多久江初不知道，反正这个电话一直到他把菜都在盘子里装好、把面也盛好、打开电视看了个小品，覃最才终于从卧室里出来。

　　看见一桌子没动过的菜，他还愣了愣。

　　"打完了？"江初去餐桌前坐下，把覃最的碗往他那儿推了推。

　　"你不用等我。"覃最在他对面坐下，开口说了一句。

　　"一张桌上吃饭，还得算着留多少菜，吃着不踏实。"江初无所谓地说。他刚才闻着肉香是真饿了，也没跟覃最多说，直接开吃。

　　肚子里的饥荒劲儿缓过去了，江初靠在椅子上舒服地点了根烟，偏着脑袋继续看小品，随口问了一句："手机还没换啊？"

　　覃最扫他一眼，淡淡地说："你的手机有东西。"

　　"什么啊？"江初转过来，眨了眨眼。

　　不能啊。

　　"你恢复出厂设置不就行了？"江初在餐桌底下抬抬脚，蹭了一下覃最的小腿，"去拿过来。"

　　覃最慢慢悠悠地去把手机拿来，摁了几下，把东西翻出来扔给江初。

江初接住手机的时候还觉得挺可笑："十七八岁的大小伙儿了，整得……"

等看清内容，他整个人直接就说不出话了。

"不就是我的腹肌吗？"江初简直想揍人。

他连翻着相册，恨不得把手机摁回覃最的脸上："我肚子上青了一块儿拍给医生看看，身材太好，就这照片你都该设置成桌面知道吗？"

覃最叉着两条长腿手揣在兜里坐在沙发前看电视，挺奇怪地偏头盯着江初，不知道他是怎么说出这话的。

更无语的是，他还真把照片给设成桌面了。

江初把手机扔回给覃最。

覃最又盯了江初一会儿，才拿起手机点开屏幕。

江初的肚子就映入眼帘。

覃最抿了抿嘴角，脑袋往沙发靠背上一仰，手背搭在眼睛上，第一次在江初面前忍无可忍地笑出了声。

要按八块腹肌的标准来评判，江初这身材算不上他自己说的那么好。

江初一只脚踩在椅子边沿上坐着，黑着脸看覃最笑了一会儿，耷着眼皮笑着骂了一句，膝盖撑着脑门儿也笑了半天。

"刷碗去。"他起身去卫生间，经过覃最身边，又踢了他一脚。

饲养覃最这件事，出乎意料地给江初带来了不少乐趣，尤其是在晚饭那一通神经对笑之后。反正江初昨天醉酒、今天成为"桌面"，两个人面子里子都没了，再在一个屋檐底下相处，想绷着点儿距离都绷不起来，又自然了不少。

主要是覃最不是那种没良心的小孩儿，按照他那性格，虽然能直接改名"最冷酷"，但江初对他有几分善意、几分照顾，他心里明镜似的。

他刷完碗，还把昨天那个西瓜给对半切了，插了个小勺儿，放在餐桌上等江初去吃。

　　江初坦然地吃瓜，突然有种这半个月不只是他在观察覃最，覃最其实也在"考量"他的感觉。

　　这种基本等于养了个住家保姆、衣来伸手饭来张口、没事还能逗着玩的轻松生活，没等江初继续多享受享受，转天就随着周一的到来被打乱了。

　　江初平时都在八点半左右醒，头天晚上吃完瓜他就睡了，早上七点二十被尿憋醒，干脆收拾收拾直接起来去公司赶活儿了。

　　周一总是莫名地忙忙碌碌，等他晚上八点半回到家，家里黑黑的，只有周腾的眼睛在发光，平时进门就能闻见的面条香也没有了，让他一下子愣住了。

　　覃最出去了？

　　江初掏出手机要给覃最打电话时才猛地想起来，这天周一，覃最前天就说了，今天开学。

　　江初顿时有点儿不好意思，连覃最几点起的床、出的门都不知道，只隐约记得自己早上走之前，周腾的饭碗、水碗都被倒满了。

　　开学第一天，新学校人生地不熟的，他也没关心关心覃最中午怎么吃。

　　他给覃最发了条消息："放学去接你？"

　　其实这话也就意思意思，江初都换完衣服了，趴在沙发上不想动。

　　结果覃最没多久就给他回过来一句："后门。"

　　江初叹了口气，只好从沙发上又爬起来，拿着车钥匙下楼。

　　他几点放学啊？到点了吗就后门？

　　江初在后门一条街上锁定覃最的身影不是什么难事，高高帅帅往那儿一站的就是，而且罩最还穿着那天新买的衣服，在乱七八糟什么风格都有的学生堆里特别有范儿。

江初又想起来第一天去火车站接他时他的形象，几乎就是经历了一回小镇青年变形记。

他直接把车停过去，摁了下喇叭。

罩最正靠着根路灯柱子打电话，微微蹙着眉，表情好像有点儿烦躁。

旁边放学的几个女生往这边扭头，罩最抬起眼皮隔着车窗看了江初一眼，没动，嘴里还在对电话说些什么。

江初把车窗降下去，只听见罩最说了一句："以后别说这些了，没意思。"

说完他直接挂了电话，也没管对面的人是不是还要说什么，拉开副驾驶座的车门把自己重重地砸进车里。

手机屏幕还停留在通话记录的界面上，江初透过他的指缝扫了一眼，通话人，梁什么佳。

罩最的手动了动，江初看清了那个名字，梁小佳，像是个姑娘的名字。

"是个女生？"他带点儿调侃的心思开口问。

罩最正把书包往后排座位扔，动作顿了一下才答："不是。"

江初笑笑没说话。

"男的。"罩最像是还沉浸在刚挂电话的烦躁里，语气有些硬地补充了一句。

江初有点儿意外地扫了他一眼，意外的点跟是男是女没关系，而是罩最竟然在这种无聊的问题上主动多解释，都不像他的风格了。

"今天感觉怎么样？"江初换了个话题，"中午在食堂吃的？"

罩最望着窗外"嗯"了一声。

江初听到熟悉的"覃最式回答"，在心里接了一句"这就对了"。

"饿不饿？"他望着路边的各种店，又问，"顺便吃点儿？"

"你还没吃？"覃最的手机又振了两下，梁小佳发来一大段微信，他随便看了一眼就锁屏将手机揣兜里，"买回去吃吧，作业多。"

江初也不知道为什么，从覃最嘴里听着"作业"两个字就想笑。

"覃最"和"作业"完全像是两个世界的。

"开学第一天就有作业啊？"他随口感叹道。

覃最没再接话。

虽然平时他也不说话，但这会儿江初能感觉出来，这小子现在心情不太好。

问题应该出在那个梁小佳身上，估计就是昨天给覃最打电话，喊他"小最哥"那个人。

两个人应该在覃最的老家就挺熟的了，小哥儿俩之间吵个架也正常。

后槽牙都有锉舌头的时候，他跟大奔从初中铁到现在，闹起别扭来照样打架。

覃最刚刚还跟他说什么没意思，那边又发来一堆微信。这两人吵起架来还挺黏糊。

也不知道是梁小佳的电话一天比一天更频繁了，还是江初之前没注意，反正自打那天知道有这么个人以后，仅仅他能看到、听到的电话，就一天也没落过。

要不是明白覃舒曼对这个儿子一点儿也不上心，每次看覃最接完电话三回平淡两回心烦的模样，他还得以为覃最是在接他母亲的电话。

不过覃舒曼也打了通电话，是在九月快过一半的时候，还不是打给覃最，而是打给江初的。

那天是周六，江初本来能早点儿回家，跟大奔都收拾完东西往外走了，大奔突然骂了一声，拿出手机一通乱点。

"怎么了？"江初被他吓了一跳。

"我媳妇儿生日。"大奔翻出日历对日子，"差点儿忘了。"

"今天？"江初乐了。

"我说她这两天怎么老试我呢？"大奔抓抓脸，紧张地松了一口气，"真忘了，差点儿就阵亡在今晚午夜十二点。"

江初笑了笑。

大奔看着就是一个糙胖子，对宝丽确实没话说。

主要是宝丽那二踢脚的脾气炸起来也没话说。

江初现在都还记得他们大四那阵儿忙着整毕设，大奔把七夕节给忘了，过了三天才屁滚尿流地跑去哄媳妇儿，第二天回来时腰上带着一圈红手印儿，一身肥肉被宝丽揪得跟唱戏的大腰带似的。

"得，你别回家了，"大奔算算自己这个月工资上缴后剩下来的余额，叹了口气搭上江初的肩，"陪我去给她买个礼物，晚上一块儿喝酒，跟方子他们也有阵子没聚了。"

"能不能行了？"江初有点儿无奈，"从大学帮你挑到现在了。"

"你不是眼光好吗？上回挑那个包她背到现在。"大奔也挺郁闷，"我前两个月给她买的一身衣服，那天她妈来送红烧肉穿着呢。"

他说着给宝丽打了通电话，又在哥儿几个的小群里挨个儿圈了一遍，说晚上媳妇儿过生日，一块儿聚聚，不来的把红包发了。

哥儿几个全部很踊跃地"来来来"。

江初也给覃最发了条消息，说自己晚上不一定几点回，不用给他留灯。

其实他发不发都无所谓，这小子都独惯了。

果然，两个小时后，覃最才给他回了个"嗯"。

覃舒曼的电话打过来时是晚上八点半，他们刚从饭店转移到 KTV。

第一个电话江初没接到，他去卫生间了，刚才吃饭时被灌了不少酒，大奔给宝丽唱情歌唱得"催人尿下"，听得他直坐不住。

他回到包间，方子在一屋鬼哭狼嚎声里把江初的手机递了过来，扯着嗓子冲他吼："电话！"

"我弟吧？"江初把自己砸进沙发里，腿架在茶几上，有些晕地说了一句。

"你什么弟弟？开个公司怎么还收上马仔了？"方子捞过两瓶黑啤用牙起开瓶盖，塞进江初手里一瓶就跟他碰杯，"喝！"

"一个个酒篓子！"江初把瓶子放桌上，滑了两下才滑开手机。

正好覃舒曼的第二个电话打来了。

江初愣了愣，第一反应是以为覃最出了什么事，朝方子比画个手势，出去接电话。

"小初，"覃舒曼的声音一如既往地客气，听着江初那边隐约的背景音乐犹豫了一下，"没打扰你吧？"

"没，刚才手机不在旁边。"江初咬上根烟，"有事？"

"也没什么，覃最在你那儿怎么样？不麻烦你吧？"覃舒曼轻声细语地问。

江初觉得这母亲真的挺有意思，人都扔过来一个月了，这会儿才装模作样地问这么一句。

"不麻烦，他还挺好的。"他淡淡地回了一句。

"那就好。是这样的，过两天是覃最的生日，你爸爸想一家人给他过一过。工作日你们挺忙的，他也得上学，要么就赶早不赶晚，明天周末，你看中午有没有时间？"覃舒曼说。

江初听见"覃最的生日"这几个字，冷不丁竟然有点儿感受到下午大奔的心情，同时他飞快地想起那天在医院看见覃最的身份证，生日好像就是九月十三还是十几。

"啊，行。"他眯缝着眼吐出口烟气，"那你跟他说了吗？"

覃舒曼顿了一会儿，才笑着说："他没接我的电话。"

"他今儿上课。"江初跟覃舒曼也没什么话好说，"你给他发条短信也行，等我晚上回去再问问他，明天联系吧。"

"好的，好，"覃舒曼连着说了两个"好"，"那咱们明天见。"

挂完电话，江初靠在门外抽完一根烟才进去。

下午他帮大奔给宝丽挑了条裙子，他自己拿了瓶差不多的香水付了钱，让大奔一块儿直接都给宝丽。

给女孩儿买礼物其实最不费事，这会儿他想想覃最的生日，一时间真想不出个头绪。

直到夜里一点半，方子叫了辆车顺道把他捎回家，江初还撑着脑袋问他："方儿，给十七八岁的男孩儿送什么好？"

方子跟大奔、江初都是从上学玩到现在的哥们儿，侃起来嘴上是一点儿把门的都没有，张嘴就说了句"荤话"。

江初笑着骂了一声，聊起以前的事，笑得眼前直晃小金星。

"不能笑了，要吐了。"方子降下车窗呼出口气，又撞了江初一下，"你还不找一个？你爹都二婚了，自己儿子谈一个吹一个，他也不催你？"

"公司刚整起来，还扶着学步车呢，我找个啥。"江初闭着眼靠在座椅上，车里香薰的味就着空调闻得他犯恶心，也摁下车窗吹风，"谁跟你似的清闲，抱个铁饭碗，一天光谈恋爱玩。"

江初一点半上车，等他回到家摸着黑换了鞋，已经快两点了。

本来想去吐一遭直接睡觉，见覃最的房门底下还透着光，他过去拍了拍门。

听着里面的一阵声音，他也没等覃最应声儿，直接就把门推开。

覃最半靠在床头，正黑着脸扯着小毛毯往腰上盖，屈起一条腿。

"滚！"他冲江初凶狠地说。

"哎！"江初往后退了一步，笑着把门给他带上，"不好意思，你继续。"

往卫生间走了两步，他又折回来对着门缝说："明儿中午你妈给你过生日，别看太晚啊。"

覃最暴躁地闭闭眼，下床拽了下裤腰，摔开门大步出去。

江初正在马桶前撑着墙憋笑，顺便酝酿吐意，听见覃最一阵霹雳带闪电，跟要揍人似的就出来了，他另一只手往裤腰上一搭，想扭头说一句"别招我啊，喝多了没准头，尿你一身"。

结果江初没估算好转身的角度，客厅、卫生间也都没开灯，覃最走到卫生间门口，周腾突然从脚边蹿过去了。

他脚底一绊，往前迈出两步，直接就滑到江初身后，抬手也撑了一下墙。

江初正好转过脸，磕到了覃最的头。

覃最整个人一僵，在黑夜里瞪着近在眼前的江初。

江初也瞪着他。

麦芽酒精的气息在这尴尬和僵硬的气氛里瞬间鲜明了两万多倍。

他们这么互相瞪着愣了一会儿，还没等覃最做出反应，江初嘴角一抖，扭头冲着马桶无声地吐了。

江初摁下冲水键，从旁边的盥洗台上就着水龙头捞了点儿水漱漱口，挺尴尬地对覃最解释："不好意思，不是冲你。"

覃最黑着脸看了他一会儿，转身出去了。

江初听见他开了灯，又去倒了杯水，水杯磕在餐桌上。

等他洗漱完从卫生间出去，覃最已经回房了，房门关着，周腾在他的门前趴着。

"你现在就跟他亲了，是吧。"他冲周腾用气音说。

周腾甩甩尾巴，懒得搭理他。

第二天早上，江初是被香醒的。

覃最炖了一锅米粥，买了油条和茶叶蛋，已经坐那儿吃上了。

"怎么不叫我？"江初打了个哈欠晃出来，松松垮垮地瘫坐在对面的椅子上。

他想伸手拽粥碗，覃最用筷子挡住他的手，咬着半根油条冷漠地说："刷牙。"

"啊。"江初摸了摸后脑勺又站起来，去卫生间刷牙。

洗漱完坐下吃饭，两个人相安无事，谁都没提昨晚磕碰的事。

江初是没觉得有什么，毕竟就是个意外，以前上学的时候男生之间闹得多疯的都有，要别扭也就覃最这个不能招、不能碰的人会在敏感的青春期别扭。

不过他喝着粥观察了覃最几眼，对方好像也没什么反应，估计是来了他这儿就动不动地打架，脸皮也被同步练出来了。

覃舒曼这次见覃最，没订酒店，大概十点半的时候江连天给江初打电话，让他们去家里吃。

覃最的表情看不出喜怒，一如既往的无所谓里带点儿不耐烦，他跟着江初上车去给自己过生日。

"之前没去过吧？"江初开着车问，"她的新家。"

"嗯。"覃最应了声。

"你的生日是十三号吗？"江初看了他一眼。

覃最望过来。

"上回去医院看你的身份证上好像是九月十三号。"江初说。

覃最没反驳，没反驳就是对。

好像每次聊到生日的事，覃最都一副格外不想说话的模样，上回江初问到底是哪一年也没问出个结果来。

这些现在也不重要，江初还在琢磨着给覃最送点儿什么东西，掏出烟盒敲了根烟出来叼着。

他胡思乱想着，要把盒子扔进扶手箱，覃最抬手一截，从自己兜里摸出个打火机点上，顺便举到了江初这边。

江初偏偏头，就着覃最的手点上烟，眯缝着眼摁下半截车窗。

车开到半路时，江初开了导航。

江连天跟覃舒曼二婚后又买了套房子，江初也只去过一次，隔了两年了，有点儿记不住路。

进了小区他又给江连天打了个电话，问清楚具体在几栋楼。停了车跟覃最一块儿上楼时，江初不由得有点儿感慨，四个人卡着时间聚到一块儿过生日，谁跟谁都不像一家子。

他看了一眼覃最，今天的寿星估计比他更感慨。

"走吧，高兴点儿。"江初抬起胳膊揽上他的肩，想着这两个月连着见了江连天两次，最近也该去他亲妈那儿看看。

覃最果然练出抗敏体质了，被江初动手动脚也没那么多反应了，跟江初对视了一眼，什么也没说。

两个人从电梯里出来，楼道里一股炖排骨的香气。

这回出来迎门的是覃舒曼，江连天的声音从厨房传过来，他喊着：
"是覃最到了吧？还是蛋糕到了？"

覃舒曼看了眼覃最，嘴角很节制地扬了扬，打量一眼他今天的穿着，
先开口招呼的却还是江初。

"今天有点儿堵吧，小初？"她让两人进门，给江初递了双拖鞋。

江初"啊"了一声，接过鞋来先扔到覃最脚底下，然后才换上自己
的，笑了笑："有点儿。"

江连天从厨房里伸出头招呼他们："先坐，蛋糕马上就到。覃最，
你妈妈早上专门去订的……哟，覃最换发型了，挺精神的。"

覃最也没跟覃舒曼说话，朝江连天点了一下头。

江初从桌上捏了块孜然羊肉，看着母子俩之间的气氛都替他们尴尬。

覃舒曼也是，昨天电话都打来了，订个蛋糕也就一个电话的事，还
能拖到今天早上。

现做的蛋糕新鲜？

"江初，来帮爸爸调个凉菜。"江连天又喊了一声。

江初活到现在就会做个蛋炒饭，江连天这是有话想跟他说。

他在电视柜上找到遥控器，把电视打开随便放了个节目，从覃最身
边过去时拍了一下他的背："你先坐着玩会儿手机。"

"羊肉不错。"江初进厨房洗洗手，夸了一句。

"是吧，我尝着也还行，一大早送来的。"江连天给他端了个小盆
和三个松花蛋，"把这个剥了。"

"生蚝别收拾了。"江初看看旁边备着的食材，拿起个蛋磕了磕。

"怎么了？你不爱吃吗？"江连天朝他脚底下踢了个垃圾桶。

"覃最海鲜过敏。"江初说，"上回你给他接完风，他回家就冒了
一身红疹子。"

江连天愣了愣，放低了声音问："那他怎么不说？"

"你媳妇儿不也没说吗？"江初笑了笑。

江连天没说话，朝客厅看了一眼，那娘儿俩一人坐在沙发一头，跟临时凑来的饭搭子似的。

把厨房的门掩了掩，江连天摸摸兜点上根烟，把烟盒朝江初递去。

江初摆摆手，轻声问："他到底是不是亲生的？"

"废话。"江连天把炖汤的火拧小，也拿了个蛋慢慢地剥着，叼着烟，说话模模糊糊的，"分开得太早了，你覃阿姨跟他爸离婚的时候，覃最才六七岁，这么多年没顾得上联系，这不才接来吗？两个人有点儿生疏也正常。"

是她"接来"的吗？

"什么意思？"江初剥着蛋抬了下眉毛，"他爸要是没死，她还不打算认这儿子了？"

江连天肯定知道什么，江初看他的表情能看出来，但江连天不想说。

"以后也就这么着了？"江初接着说，"就现在这样，她也别指着以后覃最给她养老送终。"

"你天天就想着不给你爸养老送终呢吧？"江连天对着江初的屁股踢了一脚。

"哎，别碰我，盆掉了。"江初皱着眉避了避，有种自己把覃最的台词给搬来了的感觉。

江连天冲着抽油烟机又抽了半截烟，那表情像是终于想说点儿什么的时候，门铃又响了。

"快好了吗？"覃舒曼拎着店里送过来的蛋糕推开厨房的门，笑着问，"随便弄弄就行，不然我帮你们？"

"蛋糕送来了？"江连天在水池里把烟碾灭，"行，这就好，让覃最先把蛋糕拆开吧。"

"剥完了。"江初把最后一个松花蛋剥完扔在小盆里，"你赶紧调吧，我出去等着。"

他洗洗手，接过覃舒曼手里的蛋糕，出来放在餐桌中央。

覃舒曼果然进厨房帮着弄菜去了，江初看了一眼覃最，在他旁边的沙发扶手上坐下，碰了碰覃最的肩膀。

覃最转过脸，江初迅速往他嘴里塞了块羊肉。

"一会儿你多喝点儿汤，"江初欠欠身子从旁边揪了张纸巾擦手，冲着覃最含着羊肉要嚼不嚼的表情直想乐，"老头子当爹当得凑合，熬汤却是一绝，我妈以前总说他该去当个颠勺儿的。"

覃最盯着江初带着笑的眼睛，盯了好一会儿，很难得地勾了勾嘴角，低低"嗯"了一声，转过脖子嚼着羊肉看电视。

等江连天和覃舒曼从厨房里出来，四个人围坐在餐桌前，江初都有点儿后悔过来掺和这一顿饭了——这是他参加过的最尴尬的一次生日宴，没有之一，比方子当年借着给系花过生日的机会向人表白，结果当场被拒还要尴尬。

江连天努力笑着说话，想把氛围带得热乎点儿，覃舒曼也尽力配合着说说笑笑，但总是有一股子恍惚劲儿，视线对着覃最的时间还没对着江初的时间久，跟覃最脸上长刺儿会扎她的眼一样。

江初想帮衬几句，覃最又在旁边一副"跟我无关"的表情，实在没什么意思。

"行，那咱们先拆蛋糕？"江连天搓了下手，嘴里喊着"覃最"，使劲儿朝江初递眼色。

"好，来，拆。"江初踢了踢覃最的椅子腿儿。

覃最纯粹礼貌性地朝江连天露出个笑模样，伸手拽了一下蛋糕盒上的缎带。

"你也一起。"江连天拍了拍覃舒曼的胳膊，让她帮着一块儿拆。

"也不知道做得好不好看，店里的小姑娘跟我说得天花乱坠的。"覃舒曼笑着捋了下头发，站起来把倒扣的蛋糕盒端起来。

蛋糕没什么特别的，连锁店里都用的是差不多的模子，花边儿裱得很精致。

但同时吸引四个人的目光的，是蛋糕上漂亮的花体字。

"覃醉生日快乐。"

"够马虎的。"江初笑了一下，"光顾着介绍了吧，字都能给我们写错。"

然而并没有人应他。

覃最、覃舒曼、江连天三个人的目光都盯在那个"醉"字上，像盯着一枚手雷。

干吗呢这是？

江初都要被他们这反应弄得愣住了，写个错字而已，也不是什么不得了的事吧？

"我再叫一个吧。"他掏出手机。

"对，让你哥再叫一个。"江连天忙跟着说。

覃最动了动胳膊，摁下江初的手，视线从蛋糕上挪到覃舒曼的脸上，面无表情地看着她。

"我……"覃舒曼眨眨眼，有些慌神地看向覃最，又看看江连天，再看回覃最。

"是人家店员记错了，覃最，"江连天很认真地替她解释，"你妈妈……"

他的话还没说完，覃最把凳子往后一撤，发出刺耳的声响，他站了起来。

江初皱皱眉，一瞬间有种覃最要动手的错觉，条件反射地攥住了他的手腕。

覃最甩开江初的手，没发火，也没冲那个蛋糕做什么，又看了一眼那个"醉"字，只把蛋糕上插着的"17岁"金属牌抽了出来。

"记错了。"覃最拇指抵着金属牌，微微用力，把小牌子折断在餐桌上，又看向覃舒曼，"我十八了。"

覃舒曼眼皮一抖，张了张嘴。

覃最没给她说话的机会，转身把凳子踢开，大步走了出去。

"覃最！"覃舒曼望着覃最的背影还在愣神儿，江初使劲儿皱了下眉头，追出去喊了一声。

覃最没停，也没回头，大长腿没几步就迈到电梯前，都不带停顿的，摁一下按钮直接进去了。

"我以为你得直接冲向楼梯呢，"江初追过来，笑着把脚往电梯门里一卡，"要是电梯没到你还得站在门口等一会儿，多跌份儿。"

覃最身子一侧就要从他旁边挤出去，江初牢牢地扣住了他的肘弯。

"去车里等我。"江初把车钥匙掏出来，摁在覃最的掌心里，"我的手机还在桌上呢。"

覃最沉着脸跟他对视。

"听话。"江初看着他的眼睛说，然后，转身往回走去。

电梯门关上了，从二十一楼往下降落，覃最攥着江初的车钥匙，靠在厢壁上用力闭了闭眼。

大量过往的画面与声音在脑海里疯狂旋转。

"覃醉。"

"覃醉……"

"覃醉！"

"覃醉。"

"你为什么叫覃醉啊？你爸妈起名的时候喝多了？"

"哎哟，小覃醉，来，老婶儿闻闻今天身上有没有酒味！"

"覃醉，你妈呢？"

"秦有义的媳妇儿可真有意思，两口子天天喝不够，还等着把儿子也养成个酒蒙子。"

"覃醉……覃醉！"

"你妈呢，覃醉？"

"覃醉，来，跟爸喝两杯，哈哈！从今天开始你没妈啦！好好上学，长大给爸买酒，爸给你找个更好的妈。"

"覃醉，知道妈妈是怎么生的你吗？妈妈这辈子都毁在你爸和你手里了！知道吗？！"

"覃醉！"

覃最从电梯里出来，狠狠一脚踹翻了车库的垃圾桶。

旁边经过的一对小情侣吓一跳。

男的皱皱眉想说句什么，女的看了一眼覃最，忙拽着男朋友的胳膊把他拽走了。

覃最撑着膝盖呼出口气，拉开江初的车门把自己砸进驾驶座。

车里很闷，很热，他不想开空调，抬起手背压在眼眶上深呼吸了好几下。

感觉手心传来隐约的刺痛，他才发现钥匙在手里攥得太紧，不知道什么时候手被戳破了皮。

江初把车钥匙塞给覃最，回到江连天家门口，江连天正换鞋要跟出来找人。

"覃最呢？"他朝江初身后张望。

"我让他去车里等我了。"江初把他拦回去，进了门发现覃舒曼仍坐在餐桌前发呆，除了眼睛有点儿红，别的什么反应都没有。

这要么是有天大的隐情，要么就是她真对覃最的感情复杂到了极点。

江连天在旁边沉着脸，夫妻俩都没有想说点儿什么的打算。

"你们吃吧，我们先回去了。"江初也不想问了，抄起自己的手机塞屁股兜里，顺手把旁边被覃最摁断在桌上的金属牌扔进垃圾桶。

"等一下，你把这羊肉装上。"江连天去厨房拿了两个食品袋出来。

覃舒曼这才有了点儿反应，站起来帮着把一整盘孜然羊肉打包放进袋子里。

江初把袋子接过来，走到玄关处换鞋。

"小初……"覃舒曼迟疑着喊了他一声。

江初扶着门框回头看着她，磕了磕鞋尖，

"你帮我跟他解释一下，"覃舒曼抿了抿嘴，"我确实是一下子没反应过来。"

江初嘴角一扯，真的不明白对自己儿子的名字她还需要反应什么。

江连天当爹当得被江初的母亲逐出家门，好歹还能记得江初爱吃哪几个菜。

"行。"他对覃舒曼点了下头，走了两步又回头说了一句，"你儿子海鲜过敏，下回你想叫他吃饭，弄点儿家常菜就行。"

这话像是在覃舒曼的脸上抽了一耳光，她猛地一愣，望着江初，连眼都忘了眨。

"江初。"江连天在旁边皱了皱眉，江初猜对了，他果然没打算告诉覃舒曼这事。

江初没再看他们，摆摆手，带上门直接走了。

　　江初拎着孜然羊肉从电梯里出来，差点儿被横在门前的垃圾桶绊个大马趴。

　　他朝自己停车的方向看了一眼，把垃圾桶扶起来，往墙角推了推。

　　他拉开驾驶座的门，胳膊撑在车顶上对覃最笑："怎么着，你开？有本吗？"

　　覃最推开江初下车，绕去副驾驶座。

　　江初把孜然羊肉挂在后视镜上，空调开到最大，车窗也全降下来，带覃最回家。

　　覃最一路上什么也没说，到家后周腾凑过来闻他的腿，他蹲下来摸了摸周腾的脑袋，对江初说："我睡一觉。"

　　"啊，睡。"江初正脱衣服，听覃最跟他来这么一句话还愣了愣。

　　这小子今天竟然知道打招呼了，平时都是将门一关就直接进屋。

　　估计看自己头包在衣服里说话以为他卡着了，覃最从他身后过去，又顺手帮他收拾了一下。

　　江初光着膀子去阳台摁了一会儿手机，给大奔打电话："奔儿，报恩的时候到了，喊上你媳妇儿陪我出去一趟。"

　　覃最这一觉睡到了晚上十点十五，也算不上睡，意识一直昏昏沉沉的，强行掩埋在脑海最底层很多年的记忆轮流往上翻涌。

　　他不想去想，情绪却开了闸压不住。

　　每段碎梦的间隙里他都会清醒片刻，也不像是清醒。

　　他不想睁眼，不想动，胸口像压着什么，把人往梦境深处拖，他连翻个身都费劲儿。

　　一直到被人摸摸额头、摸摸脸，喊了两声"覃最"，他才从梦魇般的状态里疲惫地睁开眼。

卧室里没开灯，黑漆漆的，客厅柔和的灯光从门外照进来，形成模糊的光线，还有不知道什么电视剧在发出热闹的声响。

江初正在床边弯着腰打量他，脸离得有点儿近，模糊的光线下，覃最莫名能看清他的眼睛，睫毛很密。

江初跟覃最对视了一会儿，觉得覃最似乎睡蒙了。

他都快跟覃最瞪对眼了，这人怎么睁开眼也没反应？

"覃最？"他又喊了一声，谨慎地抬起手，朝覃最脸上拍了一下。

他拍的同时自己还直了直腰，以防覃最条件反射地给他一拳。

覃最这才皱皱眉，偏偏头把他的手打开。

"干吗？"一开口他自己都听得一愣，嗓子听着像被砂纸磨过似的。

"再不醒我都要给你叫大神了。"江初转身往外走，经过门边抬手拍开卧室的灯，"起来吃饭。"

覃最眯缝着眼坐起来，周腾从他的胸口滚下去，弓着背抖了抖毛。

怪不得他胸口直闷。

覃最翻身下床，膝盖有点儿软，感觉脑浆都睡稠了。

他闻闻自己身上捂了一下午的味，换了身衣服去洗澡。

江初从厨房探头看看，见覃最先进了浴室，靠着料理台想了一会儿，把蛋糕放回冰箱里，把其他东西也收拾好。

他去翻出下午给覃最买好的礼物，又去覃最的卧室里把周腾抱出来，引它到浴室门口喂了点儿零食，把礼物盒子揣它怀里，让它抱着玩。

周腾对个破盒子没什么兴趣，挠两爪子就要跑。

江初"啧"了一声，捞着周腾的腰把它卡在胳膊窝里，翻箱倒柜地找上回买猫粮送的猫薄荷。

覃最在浴室里洗澡，就听见外面各种声音，"窸窸窣窣"的动静一阵接一阵。

等他带着一身水汽打开浴室门，周腾像个拦路虎一样横在浴室门口，正在玩一个长方形的盒子，外封被爪子扒拉得扎出好几个眼儿。

他弯腰把盒子捡起来，只看了一眼外包装的图案，眼皮就一跳。

"贴不贴心，嗯？感不感动？"江初懒洋洋地盘腿坐在沙发上对着电视打游戏，战况紧张，他头都来不及回就直乐。

覃最抱着胳膊朝门框上一靠，看看江初，再看看手里的盒子，觉得无话可说，还有点儿想笑。

第四章

十八岁成人礼

　　说实话，江初把大奔两口子给折腾出来，一开始的目的真的很纯洁——他想去给罩最弄个蛋糕，能自己写字画画的那种。

　　大奔之前往公司带过一个，说是跟宝丽去什么商场那儿新开的店自己做的，配料坯子什么的都给备好，各种工具也齐全，做起来跟玩似的，做完还不用收拾厨房。

　　大奔和宝丽一人做一个，宝丽做完拎家里去了，大奔做得太丑，拎来分享给大家吃。

　　江初当时还笑话他来着，好歹是一个专业搞设计的，弄个蛋糕能弄得被人看不上。

　　大奔笑着说还真是，没看专门做的巧克力味吗？咱们业务水平必须没话说。

　　本来江初一开始也没想到这一出，从江连天那儿开车回来的路上，就打算在路边随便给罩最买个蛋糕意思意思得了。

　　罩最是十八岁的大小伙子了，又不是小姑娘，过个生日还得用蛋糕哄。

　　但是也不知道怎么的，江初看着罩最那副明显心里有事，又要在所有人——他亲妈、他后爸以及自己这个半道多出来的哥哥——面前强忍着不表现的模样，觉得有些不是滋味。

后爸和亲妈把生日给过砸了，他不往上顶，还能有谁来安慰安慰这个敏感的十八岁少年？

梁小佳？

人家都是在家靠父母，出门靠朋友，梁小佳是覃最什么样的朋友，江初不知道。但覃最已经跟所有人都反过来了，在家没爸妈，出了门朋友在外地，更别说就以他那性格，他愿不愿意主动跟人开口发泄都是个事。

覃最进房间关门睡觉时的背影，有那么一瞬间让江初觉得他像只孤独的大鸟，在天上被气流狠撞了一下，却只能闷不吭声地在他这儿憋闷，因为已经没有家了。

他感叹了一把今天的自己如此文艺，接茬儿就想到了大奔之前亲手做的蛋糕。

覃最不就硌硬那个写错的"醉"吗？那他给覃最写上一蛋糕的"最"，总错不了。

反正在江初眼里，除了实打实地塞钱，没什么比亲手做的玩意儿更有心意。

但是大周末的，他跟大奔两个大男人跑去扎着围裙做蛋糕，怎么想都有点儿脑子不正常。

所以他干脆就让大奔把宝丽也叫上了，做蛋糕这种事，有个女的在总能自在点儿。

可江初万万没想到的是，大奔他们两口子还是捎带着人来的，确切地说，是宝丽捎来的——一个她又不知道打哪儿冒出来的亲闺密，名字叫陈林果。

一开始江初还没反应过来，进了店见三个人站得挺近的，还以为陈林果是店员。

他刚打声招呼站在大奔旁边，宝丽过来一胯骨把他撞去了陈林果那儿。

"这得两个人一组，嫂子给你找了个伴儿，别客气。"宝丽热情地介绍，"我小姐妹，陈林果。果儿，这帅哥就是江初。"

"你好。"陈林果倒是挺大方，长得也还行，白，圆眼睛，黑长直的头发别在耳朵后面，齐头发帘儿显得很纯，笑起来还带俩酒窝。

"你好。"江初笑笑，接过她递来的围裙放在一边。

这要是以前上高中、大学那阵儿，她还真是江初比较喜欢的类型，但现在他只觉得有些尴尬。

他跟大奔借着去买奶茶的名头溜出去，挺郁闷地问："什么情况啊？"

"别提了，您可真会挑时候。"大奔比他还郁闷，"我陪媳妇儿逛了一上午街，好容易熬到她叫了个妞来替我，好嘛，你一个电话过来给她乐没了，正愁没机会给你介绍对象呢。"

"唉。"江初苦笑一声，都无奈了，"她这是什么瘾头啊？"

"配合配合吧，宝丽也是好心。"大奔一听江初埋怨上了，立刻又开始护老婆，"咱几个一块儿玩这么些年了，就你还落单，年年拉着我们有家有室的人陪你过光棍节，缺德不缺德？"

不管缺德不缺德，反正人都来了，宝丽还提前选好了进阶版的组队模式，如果把人晾着不配合一下也不合适。

况且陈林果看着虽然文文静静的，但是一点儿也不认生，听江初说这蛋糕是做给弟弟的，还很热情地帮着参谋，做个什么形状和口味的好看，关键还做得有模有样的，还真是挺有卖相的。

江初一个直到今天才知道面粉还分高低筋的糙人，除了打打下手，也就只能有一句没一句地陪陈林果聊着，拿着巧克力酱等着往蛋糕上写

"最"字，写的时候大奔和宝丽也跟着凑热闹。

"这都什么啊？写那么多。"大奔歪着脖子在旁边念，"覃最，覃二声……覃二声最？最冷酷、小最哥……你俩这什么辈儿？"

"都是他的外号。"江初笑笑，写得倒是很愉快，看着也很满意。

"枪给我，大奔哥也给小最哥来一个真情祝福。"大奔撅着屁股挤过来，绕着蛋糕边儿写了句"最高最帅，地表最强——你奔哥"。

宝丽又拿了管草莓酱，在"奔哥"后面画了个"&"，接了句"你宝姐"，还挤了个小爱心。

她也是玩上头了，写完以后冲陈林果来了一句："果果你要不要也写一句？"

江初跟大奔对视一眼，看向陈林果。

大奔跟宝丽在蛋糕上写字是一回事，陈林果这个刚认识的外人也来写，就有点儿不对味了。

可四个人做蛋糕，三个人都写了，剩一个在旁边，跟不带人玩似的，感觉也不太好。

好在陈林果情商挺高，在旁边看得乐呵呵的，宝丽刚问完她就笑着摆了摆手："我不行，我的字不好看，我来一笔还得再多做个蛋糕。"

大奔打了个哈哈把话题混过去了，江初顿时对陈林果的印象好了不少，但这几分好印象也挡不住江初作为答谢请他们吃下午茶时宝丽过于热烈的撮合行为。

"加个微信呗？"她跟大奔坐在一块儿，兴致勃勃地撺掇，"以后都是朋友，没事约着出去玩。"

陈林果对江初感觉应该挺好的，没说什么就把二维码点了出来。

江初扫完加上她，给大奔发了个"救驾"。

他们打默契打太多年了，从校园配合到职场上，能合伙开公司的关系，大奔扫一眼消息弹窗就心领神会。

　　把手上的华夫饼吃完，他问江初："你就给你弟弄个蛋糕啊？"

　　"啊。"江初配合地抬了下眉毛，"还要做什么？"

　　"十八了，成人礼啊，就弄一个破蛋糕，你这哥当得可真够意思。"大奔故意笑得带点儿适度的神秘感。

　　"那你合计着我该送他个什么？"江初乐了。

　　"我媳妇儿知道。"大奔笑着碰了碰宝丽的肩膀。

　　宝丽已经要笑喷了。

　　她拍了大奔一巴掌："我可不知道，果果也不想知道，你们臭老爷们儿合计去。"

　　"什么啊？"陈林果捧着个班戟边吃边笑着问。

　　"让你嫂子跟你说。"大奔抓着江初站起来，"走，走，走，去给咱弟弟再买个礼物。"

　　跟大奔一唱一和地晃到售货店，江初直到付钱之前还当说笑呢，问大奔："真买啊？"

　　"买啊！他都成年了。"大奔比他还麻利，手起刀落地拍了好几样东西，乐得浑身肥肉都乱颤。

　　塔推完了，江初把手机扔沙发上，回手从沙发缝里掏出大奔友情附赠的小礼物抛给覃最。

　　覃最靠在卫生间门框上，抬手接住礼物。

　　他看看瓶身的包装，又看向江初，突然往上牵了牵嘴角，带着点儿懒洋洋的痞气，耷着眼帘用食指推了推瓶身。

　　"你大奔哥哥给的。"江初也觉得好笑，覃最到底是青春期，这么些玩意儿就把他哄乐了。

"谁?"覃最问了一句。

"我哥们儿,铁磁儿。"江初简单说了一句,转身去厨房端蛋糕,让覃最去卧室放好他的新宝贝。

覃最拿着他的"新宝贝"回房间,站在床边又看了看,觉得江初这人的脑回路真的很神奇。

有时候他说的话、做的事,包括那股子看起来漫不经心,关键时刻却很稳妥的"劲儿",让覃最觉得,如果有谁能给江初当亲弟弟,应该是件很幸福的事。

"你不会用上了吧?"江初带着笑的声音透过门缝传进来,他还吹了声口哨,"我可还饿着呢啊,弟弟。"

覃最过去拉开房门。

黑漆漆的客厅让他一愣。

紧跟着他发现也不是全黑,电视还开着,厨房也还开着灯,沙发前的小矮几上放着一个蛋糕和几盘菜,蛋糕上插满蜡烛,散发着跳动的暖光,矮几外围则围着大半圈的啤酒。

覃最过去看了一眼,蛋糕很丑,但是写了很多大大小小的"最"字。

"生日快乐,覃最。"江初在他身后说。

覃最转过身,江初靠在他卧室门旁的墙上,眼睛里映着星星点点的烛光,冲他弯了弯眼:"去给自己下碗面吧,顺便也给我拨点儿。"

"你做的?"覃最问。

"幸福吗?"江初欣赏了一下自己做的蛋糕⋯⋯不,主要是欣赏自己写满一蛋糕的各种"最"字,把专门从店里要来的写着"18"的蜡烛插上。

覃最看着江初认真点蜡烛的侧脸,没说什么,去厨房给自己下了碗素面。

等他端着面出来，江初已经把沙发上的靠垫都扒拉下来堆靠在沙发前面，屈着条腿坐好了，边看电影边啃一只鸭爪。

"来这儿。"他冲覃最拍拍身旁的垫子。

覃最坐下，把碗推到中间，从茶几旁边码了一地的啤酒堆里拿出一瓶。

"别，"江初把鸭爪扔盘子里，擦擦手飞快地将啤酒瓶夺了过来，"摆着好看的，没让你真喝。"

"怎么了？"覃最看着他。

"明天你上学，我上班，今夜不宜饮酒。"江初起身去冰箱里拿了两瓶饮料，没找着起子，干脆直接塞给覃最，"上牙。"

覃最有点儿无语地拿着江初给他的饮料——豆奶，利索地把瓶盖咬开了。

"先放着，等会儿过了十二点再碰，我把这个吃完。"江初拿起刚才的鸭爪继续啃，还踢了踢覃最的脚踝，"这电影你看过吗？"

"没有。"覃最又拿了瓶啤酒咬开。

江初一想到他明天要上学，还是忍不住叮嘱："别喝了，意思意思行了。"

"嗯。"覃最应声，"喝也不会喝成你那样。"

"我哪样了？"江初条件反射地就来了一句。

这话说完，他们同时想起昨天吐了的那个画面。

眼下两个人肩靠肩坐着，偏着脑袋大眼瞪小眼，距离也快跟昨天差不多了。

"你自己知道。"覃最把视线定到电视上。

"哎。"江初扔掉骨头笑了笑，昨天他有点儿晕，现在清醒了想想，多少还是有点儿尴尬。

主要是他刚磕碰完就吐了很尴尬。

他自觉地喝豆奶，说道："跟酒量好的人是比不了。"

"用跟酒量好的人比吗？"周腾凑到覃最脚边蹲着，覃最晃晃脚踝碰碰它的小手，"给它喝两瓶它也不至于那样。"

周腾抬爪子扒拉他。

"你开心了话多是吧？碰你一下能掉块肉还是怎么？"江初"啧"了一声，"十二点了，赶紧扔了水晶鞋逃走吧。"

覃最盯着江初看了一会儿，再次坚定了对他的看法，这人有时候真的很神奇。

"谢谢。"他眼里带了点儿笑，低声说了一句。

江初刚想回一句"且谢着吧"，覃最的手机响了。

他的脑子里自动蹦出梁小佳的名字。

果然，覃最拿着手机去阳台一接又是十几分钟。

等他再回来，江初已经快把中午从江连天那儿带回来的孜然羊肉干完了。

"你朋友？祝你生日快乐呢？"江初问道，把剩下几块羊肉都扔覃最的碗里，又把空盘子摞到一边。

覃最"嗯"了一声，表情却不是很开心，好像还有点儿严肃。

"我一直想问来着，你这朋友处得跟对象似的，一天一个电话，还挺黏糊。"江初假装无意地说。

他对这个梁小佳真有点儿好奇，他跟大奔和方子他们再铁都没这样，几个前女友的电话加起来也没这么勤过。

而且大老爷们儿打电话祝生日快乐，要不是喝多了侃大山，或者借钱，连五分钟都聊不到。

要不是知道梁小佳是男的，覃最说什么他都不会信。

覃最没说话，飞快地摁了几下手机，给梁小佳发了条微信就把手机扔到了沙发上，然后才开口："不说他。"

"那说说你妈。"江初站起来活动活动，想找找自己的手机。

覃最背靠着沙发，屈着一条腿，架着胳膊看他。

"你今天的反应有点儿大了，"江初说，"你刚来就直接被你妈放我这儿，也没见你有那么大意见。"

江初本来还想说要是真是因为写错名字，有点儿犯不上；记错生日也不是不可能，江初的母亲在他初一的时候还跑去小学给他开过家长会。

很多事确实得长大以后才明白，生意、家庭、父母、孩子、自己……大人每天要往心里记的事比想象中多得多。

他现在还没到上有老下有小的地步，光操持一个小破公司和自己，时不时都会觉得焦头烂额。

覃最开学那天自己不就把他给忘了？

但是话到嘴边，想想他们母子之间也不只是写错名字和记错生日这么简单，不能单拎着这一档子事分析，显得太站着说话不腰疼了。

"而且我临走前，你妈让我替她跟你道个歉，说她今天确实是没反应过来。"江初没找着手机，先摸着烟了，点了一根靠在餐桌上。

"所以你叫过那个名字？"他问覃最，"后来才改成现在的'覃最'？"

覃最很长时间都没说话，没有表情，也没像中午那样暴躁，沉默地盯着电视。

江初一根烟都燎到烟屁股了，以为覃最不打算开口，他准备换个话题把这一段儿带过去，覃最才开口说了一句："她没跟你们说过吗？"

"她说了我还犯得着问你吗？"

"她是被我爸灌醉了怀的我，当时她已经找好这边的工作，决定去离婚了。"覃最声音平淡地说。

江初愣了愣。

这人还真是要么不开口，一开口就让人接不上话。

"她一直看不上我爸，我不知道他们一开始为什么会结婚。"覃最望着电视，对这些从街坊邻里的闲言碎语里、从他父亲每次喝醉后嘟嘟囔囔的自述里从小听到大的故事，早已经麻木了。

"我爸以为她有了小孩儿就不会往外跑，不会'心那么野'，会认命地安分下来。可能她也试着'认命'了几年，但是她恨我。"

"名字是她给我起的，我爸想补偿她，让我随她的姓，"覃最接着说，"小时候我不懂，后来想想，可能我该庆幸她没有直接用犯罪的'罪'。"

江初喉头微动，这事太糟糕了，他震惊的同时都有些后悔开这个口。

"那你现在的名字……？"他皱着眉问。

"我自己去改的。"覃最看向他，"十六岁的时候，是送我自己的生日礼物。"

江初心里突然像被一只小手攥了一把，狠狠地一揪。

"我能理解她恨我，能理解她走了以后再也不想看见我。"覃最顿了顿，才又说，"但我不觉得这是我的错。"

"当然不是。"江初说。

"我不想当那个'罪'，也不喜欢她给我起的名字。"覃最看着电视接着说，"她突然说给我过生日，我以为她是想试着接受我，但是看那个蛋糕，可能她自己都不知道到底能不能接受。"

覃最的声音到此为止，客厅里只剩下电影嘈杂的背景音和一瓶饮料被打开的清脆声响。

江初皱着眉盯着覃最的侧脸，电视的光影打在他刚刚成年的青春面孔上，很酷，好看，很帅，却让江初一句话也说不出来。

这信息量有点儿超出他的预期，平时只在电视或手机上看到的剧情一下子照进生活，还就在他身边，主角还跟他成了"兄弟"。

他一时间无法评价任何人的对错，只能暗自在心里骂一句覃最的亲爹。

偏偏这人已经死了，留下覃舒曼和覃最母子之间将近二十年都无法靠"母爱"化解的僵局。

"改得好！"憋了半天，江初只能憋出这么一句话，声儿还不小，覃最听得一愣。

江初过去拍了拍覃最的肩，在他身边坐下，心里郁闷得烦躁，到底还是抽出覃最手里的饮料瓶灌了一口。

"我喝过的。"覃最看着江初，目光从他被饮料浸润的嘴唇上移到他的眼睛上，直视着他说。

"说了不嫌弃你，这么多废话。"江初不耐烦地又拿了瓶饮料塞进覃最手里，"自己开。"

覃最勾着嘴角笑笑，打开瓶盖，跟江初碰了碰。

平时江初喝了酒都是沾床就睡着，结果这天失灵了。

夜里两点多他还在床上心烦，脑子里不受控地回放覃最说那些话时的表情和语气。

他跟要去演戏一样，换个儿把自己代入覃舒曼和覃最的角度，越代入越觉得这事压根儿就无解。

覃舒曼"认命"过几年，覃最来找她，她逼着自己给覃最过生日，肯定也一直挣扎着在劝自己，孩子是无辜的。

但一开始谁想要这孩子了？人家本来都要离婚了，是覃最的父亲造的孽。

覃最就更别提了，天生就是个无辜与"罪"的合成物，又会做饭又会做家务，一天天默不作声，也不知道怎么就这么被养大了。

"唉！"江初烦得翻了个身，又把床头柜上充电的手机拽过来。

拽过来他才看见微信上有两条新消息。

陈林果一点四十发来的，不知道发的什么，又给撤回了。

江初没管，去点开大奔的头像，给他发了句粗口。

大奔："怎么了？礼物弟弟不满意啊？"

江初："你怎么醒着？"

大奔："起来撒尿，你有什么事？"

大奔："快，我特好奇咱弟弟收着礼物后的反应。"

江初："明儿见面说。"

大奔："……"

大奔："你就是一个垃圾。"

跟大奔聊了一会儿心情好多了，江初给他扔了个表情包，顺手又点开朋友圈滑了一下。

滑到"覃二声最"的头像时他都没反应过来，拉下去半截了才又返回去，仔细看一眼名字，是覃最没错。

他点进去，这小子的朋友圈终于有内容了，虽然发的也不是什么特别的玩意儿——一个小酒瓶的表情。

江初莫名就有种直觉，这是覃最发给他看的。

他笑笑，给覃最评了个"碰杯"的小表情。

隔天早上，江初是被尿憋醒的。

也不知道是因为那半瓶饮料还是睡前大奔那句"起来撒尿"，害得他一整夜做梦都在找厕所。

他挣扎着从梦里回归现实，拉开房门出去，覃最正好肩上挂着书包在玄关换鞋，扶着墙扭头看了他一眼。

"几点了？今天走这么早？"江初眯着眼看了看时间。

"我值日。"覃最看向他，目光顿了顿。

"那你慢点儿，别忘了吃饭。"江初打了个哈欠，攥着门把手要进卫生间。

覃最突然冲他轻轻吹了声口哨。

江初差点儿被他这一声把尿激出来，身体颤抖了一下，抬腿就要往覃最的屁股上踢："你厉害了啊，冲你哥吹上口哨了。"

覃最笑着开门，摔上门走了。

江初在原地愣了两秒，简直又气又想笑。

从卫生间回来又眯了半个小时，江初起来给自己弄了点儿吃的东西，去公司上班。

大奔捎了一大兜包子来，萝卜牛肉馅儿，一个有拳头那么大，进门就一人发两个，不吃也得吃，说是丈母娘包的，他家冰箱都快塞不下了，逼得他昨天大晚上吃了四盒八喜给包子腾位置。

"你这丈母娘也太实惠了，"江初肚子塞不下，闻着一屋子包子味都顶得慌，"上个月红烧肉，这个月大包子。"

"找个媳妇儿你也有这待遇。"大奔甜蜜又感到负担地叹了口气，说着就"哎"了一声，晃着转椅过来蹬了江初一脚，"你跟那个果果怎么样？有戏没？"

"什么果……啊。"江初正在找文件，说了半句才反应过来。

陈林果。

"我看那姑娘还行，长相、身材都不差，刚考进宝丽他们单位，工作也稳当。"大奔指了一下江初的屏幕，"这个样机给我拷一份。人家个头也高，昨儿穿平底鞋差不多一米七了吧？跟你站一块儿挺像样的。"

江初插上 U 盘给大奔拷样机，随口说道："你在这儿说得天花乱坠没用，也得人家有这意思。"

"人家对你怎么没意思了？没意思昨天二话没说加你的微信？我看是你没意思。"大奔蹬一脚地板，又滑回自己桌前，"我告诉你，初儿，你也别仗着自己人模狗样的，就天天这个看不上那个看不上，现在什么样的姑娘都不缺人追，你就这么着再耗几年，就守着你那弟弟过吧！"

大奔一提微信，江初突然想起来昨天半夜陈林果给他发了又撤回的两条消息，笑了笑，说："弟弟也挺好的，猫屎都不用我上手。"

"你怎么回事，在公司压榨我们，回家还压榨人家？"大奔驴唇不对马嘴地说完，又十分认真地提醒江初，"说真的，跟人家陈林果好好聊聊，万一就成了呢？宝丽可让我提醒你呢啊。"

成不成的，江初都没什么兴趣，也不能说一点儿没兴趣吧，反正现在没什么兴趣。

陈林果看起来确实是个好女孩儿，昨天半天相处下来，说话做事也舒服，但他还没专门为了找个对象而去跟某个女孩儿接触，前几任也都是互相有感觉了，自然而然处下来的。

不过大奔两口子这么上心，他无奈之余还有那么点儿感动。

一直忙活到快十一点，江初去院子里抽烟，打开微信，看到陈林果九点多又给他发了条消息。

陈林果："早上好，我才想起来昨天夜里不小心发错消息给你了，不好意思，没打扰到你休息吧？"

不管打扰还是没打扰，你不也都发过了吗？

江初在心里说了一句，给她回消息过去："没有，昨天已经睡了。"

陈林果："那就好。"说完，她又发了个小猫的表情包。

陈林果："你朋友圈里的猫咪是你养的吗？"

江初："对。"

陈林果："好可爱啊，它叫什么？"

江初看着这句话都乐了，一只猫能有多可爱？这姑娘套起近乎来也是不带打草稿的。

他们有一句没一句地聊了两句猫，江初正好抽完一根烟，礼貌性地给陈林果发了一句："去忙了，回聊。"

陈林果回了个"嗯嗯"，很快又打了行字："我朋友家的加菲生宝宝了，我最近也准备接一只，到时候有什么不懂的我就问你啦。"

看来大奔说得没错，陈林果确实对他有意思。

江初把烟头弹进垃圾桶，回了个"行"。

傍晚下班的时候，大奔跟方子他们在群里瞎侃，跟江初商量："方子说国庆放假去那什么山吃农家乐，开车过去要四十多分钟，住两宿，正好他哥们儿有券，怎么样？"

逢小长假找个地方去玩两天是他们的传统，以前在学校到处野，毕了业各忙各的，能凑齐人在一块儿玩不容易，每回只要时间能配合，江初都乐意过去。

他算算日子和最近的单，点了下头："成，订吧。"

"得嘞。"大奔打了个响指，"你把弟弟也带上，我还没见过呢。"

"我回去问问。"江初说，"不知道他们补不补课。"

"他高三了是吧？"大奔问。

"二。"江初说。

"十八上高二？"大奔算了算日子，"留级了？"

"谁知道他爸妈怎么给算的，也可能那小子成绩烂，想压一年补补。"江初听完昨天覃那些话，现在想想覃舒曼还是十分闹心。

以前他对覃舒曼不说有意见，但是也没什么好感，知道她和覃最的事以后，觉得她也不容易。

覃最对于出去玩没什么意见，不过他九月底有场月考，具体怎么放假学校还没说。

"差不多，估计考完直接就过节。"江初躺在沙发上打游戏，"你成绩怎么样？在这边能跟上吗？"

"嗯。"覃最洗完澡出来，对半切了个西瓜，坐在餐桌前挖着吃。

江初拿着手机也坐过去，边吃另一半西瓜边问："你如果在之前的学校，现在该高二还是高三？"

"三。"覃最说着，手指飞快地在手机上打字。

"啊。"江初应了一声，覃舒曼果然给他留级了。

他又扫了一眼覃最的手机屏幕上的名字，果然是梁小佳。

"那你以前那些同学现在不都高三了？"江初吃掉自己的西瓜最中间那几口最甜的，见覃最发消息发个没完，就伸勺子去挖他的。

覃最把西瓜往他那边推了一下。

"都高三了，你这哥们儿不学习啊？"江初随口说着，"一天不是电话就是微信。"

覃最靠在椅子上，抬起眼扫了江初一眼，打字的手都没停，说道："不行吗？"

"行啊，没说不行。"江初也往后靠，抬起一条腿踩在椅子沿上，继续吃西瓜，"就好奇，俩大男生有什么好聊的？你们这年龄都聊点儿什么？游戏，女孩儿？"

覃最发过去最后一句话，把手机屏锁上，倒扣在桌子上，往后微微歪着脑袋盯着江初。

"看什么？"江初说。

"跟你聊天，看你挺无聊的。"覃最把自己的西瓜拽回来，"聊吧。"

江初笑了，偏头吐掉口西瓜籽，站起来去洗澡。

他看出来了，这小子就不乐意跟他聊那个梁小佳的事。

江初拿了衣服进浴室，覃最把手机翻过来，梁小佳又给他发了一串消息。

覃最大概扫了一眼，皱了下眉，没再给他回复。

他收拾完桌子和西瓜皮要回房间做作业时，江初的手机一亮，弹出来一条消息。

覃最下意识地看过去，对方叫陈林果，应该是个女的，给江初发了条"初哥"。

覃最抬了抬一边的眉毛。

没两秒钟，手机又响了一声，还是陈林果的消息，这次是张图片，跟着是个表情。

覃最端着装满西瓜皮的盘子站在桌边，盯着手机屏幕等了一会儿。

直到手机自动熄屏，这个陈林果都没再发消息过来。他伸手把江初的手机翻过来，屏幕朝下扣在桌上，扔垃圾去了。

国庆节前一天正好是中秋，江连天给江初打电话，问去不去他那儿聚聚。

江初先问覃最，覃最估计暂时也不想见覃舒曼，说自己要考试，江初就去江母那儿吃了顿饭。

江母已经知道江连天把他继子扔到江初那儿的事了，对此表示特别不满。

"你爸脑子有毛病，那个女的也不是个省油的灯。"她皱着眉给江初下饺子，饺子还是买来的，她没时间自己包，"干的什么事？把自己亲儿子往别人的儿子家里放。合着什么都不用她管，她就等着以后你爸两腿一蹬然后他们母子俩分钱了是吧？"

"话也不能这么说，"江母二婚的丈夫方周在餐厅里摆桌，"说不定有什么难处，毕竟那母子俩也多少年没见过面了……"

"所以才胡扯啊，"江母皱着眉打断他的话，"果然你们男的都一个德行，就想着自己过得舒服，不是自己的儿子不知道心疼。"

方周推了推眼镜，冲靠在厨房门口的江初无奈地笑了笑。

"一个月给我一万六千元，不亏。"江初也笑了笑，过去扶着江母的肩让她出去，"我盛吧，你回回舀饺子都破皮。"

当着方周的面他没说太多，吃完饭江母送他下楼的时候，江初才大概跟她说了说覃舒曼和覃最之间的情况。

江母听完以后，一路上没再说什么，等江初到车库上了车，她把大盒小盒的月饼都堆在车里，才从鼻腔里哼出口气，说道："无语。"

江初笑得不行，一只胳膊撑着车窗看着江母，说道："您一天天说话越来越潮啊。"

"那当然。"江母笑了笑，给江初拽了一下翻起来的袖口，"行了，回去吧，路上慢点儿。那孩子要住就住吧，不都上高中了吗？回头他考上大学走了也就这样了。"

"你的钱够不够？"江母又说，"不够就找你爸要！"

"我都多大了，放心吧。"江初笑着捏了捏江母的肩膀。

"你也知道啊？"江母立刻往他胳膊上又拍了一下，"你什么时候结婚啊？那大奔去年都结婚了，你到现在连女朋友都没谈成一个，你爸还给你弄个小弟领家里去了，哎哟……"

江初立刻关上车门："你跟我爸结婚结得倒早，现在不还是各过各的吗？遇着合适的我肯定带来给你看，行了，妈你赶紧上去吧。"

江母还想再抽他一下，江初一溜烟似的把车开跑了。

从江母那儿出来时刚六点半，江初正好要经过二十七中，就给覃最发了条消息，问他考完没，顺路接他回家。

覃最跟上回一样，给他回了条"后门"。

放假的前一天，路上学生特别多，车也多，江初到后门的时候，远远就看见覃最的身影。

覃最靠在路灯柱子上，一只手揣在兜里，另一只手摁着手机。他旁边还站了个女孩儿，高高瘦瘦，挺漂亮的，估计是他班上的同学，在跟覃最说话。

江初在心里"哟"了一声，把车停在路边，冲覃最摁了一下喇叭。

那女孩儿吓一跳，扭头看了一眼车，问覃最："接你的吗？"

"嗯。"覃最没什么表情，隔着车窗跟江初对视了一眼，把手机一收，拉开副驾驶座的车门就要上车。

"不跟人家拜拜啊？"江初笑着问，把江母堆在副驾驶座上的月饼糕点什么的往后排座位放。

"这是你……哥吗？"那女孩儿倒是不认生，听江初替她说话，笑得还挺灿烂，主动跟江初打招呼："哥哥好，我是覃最的朋友，叫我陆瑶就行。"

江初差点儿脱口接一句"那你叫我知马力吧"，及时反应过来这还是个学生，比自己小好几岁，就笑笑，说道："我是覃最他哥。"

陆瑶还想说什么，覃最直接把副驾驶座上剩下那些盒子全扔去了后排座位，上车把车门一关，说："走。"

这臭德行。

不过这个叫陆瑶的小姑娘也是心大，覃最在副驾驶座都把门关出那动静了，她还傻呵呵地透过江初这边的车窗弯着腰，跟覃最拜拜："那我回头联系你啊，你别再不回我了。"

　　江初用手肘捅了捅覃最，覃最像是有些无奈和心烦，扫了她一眼，不耐烦地说："领子掉地上了。"

　　陆瑶赶紧捂着领子站直，不好意思地又冲江初笑笑，说："谢谢。那我先走了，哥哥拜拜！"

　　江初把车开出后门街，用余光打量着覃最，语气里带着笑调侃他："可以啊，小最哥，魅力四射啊。"

　　覃最看他一眼，什么也不想说。

　　"小姑娘得罪你了？跟你道别你还摆着个臭脸。"车停在红灯前面，江初回手从后座拿过盒拆了一半的点心扔覃最怀里，"还不回人家的消息。"

　　梁小佳的消息他回得倒挺勤。

　　"没完了？"覃最把点心拆开，看一眼没什么兴趣，又想塞回去。

　　"拿一个给我。"江初指挥他。

　　这是盒麻薯，还没有分包装，覃最刚隔着油纸捏一个要递过去，江初的手机响了，同时红灯也绿了。

　　江初接通电话，摁开免提键，他的手把着方向盘，脖子一偏，十分自然地就着覃最的手把麻薯咬进嘴里。

　　覃最盯了他一眼，连着油纸一块儿把手收回来。

　　他被咬着手没说什么，江初还嫌硌牙了，"啧"了一声对着手机说："哪位？"

　　等听清那边的声音，他就顾不上什么硌牙不硌牙了，整个人都愣住了。

　　"初哥，我是陈林果。"陈林果的声音还跟上次见面时一样温柔，笑呵呵地问，"宝丽姐说明天一块儿去农家乐，让我问问你需不需要买点儿什么带着，你现在有空吗？"

江初梗着脖子把麻薯咽下去，皱了下眉。

这确实是宝丽能干出来的事。

"也没什么特别要带的，那个农家乐我也没去过，不过应该基本上什么都有。"他把车停在路边，看了一眼时间，没到七点。这个陈林果真会挑时候，这时间见面怎么也避不过去吃顿饭，不管买不买东西，关系都被拉近了。

覃最在旁边听着电话里漏出的女声，再听江初说的话，瞬间就把他们的内容猜了个八九不离十。

估计就是那天给江初发"初哥"那位，明天也会一起去农家乐。

他降下点儿车窗，架着只胳膊支着脑袋，无所事事地望着江初。

魅力四射啊。

"我还没去过农家乐，下午才查了下攻略，"陈林果在电话那头又笑笑，听背景音就是在大街上呢，"本来想找宝丽姐去买点儿吃的喝的东西，她跟大奔哥好像去她妈妈那儿了，就让我找你。没耽误你吃饭吧？"

那倒真不耽误，她赶得还特别巧。

江初跟覃最对上视线，眼神有点儿无奈。

这段时间陈林果没事就会找他聊几句，他倒是不反感，只是也不怎么来电。

要是他带着有感觉的姑娘去吃吃买买，那还算个美差；带着个不来电的姑娘，想想实在没什么意思。

关键是去个农家乐也实在没什么需要买的，还不如带覃最去吃点儿他没见过的玩意儿有成就感。

但江初这人性格还行，有时候嘴也毒，不过多数情况下挺会给人留面子，尤其是姑娘都主动到这份儿上了，明天还得一块儿去玩，这点儿小事把人拒得下不来台，不值当。

"没耽误，我跟我弟弟正要去吃。"江初咬了根烟出来，"你要是急着想买点儿什么，发个定位给我，我过去找你吧。"

他本来以为把弟弟都搬出来了，陈林果自觉一点儿就会说算了。

"好啊，"结果陈林果一点儿也没客气，笑呵呵地报了个商场，"我就在这儿溜达呢，正好请你们吃饭。"

江初挂掉电话，覃最还在看他，嘴角动了一下说："准女友？我先回去？"

"回个屁。"江初掉了个头，把车朝商场开。

商场里的人不比外面大街上的人少，还基本全是一双双、一对对儿的，或者是一家三口带着孩子。

江初进门先看见火锅店的大广告牌，往覃最的肩头上拍了一下，说："晚上吃火锅？"

"随便。"覃最随意地左右看着。

他对吃东西这方面一直没什么特殊的喜好和欲望，跟女的一起吃就更没有了。

江初也感觉出来了，带着覃最进电梯，见到墙上挂的电影海报，又说："不然回头看个电影吧。"

覃最看他一眼："三人行？"

"什么三人行？说得跟那什么似的。"江初"啧"了一声，电梯人挤人的，还有个小孩儿靠在他腿上吃糖葫芦。

他抬手搭着覃最的肩，感觉这小子似乎又高了点儿："你要不乐意就等她走了咱们看。"

覃最勾勾嘴角，轻声说："你也不怕人家就在电梯里。"

　　江初还真被这一句话唬了一下。

　　虽然陈林果说了在四楼等他们，他还是没忍住扭头扫了一圈电梯，确定没见着人，顺手朝覃最屁股上拍了一巴掌。

　　四楼到了，覃最抬腿往外走，江初突然反应过来什么，"哎"了一声，在覃最身后又拍了他一下。

　　覃最无聊地回头盯着他，江初笑着说："你现在让碰了啊？"

　　他就是随口一说，本来在江初看来，覃最浑身这儿也不让碰、那儿也不让碰就是矫情的臭毛病，现在对他时不时上手上脚地逗一下没反应了，完全是两个人熟了以后该有的进步。

　　覃最倒是因为江初这句话愣了愣。

　　江初都走出去两步了，又回头喊他："愣什么呢？过来。"

　　陈林果这姑娘，各方面确实挺扎眼的，江初都没细看，眼一扫就在扶梯旁边认出了她的背影。

　　她还是标志性的黑长发，跟那天一样披散着，不过今天好像卷了一下，穿着条牛仔背带裤，挎着小包，挺清爽的，趴在栏杆上往下看。

　　江初刚要喊她，她正好转过来，他才看见她怀里还抱着三大杯奶茶。

　　"初哥！"陈林果笑着喊了声，抱着奶茶快步过来。

　　"不好意思啊，还麻烦你们专门来一趟。我也不知道你们喜欢什么口味，随便买的。"

　　她把奶茶递给江初，又看了一眼江初身后慢慢悠悠晃过来的覃最，问道："这就是弟弟吧？"喊得十分自然。

　　"没事，我们正好也要出门吃饭。这是我弟，覃最。"江初接过陈林果手里的杯子，给覃最递了一下，"这是我朋友，你喊果果姐吧。"

　　"哎，喊姐就行了，"陈林果笑着摆摆手，"果果姐听着像儿童频道的主持人。"

覃最接过奶茶，礼貌性地笑笑，什么也没喊。

陈林果自己心里也明白，去一趟农家乐没什么好买的，所以江初问她，她就提议不然先吃饭吧。

"火锅店行吗？我刚才顺便排了个号，现在正好快到了。"她朝江初晃了晃手机。

"够巧的，"江初笑了笑，"刚才在楼下我俩也商量着吃火锅。"

"那太好了！"陈林果笑着跟江初又挨近了点儿。

覃最在旁边淡淡地瞥了陈林果一眼。

是够巧的，号都排得正好，姑娘追得有水平。

覃最从见了陈林果到坐桌边点菜，就一直没怎么说话。

陈林果和江初挨个儿点自己想吃的东西，江初把点完的菜单再给覃最看时，覃最划拉着菜单也没出声。

陈林果在对面热情地推荐了好几道菜，有点儿不好意思地笑着说："其实鱿鱼脚和猪脑我还挺喜欢吃的，不知道你们受不受得了那个味道，就没点。"

覃最顺手给她加了份鱿鱼和猪脑。

陈林果开心地跟他道谢。

"你……"江初看一眼屏幕上的鱿鱼，又看看覃最，犹豫了一下要不要说覃最海鲜过敏的事。

覃最无所谓，直接下单，把点餐器放在桌上，站起来对两个人说了一句："我去端调料。"

江初本来想着要不要跟他一块儿去，正好服务员过来倒饮料，陈林果又突然在座位底下碰碰他的脚，凑在桌子上小声问："弟弟是不是不喜欢我？"

听到"弟弟"这个称呼从陈林果口中这么自然地喊出来，江初发现自己竟然有一丝丝微妙的不爽。具体是对陈林果就这么自然地一口一个"弟弟"来显示她跟自己很亲近不爽，还是纯粹对这句"弟弟"不爽，他没仔细分析。

那感觉大概就像他拎着周腾去宠物店洗澡，店里正好有其他也带着猫狗来消费的主人，对着周腾揉搓来揉搓去，周腾还很乖地配合。

"没有。"他靠在沙发上，把脚往回收了点儿，淡淡地朝陈林果解释，"他不爱说话，在家跟我也这样。"

"是吗？"陈林果胳膊肘支在桌上捧着奶茶，她的鼻子和嘴都被挡在杯子后面，对着江初弯着两只眼睛，"那弟弟感觉好酷啊。"

江初"嗯？"了一声，随口问："什么酷？"

"你不知道吗？"陈林果笑着又往前趴了趴，连说带比画地跟江初解释了一通。

"啊。"江初笑笑，没说什么。

不过覃最回来的时候，江初还是不由得专门从上到下打量了他一眼。

覃最确实挺酷的。

江初想想傍晚那个小姑娘陆瑶对覃最的热情劲儿，女孩儿估计都挺喜欢这一款的男生。

本来这种小姑娘爱聊的东西，江初听一耳朵就过去了，但是一顿饭快吃到尾巴的时候，覃最的手机进来一个电话。

"梁小佳"三个字跟按时打卡一样，出现在屏幕上。

江初扫一眼，夹着根油麦菜的筷子猛地一顿。

"我接个电话。"覃最放下筷子就拿起手机找地方接电话去了。

"哇哦，"陈林果吃得一张脸红扑扑的，端起酸梅汤喝了一口。

江初皱了下眉。他把筷子放下，转头看了一眼覃最接着电话往卫生间走的背影。

　　"你们当哥的是不是都这样啊？"陈林果乐了，"我上学那阵儿我哥也天天防我谈恋爱，防得跟什么似的。"

　　后面陈林果继续说了些什么话，江初没太往耳朵里进。

　　江初有点儿迷茫地暂停了思路。

　　问题是，那个梁小佳也不是个姑娘啊？

第五章

假日郊游

虽说陈林果说是请他们吃饭，结账的时候还是江初买的单。

他没有几个人一桌吃完饭，让异性付钱的习惯。

陈林果倒是真有点儿不好意思了，从火锅店出来就说："这不又欠初哥你一顿吗？不然我请你们看电影？"

覃最在旁边低着头用鞋尖踢一根糖棍，听见这话，嘴角轻轻地往上翘了一下。

江初瞄他一眼，说道："改天吧。你不是还要买东西吗？再晚超市关门了。"

"也行。"陈林果立刻笑着说，不知道是脾气好还是真没心眼儿，倒是不会尴尬。

陈林果要买的无非就是些薯片可乐、饼干啤酒，都是吃的喝的东西，这些在农家乐都有，只不过价格也得翻几番。

她推着小车在前面走，江初和覃最在后面不紧不慢地跟着，覃最时不时地回个消息，江初时不时地看他一眼。

"看什么？"覃最头都没抬，问了一句。

"看你什么时候能撞货架上，算算我得赔超市多少钱。"江初说。

覃最笑了笑，把手机收起来。

"有什么想吃的东西？你也去推辆小车。"江初又说，"哥给你买。"

这话一说出来，又换成覃最盯着他看了一会儿。

"看什么？"江初说出这三个字莫名想笑，觉得他们哥儿俩有点儿神经病。

覃最没理他，正好经过一排小车，伸手拽了一辆，往里面放了一提卫生纸。

江初压根儿记不住家里纸巾还剩多少、够不够用，旁边是罐头区，他倒是想起来上回买的黄桃罐头覃最好像挺喜欢吃，就往车里又放了几瓶。

陈林果推着车在食品区转来转去，江初提醒她："一次性毛巾什么的，还有你们女生出门常用的那种小瓶子，装点儿洗发水和护肤品，带着方便点儿。"

"啊，对。宝丽姐也让我买那个来着。"陈林果又去买了点儿一次性用品，合计差不多了，推去结账。

三个人买了两大包东西，陈林果又专门要了个小袋子，把她的一次性毛巾之类的东西另装起来。

"你家在哪儿？送你回去吧。"江初问。

"不用啦。"陈林果又朝他晃了晃手机，"不顺路，我家在另一个区，已经叫过车了，三分钟就到。"

江初脸上笑笑说"也行"，心里计划着等会儿就得给大奔打电话，好好骂骂他们两口子，这还什么都没有呢，就把他家地址都告诉陈林果了。

"不过我买的那些东西就直接放你车上吧，初哥。"陈林果又说，"大奔哥说明天我坐你的车，省得我拎着再跑一趟了。"

"行。"江初点了下头，"我晚上回去跟他们商量商量路线，具体明天几点在哪儿接你，微信上再告诉你。"

坐他的车肯定是板上钉钉的事了，这不用陈林果说他也猜得到。

"好，那咱们明天见啦，"司机的电话打过来了，陈林果一边接一边对江初和覃最挥挥手，"弟弟拜拜！"

回家的路上，覃最的手机又响了两次，但是他都没有往外掏手机。

江初心里还在捋着吃饭时因为陈林果那些话而联系起来的头绪，越想越觉得覃最有什么秘密。

人就是这样，要么什么都不想，一旦觉得哪里不对，之前千丝万缕的细节都能被串起来，来佐证自己的思路。

回到家，覃最先去洗澡，江初换了身衣服，坐进沙发里听着电视滑手机。

等覃最再出来，周腾围着他叫了两声，江初偏偏头看它，说道："嘴馋了吧？"

覃最就去给它弄了点儿猫零食，带着身清爽的水汽，屈着条膝盖蹲在那儿喂它吃。

江初用余光打量着他，觉得覃最这个人身上有种十分神奇的特质。

覃最虽然对谁都一副酷酷的表情，也不管对方是他妈还是他后爹，是男的还是女的，是认识的还是不认识的，但是他骨子里是特别细心的一个人。

尤其对周腾这种从小家养、离了人基本没有生存能力的小废物猫，虽然覃最每次照顾起来都默不作声的，也没见他"咪咪咪咪"地喊过或者抱过，但他就是很有耐心，给人的感觉很……温柔？

其实他对人也有点儿这个意思，比如傍晚被陆瑶烦得都不行了，还是提醒了她一句"领子掉地上了"。

晚上跟陈林果吃火锅时，是覃最顺手给她加上鱿鱼和猪脑的。

江初觉得梁小佳那没完没了的电话和微信说不定也能算上。

他的思路又绕到这个"梁小佳"身上，换了个舒服的姿势，跷着腿斜窝进沙发里，举着手机继续跟大奔他们聊天，用不经意的语气问了句："覃最，你身边有人谈过恋爱吗？"

余光里，覃最抬头先看了他一眼，才反问他："怎么了？"

"没怎么，就是好奇。"江初扔了手机，又直着身子往上坐坐，"怎么我不管问你什么，你都得先问回来一句'怎么了'？你老家的朋友都不跟你闲聊侃大山是不是？"

江初怕覃最喂了猫又要站起来就回房间，不等他回答，就够着脚想往他大腿上蹭一下："去开个罐头给我。"

覃最很利索地攥住了江初的脚踝，站起来居高临下地看着他。

"又要掰我了？"江初眉毛一挑，另一只脚要往他的要害上顶。

他的 T 恤下摆因为往下秃噜被卷起来一截，露出紧致的小腹。

覃最的视线滑过去，顿了顿。他甩开江初的腿，转身去厨房开罐头。

就算有罐头拖着，覃最跟江初一块儿坐在沙发里边看电视边吃，江初也没能套出什么话来。

江初又问覃最喜欢什么样的女孩儿时，覃最扎着块黄桃的叉子停了一会儿，他偏过头有些犀利地看着江初，说道："你想问什么？"

江初跟他对视着，一时也说不出自己想问什么。

你为什么一直跟那个梁小佳联系？

江初问不出口，说到底这是覃最的隐私，而他说到底也就是个收留覃最的外人——他和覃最间的这层"兄弟"关系，比覃最跟他亲妈之间形式上的母子关系还脆弱。

覃最如果张嘴来一句"跟你有关系吗？"，他也无话可说。

两个人对视了一会儿，电视里不知道播了什么桥段，里面的嘉宾爆发出夸张的笑声。

江初收回目光，若无其事地又吃了口罐头，找了个理由说："想问你觉得陈林果适不适合当你嫂子。"

覃最听江初这么说，心里很轻地松了一口气。

紧跟着，一股很微妙的烦躁涌了上来，让他有些不爽，就像那天冷不丁地看见陈林果给江初发"初哥"时一样。

陈林果肯定不是江初之前就打算发展的女朋友，至少不会是他来到江初这儿之前。从他们今天相处的节奏和对彼此的态度就能看出来，他们根本就没认识多久。

都没认识几天，江初这就考虑到结婚成家，考虑到让陈林果给他当"嫂子"这一茬儿了？

"问我干什么？你自己喜欢什么样儿的心里没数？"他回了江初一句。

江初往后靠进沙发里，两条腿在地上拖得老长，漫不经心地说："是啊，我一直就不知道自己具体喜欢什么样的，要知道我不就不参考你的意见了吗？"

覃最没说话，盯着电视把最后半块黄桃嚼了咽下去，站起来回房间，给江初甩下一句话："不知道。"

"脾气跟野猪似的。"江初在沙发上"啧"了一声，提醒他，"收两件穿的和换的衣服，明天早上我喊你。"

回到房间，覃最把自己往床上一砸，手背搭在眼睛上，深深地呼出口气。

其实他不该对江初这么不耐烦，江初把他当成自己人，才会主动问他这种问题。

洗澡前扔在床头的手机又"嗡嗡"地响了两声，覃最有些心烦地捞过来，是梁小佳的消息。

梁小佳："小最哥，对不起。"

梁小佳："以后我不说那些了，你别生我的气。"

覃最举着手机皱眉，不知道该给梁小佳回复什么。

愣了一会儿，手机自动熄屏，他动动手指点亮。

客厅里电视还在响，江初在走来走去，应该是去厨房放吃完的罐头瓶子。

覃最把手机倒扣在肚子上，闭了闭眼。

他叹了一口气，侧过身趴着，把脸埋进枕头里。

你真的不该问我。

覃最在心里无声地说。

早上九点来钟，江初和覃最在陈林果家附近的麦当劳门口把人接上了。

陈林果拎了几份早点，见了江初的车就抬胳膊摆手，又冲坐在副驾驶座上的覃最笑笑，拉开后座的门坐上去，跟她昨天留在车上那一大堆吃的东西挤在一块儿。

覃最礼貌地抬了抬嘴角，朝江初脸上扫了一眼。

他来的路上本来想直接去后排座位，把副驾驶座留给陈林果，江初都琢磨着把陈林果给他发展成嫂子了，他也该自觉点儿给人创造机会。

结果江初看出他的意图，直接让他坐着别动。

"她坐前面你们方便聊天。"覃最说。

"坐哪儿都能聊，你坐这儿我开车不分神。"江初直接给他驳回了。

确实比起陈林果，他还是更愿意副驾驶座上坐着的人是覃最，不用分心照顾，也不用时刻绷着形象。

"你们吃早饭了吗？我刚才顺手买的，"陈林果从后面给他们一人递了个纸袋，"来，初哥、弟弟。"

"想着车上一大堆东西，就没买。"江初接过早餐，不爱吃这些东西，顺手都给了覃最，"谢了。"

"太客气了。"陈林果吃完昨天那顿火锅，跟江初相处起来自在多了，"我本来想着路程不远，也没想吃，结果刚才往这儿一站，还是觉得肚子里空空的不得劲儿。"

江初随意地接了句"是啊"，覃最开了杯豆浆喝了两口，戴上耳机歪着脑袋补觉。

他睡也没睡踏实，本来时间就不长，中间江初又接了两个电话，跟大奔他们对路。

陈林果开了把游戏，在后面东一句西一句地说着，一会儿问江初平时玩不玩游戏，一会儿要加好友，一会儿又问覃最玩不玩。

江初陪她聊着，虽然他们的声音都压得挺低，但人的耳朵就是很神奇，有时候越不想听，越防不住细细小小的声音直朝耳朵里钻。

他都不知道自己睡没睡着，外面的声音越来越聒噪，车子速度也降下来，江初在他耳朵上弹了一下，到地方了。

这个农家乐规模挺大，在山上，不过不用开车上去，把车停在山脚的服务中心，老板派车下来接。

大奔和方子他们几个已经到了，几个大老爷们儿围成一圈抽烟等着。

宝丽跟另一个江初没见过的女孩儿坐在大奔的车头上聊天儿，陈林果从车窗里伸手跟她们打招呼，宝丽喊了她一声，抬起胳膊也挥了挥手。

大奔朝江初吹了声口哨："初儿，这儿！"

江初把车停稳，带着覃最下去，没等他开口，大奔就过来拍了一下覃最的肩膀："这就是弟弟吧！"

"好帅啊。"宝丽和那女孩儿笑着说。

"那不然呢？也不看是谁的弟弟。"江初在旁边伸了伸胳膊，这些人都知道他这个弟弟是怎么突然冒出来的，不用多说，就主要给罩最介绍，"这就是大奔，这是他媳妇儿，奔哥和宝姐就是在蛋糕上给你写字的那两位。"

"这是方子，跟宝丽他们一个单位，当代妇女之友。这俩是老杜、华子，一个卖花的，一个开酒楼的。"江初接着说，"都是以前一块儿上学的铁子，你全喊哥就行。"

老杜和华子跟大奔、方子比起来都是话少的那一挂，老杜比较酷，给江初扔了根烟，又朝罩最比画了一下。

华子则比较稳重，笑着说："什么酒楼，一个破饭馆。"

"礼物也是我送的，你哥跟你说了吧？"话音刚落，大奔迫不及待地挑着眉毛问罩最。

"你那个破礼能不能别老抖搂了？"方子过来接了一句，"这儿还有姑娘在呢。"

"是啊，华哥今儿可不是自己来的，他也是有老板娘的人了，"宝丽把跟她坐一块儿的姑娘拉过来，"这是梅子，来，这是江初，跟他一块儿的就是陈林果。"

"啊，那你们是……？"梅子笑着指了指陈林果和江初。

"没有，没有。"陈林果摆了摆手，"我就是跟着来玩的，还在努力中。"

这句"还在努力中"情商挺高的，既是实话，又打了个暖昧的马虎眼儿。

江初不好在那么多人面前说什么，这群人真放开了什么谱儿都能扯出来，越遮掩越来劲儿，不如顺其自然。

　　一行人在山脚等了会儿，该去卫生间的去卫生间，该拎东西的拎东西，等老板接人的小面包从山上下来，老杜突然朝他的车轮上踢了一脚，说道："走了，出来。"

　　"咱们还有人吗？"陈林果愣了愣。

　　其他几个人倒都没什么反应，江初接过覃最从后备厢拿来的旅行包塞进面包车里，大奔给了他一个确定的眼神，他朝覃最和陈林果轻声解释："老杜的侄子，小孩儿，有点儿娇气，不爱见人。"

　　覃最本来以为是小小孩儿，结果从车上下来的人看着也像个高中生，戴着遮阳帽，穿着白T恤，细胳膊细腿，一副不高兴的样子，脑袋上还罩个大耳机，捧着手机在打游戏。

　　他也不打招呼，把装着衣服的挎包朝老杜手上一递，贴在老杜屁股后头往面包车上走。

　　老杜在他的脑袋上敲了一下，把手机拽进自己兜里没收了。

　　这面包车成天在山路上下接人，车身和车轱辘被剐碰得看着都跟要散架一样，为了能最大限度地拉人，车里的车座也被拆了，摆了一些小马扎，就剩个副驾驶座，大奔作为占地面积最大的胖子，抱着几个包挤过去坐着。

　　三个姑娘挽着胳膊坐在后排。江初跟覃最，与老杜和那个"娇气包"面对面各坐两边。华子缩着脖子在四个人中间挤着，半蹲半坐在小马扎上，连个扶手都没有，只能攥着江初的小腿。

　　小面包车轧着石块晃了一下，江初屁股没坐稳，撑了一下覃最的大腿，差点儿把华子蹬出去。

　　覃最托了一把他的胳膊，听华子冲老板苦笑："我屁股都隔着车底儿蹭着地了，你别开半道给我颠下去了。"

　　"那不能，"老板笑着说，"几分钟就到。"

"真掉了你就帮着跑，"大奔回头一通乐，"就跟动画片那样，车底下长俩腿。"

"那可不行，"梅子立刻笑着说，"奔哥得陪着跑，俩胖腿俩瘦腿，不然达不到喜剧效果。"

"做梦呢？以你奔哥那体形，他直接就把咱们都定在原地。"宝丽说。

几个人嘻嘻哈哈地笑了一通，江初笑着用脚尖垫着华子屁股底下的小马扎，抬头想跟老杜说话时，突然发现老杜那个娇气包侄子盯着覃最看。

江初觉得覃最这个"天外来弟"到他这儿之后，他整个人的思考模式都不一样了，跟个爹似的。

见"娇气包"好奇地打量覃最，他第一反应就是虽然覃最跟"娇气包"差不多大，但覃最那个性格，估计覃最跟老杜这侄子玩不到一块儿去。

然而他这思路还没成型，"娇气包"就非常突然且直接地对覃最说了一句话："你是二十七中的吧？"

一车人的视线顿时都集中了过来。

自从几年前老杜他哥嫂两口子出意外没了，老杜接手了这个倒霉侄子以后，每回带他出来一块儿吃饭、一块儿玩，这小孩儿都是一副对谁都带刺儿的状态，还从来没见他主动说过话。

不过他这么一说，江初跟老杜对看了一眼，倒是突然想起来好像这孩子也是在二十七中读书。

覃最的视线一直无意识地落在华子扶在江初的小腿的手上，听他这么说，抬了抬眼皮扫了眼"娇气包"，"嗯"了一声。

"我见过你。""娇气包"坐直了点儿，"我是（15）班的杜苗苗。"

江初看了一眼覃最，覃最也不知道是不是在回忆，面无表情地又"嗯"了一声，没说话。

杜苗苗瞪了一会儿覃最，好像对他见到校友的冷漠表现有点儿委屈，撇撇嘴又去瞪老杜。

"他叫罩最。"江初只好开口替罩最说了一句话。

"现在的小孩儿真有意思。"老杜眯缝着眼笑笑,把刚没收的手机又给了杜苗苗,让他接着玩。

到了山上众人先分房间。

这边房间改得挺好,不是小楼,也不是大院平房,住宿区挨着一个慢坡,搭了一排木头小屋,门口还挂着大蒜、辣椒什么的,进了门,大花床单大花被罩,推开窗子就是慢坡上粉粉紫紫的小花甸。

"怎么着,两个人一间?"方子靠着根木头桩子点人头。

"两个人一间正好落个你。"华子说。

"何止啊?"大奔又划拉一遍,"我跟宝丽,华子跟梅子,老杜跟大侄儿,初儿跟咱弟弟,你跟……"

还多了个陈林果。

陈林果跟方子对视一眼,都有点儿尴尬,又都想笑,一块儿再看向江初。

江初没回应他们的眼神,人是宝丽弄来的,反正不管怎么分,也不能把他跟陈林果分一个屋里。

他直接挑了个靠边的房间,把罩最的包扔在桌上。

"谁跟你一间?"宝丽把陈林果拉过去,"昨儿晚上就说好了,我跟梅子、果果我们仨住大房,还带单独的卫生间,你跟华子凑去吧。"

"小间没有独卫?"老杜开了扇门进去看看。

"澡堂,"方子指了指不远处的一个大平房,"重回学生时代。"

房间都定下来后,离饭点儿还有大半个小时,各人先回各屋收拾收拾东西。

江初昨天睡得有点儿晚，开了一个多小时的车，虽然说不上累，也想先趴会儿。

覃最从包里拽出两双能穿去室外的拖鞋扔在地上。

"心够细的。"江初在床上翻个身，支着脑袋半躺着看他，"你跟那个杜苗苗在学校见过没？"

"没印象。"覃最拧开瓶水灌了一口。他是真没印象，同一个班的人脸他都没多看过几张，更别说别的班的人了。

"头回见他主动跟人打招呼。"江初朝覃最招招手，示意他把水瓶递过来。

覃最边给他瓶子边估摸着床的大小，说是大床房，其实也就是普通的双人床，两个人并肩躺着都得贴着胳膊。

江初靠在床头喝水，覃最靠在床前的矮柜上，问："你睡里边还是外边？"

"你半夜起不起？"江初正想说"我都行"，他们房间的窗户被敲了两下。

"覃最？"杜苗苗的脸在花窗帘上方露出半截来，滚着两个大眼珠子朝屋里看着，见覃最跟江初正一躺一靠，一起扭脸看向他，他朝覃最招了招手，"一块儿去卫生间吗？"

"一块儿去卫生间……"江初听着就没忍住乐了，从床上起来，给杜苗苗开门。

"江叔。"杜苗苗别别扭扭地喊了一句。

别说他别扭了，江初听着都别扭，感觉自己一瞬间起码老了十岁。

"去吧，小朋友一块儿去尿尿。"他扭头对覃最说。

覃最一脸看神经病的表情，冲杜苗苗很轻地蹙了下眉，说道："不去。"

"去啊！干吗不去？"杜苗苗喊了一声，干脆一步跨进来，直接把覃最拉出去了。

他看着跟个竹竿似的，到底是个大男孩儿，猛地一拽，劲儿也不小。

覃最不耐烦地抿抿嘴，到了门口，甩开杜苗苗的手，说道："别碰我。"

杜苗苗倒很配合，立刻松开手做了个投降的姿势。

"你干什么？"覃最盯着杜苗苗问他。

"什么干什么？不是说了吗？去卫生间。"杜苗苗反倒比他更奇怪，"这儿就咱们两个同龄人，还是校友，都打过招呼了，一块儿去个卫生间怎么了？"

"你愿意跟你哥在一块儿啊？不嫌没劲儿啊？"杜苗苗压了压声音又说，还支着胳膊撞了覃最一下。

两个人瞪着眼互相看了一会儿，杜苗苗翻翻白眼，没好气地一挥手："走吧！我憋一路了。"

听着两个小孩儿你一句我一句地说着话走了，江初在床上伸个懒腰，还是觉得好笑。

跟小丫头似的，还一块儿上厕所，敢情老杜这侄子不是不爱说话，是嫌他们没意思。

也是，毕竟代沟实打实地在那儿，他每次看杜苗苗跟老杜也说不了几句话，还带刺儿，这次跟他们出来，好不容易碰上覃最这么个同学，人立刻也变得挺活泛的。

这也挺好，江初其实也怕覃最跟他待一起太久了无聊，毕竟在这儿不像在家里，能各干各的，江初也不能时时刻刻地考虑着覃最，大奔他们真闹起来，媳妇儿都能拧脑后去。

江初歇了一会儿给手机充充电，方子来喊他去吃饭。

这儿吃饭是在一个农家大院子里，一张大长桌，弄得十分干净。

大院后面就是个小仓库，什么食材都有，要吃走地鸡、活水鸭也能直接去抓，想自己颠勺儿还是店里给做都行。

华子是开饭店的，在这方面是行家，带着方子、大奔他们一块儿去点了菜，给老板和后厨散了一圈烟，回来后几个人各自找地方坐下，边闲扯边等菜上桌。

江初回头要找罩最的时候，发现杜苗苗正拉着罩最要往旁边阴凉地里的小桌边坐，手上还拿着手机，兴致勃勃地说着游戏。

罩最也看不出是有兴趣还是没兴趣，反正眼神有点儿无奈，但也没拒绝，陪杜苗苗先坐着了。

老杜在江初旁边坐下，不知道从哪儿抓了盘瓜子推到桌子中间。

"你侄子这回倒不认生了啊。"江初朝小桌抬了抬下巴。

老杜看了一眼杜苗苗，笑着说："小孩儿熟得快。"

这边开始上菜的时候，江初喊了一声，罩最过来在他旁边坐下。

杜苗苗看看罩最左边的江初，又看看右边的大奔，就是不往他小叔那儿看，拖着凳子过来挤在罩最跟大奔之间，还让"奔子叔"往旁边坐了坐。

老杜一副习以为常的模样，不管他。

宝丽在大奔那边冲老杜使眼色，让他把江初旁边的位置腾出来，给陈林果坐。

老杜正要挪窝，陈林果忙笑着摆了摆手："别，别，杜哥，你们得喝酒，坐一块儿有话说，我不能喝，就不过去碍事了。"

老杜让老板给陈林果拿了瓶果汁，小声对江初说："这妞儿挺懂事，可以考虑。"

"没谱的事。"江初不知道为什么，就是对陈林果无感。

他上一段恋爱都是将近两年前的事了，可能人单身一阵子，就懒得认真琢磨感情的事了。

"别说我,你自己呢?"他把话题扔回给老杜。

老杜耷着眼皮笑笑,朝杜苗苗看了一眼,说:"跟养了个儿子似的,脾气还大,姑娘来一个被他气跑一个。"

江初突然笑了,拍了一下老杜的肩,本来想说仿佛看到了未来的自己,想想覃最在他这儿也住不了那么些年,性格那么稳的小孩儿,更不可能把别人往外赶。

他们这些人聚在一块儿就没别的事,主要就是聊天、喝酒。这回能把人凑这么齐不容易,后面没正事要忙,大家也不用顾及早晚,两圈酒一提,杯子碰来碰去就是喝。

不过中午这场大家都还有点儿节制,尤其是江初。

他心里有数,这顿只是预热,等晚上状态都来了,氛围也起了,那会儿才真是主场,不喝醉几个不带散场的。

跟一群不认识的人新来到不认识的地方,覃最习惯保持警惕。

江初直接给覃最拿了瓶雪碧,让他跟杜苗苗喝着玩。

杜苗苗不爱跟这一群人待在一块儿,吃得差不多了就想走,还问覃最要不要去他那儿打游戏。

江初嚼着条炸小鱼,不由得支了支耳朵,覃最说了个"不"字。

"那你吃完了我再找你。"杜苗苗也没坚持,端着盘西瓜溜了。

一顿饭喝到下午一点半,方子先站起来晃晃脑袋,说道:"不行,回去歇歇,我等会儿还得去钓鱼,晚上再干。"

"钓鸡毛,"大奔笑他,"鱼竿耍得跟二杆子似的。"

"二杆子是什么意思?"陈林果听乐了。

"谁知道他从哪儿瞎抓来的词儿,晚上得比现在还能扯,到时候咱们就搓麻将,别管他们。"宝丽吃着西瓜笑着说。

江初脑子也有点儿木，吃饱喝足，还有点儿热，他现在就想回房间开上空调睡一觉，感觉能踏踏实实地睡上一下午都不带睁眼的。

这种感觉还挺舒服，他站起来跟方子一块儿撤退，在覃最的后脖子上捏了捏，又刮刮覃最的耳朵，问道："我回去睡觉，你再吃会儿？"

覃最耳后根一麻，腰背瞬间挺得笔直，站起来送江初回去。

江初搭着他的肩挺开心地哼哼着不知道什么调儿，覃最听了半天才听出来是《让我们荡起双桨》。他觉得江初虽然控制了，但对于他那点儿酒量来说还是多了。

回到房间，覃最这边还想给江初开一瓶水，扭头再看，江初已经脸朝下趴着，迷迷糊糊地要睡着了。

覃最就自己喝了一口水，决定去给他翻个身，好歹让他的脑袋挨在枕头上，睡得舒服点儿。

江初被拨动着眯了眯眼，被掀过身子时"嗯？"了一声，对上覃最的视线，踏实地把手往脑袋上一扬，冲他笑了笑，放任覃最托着他的脖子，偏过脑袋翘着下巴颏，闭上眼睡了。

覃最的手一撤，江初的脑袋砸到枕头上，江初皱着眉毛"哎"了一声，闭着眼抓了抓后背。

睡到中间不知道几点的时候，江初被声音给吵醒了一下，又是杜苗苗，扒着门缝问覃最去不去干吗。

江初没听清，昏昏沉沉地翻了个身，心想那边一个梁小佳一天天"小最哥""小最哥"地叫，他还没弄明白，这又来个杜苗苗，看着也是个熟悉了就挺能起腻、拽上人就不撒手的主儿……

覃最也太招"小孩儿"了。

等那两个人静下来，江初又睡了过去。

这一觉他还做了个颠三倒四的梦。

顺着刚才杜苗苗的声音，他一会儿梦见覃最又在接梁小佳的电话，一会儿梦见梁小佳就是杜苗苗，一会儿梦见覃最跟不知道是杜苗苗还是梁小佳在一块儿玩。

等到他再睁眼，房间一片黑暗。

江初以为自己是睡到了七八点，摸出手机看看，零点三十七分。

他皱皱眉坐起来，摸了摸床头，没找着灯，屋里只有他自己，除了外面慢坡上隐隐的虫鸣，什么动静也没有。

覃最呢？还跟杜苗苗在一块儿？

怎么也没人喊他吃饭？

床头有半瓶水，江初摸过来一口气闷了。

大奔他们估计还在疯，他正准备出去找人，外面走廊上有人说着话走过来，是覃最。覃最又在打电话，没有直接进门，停在房间门口低声说着什么。

江初本来想直接站起来把门拉开，屁股已经从床沿上抬起来了，听到覃最喊了声"小佳"，他顿了顿，又悄悄地坐了回去。

"如果你要说这些，以后就不要再联系我了。"

覃最的语气没有起伏，声音低沉。

"不管我是什么样的人，跟你都没有关系，也不可能跟你有关系，懂了吗？"

话音刚落，门一响，覃最穿着个大裤衩和拖鞋，带着身刚冲完澡的水汽推门进来了。

见黑咕隆咚的床头坐了个人，覃最一怔，抬手把灯拍开。

江初在骤亮的光线里抬手遮了一下，望着覃最。

"你是什么样的人？"他眯着眼睛问。

慢坡上的虫鸣很配合地降低了声音，两个人的目光在安静的气氛中短暂地交会了一会儿，覃最眼皮一耷，先挪开了视线。

他手上还拎着刚才洗完澡顺手拧了两把的 T 恤，把湿衣服抖开挂到椅背上，没接江初的话，说了一句："他们还在院里喝酒，奔哥说你醒了就喊你一声。"

江初张张嘴正想说话，外面又传来一阵踢踢踏踏的脚步声，杜苗苗伸了个脑袋进门，欢快地冲覃最招手："走啊！老板说后边坡上能抓萤火虫！"

江初与覃最又一同扭脸看向他，杜苗苗喊了声"江叔"，江初被打断对话有些无奈，冲杜苗苗"嗯"了一声，心想这傻小子简直就是在搞中午的场景重现。

"哦，你都洗完澡了。"杜苗苗吃完午饭睡了一觉，在后山上野了一下午，又刚吃了一盘烤羊恢复体力，正是夜猫子瘾头上来的时候，还想抓着覃最去陪他玩，见覃最身上带着水汽，就很体谅地摆摆手，"那算了，别再被叮一身蚊子包。"

江初也以为覃最不会去，想等杜苗苗走了再套套覃最的话。

结果覃最竟然"嗯"了一声，去包里随便拽出件衬衫套上，眼神也没给江初一个，跟杜苗苗抓萤火虫去了。

"走，走，走！"杜苗苗立刻兴奋了，平时总被他小叔管着，这会儿看着江初的眼神，生怕江初不让覃最去，忙拉着覃最的胳膊往外拽，还体贴地给江初带上房门，喊了声："抓两只我们就回来！"

江初在床边瞪着被杜苗苗摔上的门，愣了一会儿，起身去桌边点了根烟皱眉咬着。

覃最在县城没去过农家乐是不是？杜苗苗一来喊他就跟着走。

江初莫名地感到有些火大，咬着烟往床上一砸，冲着天花板仰成半个"大"字，一只不知道什么时候进来的小飞虫正绕着房顶的灯泡飞着，就跟他这一刻的脑子一样，绕来绕去就是绕不出这个圈儿。

江初眯眼盯了一会儿小飞虫，又忍无可忍地坐起来，揣上手机去找大奔他们喝酒。

江初到了大院，大奔他们已经先联手灌晕了一个华子。

他们这圈人里喝酒有个小鄙视链，江初是链底的那一个，不掺白酒的话，啤酒他还能凑合拼几瓶，上白的就一杯的量；他上面是华子，华子比他强点儿，顶天了也就四五两；最能喝的是老杜。

见江初终于睡醒，一群人立刻招呼他去吃烤羊，同时就开始灌酒。

江初睡得浑身发懒，感觉中午的劲儿都没过去，本来不想喝，但是一想覃最那模棱两可的话就心里烦躁，都不用他们灌，自觉地开了瓶啤酒过去。

一口肉一口酒，一群人说说醉话，聊聊过去，享受着缓慢上头还不用惦记着明天该干吗的状态，也挺舒服。

只是都到这儿了，大奔他们不可能让他只抱着个啤酒瓶子吹，招呼着老杜就给他把白的也倒上了。

老杜没大奔那么欠，把一瓶底子给几个人匀匀，点了根烟站起来，要去看看杜苗苗睡没睡。

江初刚想说"睡个屁，跟覃最抓虫去了"，杜苗苗就跟耍猴拳似的抓着一脖子和一胳膊的蚊子包从旁边转悠过来了。

"虫呢？"他从江初身边过去时江初问。

"没有，老板骗我。"杜苗苗拿了听饮料灌了两口。

没有虫他们还抓那么久？

"那覃最呢？"江初又问。

"他回去睡了，我也准备回去了。"杜苗苗跟个地主家的傻小子一样，晃晃还剩大半听喝不下的饮料，往他小叔手里一塞，还抓着小腿问："花露水带了吗？"

老杜不知道从哪儿变了瓶小风油精给他。

江初在院子里又待了一会儿，把一杯子底儿的白酒抿完，看看时间快两点半了，惦记着覃最那点儿事，也没心思跟他们打牌，去撒了个尿，从大院拿了支电蚊香回房间。

灯已经灭了，覃最躺在靠外的那一边床上，看着像是睡熟了。

江初摸着黑把蚊香插上，旁边挂着覃最刚才穿出去的衬衫，他抓着领口闻了闻。

"闻什么？"黑暗里，覃最的声音冷不丁地响起来。

"你没睡啊？"江初把衣服扔回椅子上。

"你的动静太大了。"覃最翻了个身面朝墙，像是防着江初再接着问他之前的话题。

江初心里跟猫挠一样，怕覃最再爬起来去抓虫，也没打算今天再多问。

抬手把身上带着烤肉味的衣服脱掉，他在覃最屁股上蹬了一脚："往里滚。"

覃最屈着条腿坐起来，让江初去里面睡。

"不洗澡？"江初从他腿上跨过去时，覃最问了一句。

"晕，不洗了。"这双人床实在有限，江初翻进去就贴着墙，还得欠着屁股把小薄被拽出来。

覃最没再说话，抄过空调遥控器又把温度降了点儿，朝床沿让了让，尽量不跟江初碰着。

江初虽然被最后那杯白酒弄得有点儿晕，但是下午睡太多了，这会儿闭着眼脑子乱转，却怎么也转不出睡意。

覃最估计也是睡不着。

江初听着他的呼吸，很平稳，就是太轻了，真睡着的人不会是这么个节奏。

"覃最？"江初也不知道自己为什么就想跟覃最说点儿什么，不说今天的事，说别的也行。

"没睡呢吧？"他撑着小臂支起来点儿上身，在覃最的脑袋后面问他。

说着他突然想起来杜苗苗一身的蚊子包，又掀掀被子朝覃最的后背和胳膊上扫了一圈，说道："你倒不招蚊子，全叮那傻小子身上了。"

覃最没睡，但是没有反应。

江初见覃最装睡不理他，干脆侧过身动动腿，往覃最的脚后跟上踢了一下。

"我渴了，弟弟。"他开始指挥覃最。

覃最从胸腔里呼出口气，一把掀开被子坐起来，给江初拿了瓶水。

江初灌了两口水，终于舒服了，昏昏沉沉地歪回枕头上，放任大脑浮浮沉沉，不知不觉又睡了过去。

这场颠三倒四的睡眠从夜里三点多开始，一直到隔天下午两点，江初才被覃最突然从床上蹦出去洗漱的动静惊醒。

"怎么了？"他搓着脑袋，看覃最心急火燎地回来，皱着眉头快速收拾着自己的衣服。

"我先回去，东西都给你留这儿，回去别忘了带。"覃最背对着江初往身上套衣服，腰背拉伸出结实漂亮的曲线。

"什么？"江初愣住了，还没反应过来，"你现在回去干吗？"

"我朋友来了。"覃最看他一眼，言简意赅地说。

江初脑子里立刻蹦出一个名字："梁小佳？"

覃最又看了一眼手机，沉着嗓子"嗯"了一声。

江初没说话，随手抓过昨天覃最搭在椅背上的衣服套上，下床去洗漱。

"让老板开车下山，"他对覃最说，"我跟你一起回去。"

"不用。"覃最皱了皱眉，这是他自己的事，他不想耽误江初玩。

"别废话。"江初没管他，开门出去了。

他去跟大奔打了声招呼，几个家伙昨天不知道扯到几点，都还睡着。

他敲了好几下大奔才起来给他开门，估计都没听明白江初怎么突然要回去，睡眼惺忪地来了一句："白来一趟什么没玩着就走啊？路上挺远的，我送你？"

"你睡着吧。"江初把他推了回去。

"你弟的朋友来了，他自己去接不就行了？接过来一块儿玩两天，不多这一个人。"华子在床上闭着眼接了一句。

"是啊。"大奔也说。

"回头再说吧，你们别管了，帮我跟其他人说一声。"江初摆摆手，转身去找覃最。

他们来的时候就带了一个包，收拾起来也麻利。

覃最已经叫来了老板，老板正好要下山接人，路上一直跟江初闲聊，覃最就一直在发消息。

等上了江初的车，他给梁小佳打了个电话，上来就问："离火车站远不远？"

那边的人说了几句话，覃最眉头皱成个蝴蝶结，抿了抿嘴角又说："嗯，把店名发我，待着别动。"

"找不着路了？"他挂掉电话，江初问了一句。

"他没来过。"覃最说。

"怎么突然过来了？"他又问覃最。

　　"不知道。"覃最提起这个脸色就不怎么样，梁小佳把定位给他发来了，还拍了张照片，是火车站旁边的一家面馆。

　　江初看了他一眼，没再多说别的。

　　不管为什么来的，人反正已经到了。江初不放心覃最自己去找人，对这个梁小佳实在好奇。他已经陪着覃最在回程的路上了，实打实把人接着之前，问也问不出什么来。

第六章

叫声哥我听听

他们从农家乐出来是两点多，一个小时开回城，再到火车站外找到那家店，时间正好是三点半。

江初把车停在路边，覃最打着电话推门下去。

江初没跟着去，下了车靠着车门。

几分钟后，覃最从人来人往的门店里出来，身后跟着个男孩儿。

江初突然想起去接覃最那天，一回头看见覃最那身造型，再看他这刻朝自己走过来的模样，与当初不说天差地别，至少整个人的气质绝对上升了一个层次。

这种感觉像是在游戏里接了个乱七八糟的号，花心思捯饬过后，把装备全部换新升级，把人物打造成符合自己喜好的模样，让他突然有种成就感。

带着这种满意的心情再看覃最身后跟着的人，江初都不太能把他们想成是一路的。

男孩儿穿着白 T 恤和牛仔裤，没行李，只斜着挎了个运动包，还戴了个棒球帽，帽子上印了行红色小字。

江初眯缝着眼盯着看了看——"放心旅游，一路平安"。

行。

江初瞬间确定这人肯定是梁小佳。

旅行社送的帽子能当个正经帽子戴出门，这股不好形容的半城乡气质，跟刚来时穿"阿达达斯"的覃最绝对是一路的。

两个人来到跟前，江初还是没动，只抬抬眉毛，主动开口："接着了？"

覃最"嗯"了一声，往后看了一眼梁小佳，给他介绍："我朋友，梁小佳。"

然后他又对梁小佳说："这是江初。"

这声"江初"听得江初眉梢微动。

覃最平时也不喊他"哥"，江初一直也不在乎。

不过这次覃最在介绍的时候也没喊哥，冷不丁听着自己的名字打他嘴里念出来，江初还是觉得有点儿奇怪。

梁小佳倒是挺懂事，打量一眼江初，主动喊了声"哥"，挺斯文。

江初没说什么，朝他笑了一下。

这个梁小佳虽然穿戴得有点儿土，离近了看，倒是比江初想象中要好一点儿。

因为那声"小最哥"和一天一个电话的黏糊劲儿，虽然知道这是个男生，他潜意识里其实一直默默把梁小佳想成一个女生。

见了真人，他发现梁小佳个头没那么矮，能到覃最的眉毛那么高，就是瘦。

杜苗苗也瘦，是健康的那种瘦。

这个梁小佳太瘦了，牛仔裤下面的脚脖子非常细，T恤袖口都显得空荡荡的，有点儿营养不良。

"没吃呢吧？"江初把烟掐了，弹进旁边的垃圾桶，算算时间，梁小佳应该跟覃最来那天坐的车差不多，半夜出发，第二天中午到，"先上车，哥带你们去吃顿饭。"

"不了，"梁小佳站着没动，"我吃过面了。"

"那晚上让罩最请你。"江初也没坚持，"你们小哥儿俩晚上得待一块儿吧，去酒店给你们开间房？"

"不麻烦了，哥。"梁小佳说话不疾不徐，还斯斯文文的，江初真有点儿想不到罩最跟这种性格的男孩儿天天能说什么说个没完。

"我刚才在店里问过服务员，旁边有不少旅社，我自己去开就行。"梁小佳接着说。

"那能行吗？"江初一听就不赞同。

火车站是老站，这一片的旅社在他小时候就这德行，这么些年了就没见改过，不管店里环境还是住店的人都乱七八糟的。

"便宜。"梁小佳冲他很淡地弯了弯嘴角。

江初本来想说他来订个酒店，或者他给罩最发钱，让罩最去订，梁小佳这么直白地来一句"便宜"，反倒一瞬间让他有点儿开不了口了。

他强硬地订一个也不是不行，但就有些奇怪——名义上他是江初这边家里的哥，结果人家刚才介绍他连声"哥"都没喊，弄得他也不好非去怎么照顾这个跟他八竿子扯不着关系的"弟弟"的朋友。

而且梁小佳直着说"便宜"，也是另一种维护他自己小小的自尊的方式。

罩最显然也不想在这种问题上多扯。

他朝附近看了看，旁边就有一家门脸还行的宾馆，抬腿直接朝那边走去："就这家吧。"

江初跟着过去看了一眼，价格是真的便宜，环境也是真的不行。

他进门就闻到一股刚住过人而且没通过风的烟味，一个标间还不如农家乐的大床房大，两张小床紧挨着，被套皱巴巴的，卫生间马桶沿湿漉漉地泛着味，垃圾桶里还有乱七八糟的东西。

"不行。"江初只看一眼就直接出去了，梁小佳怎么想他管不着，他不能让覃最睡在这儿。

"要么我给你们开个房间，要么你们去家里住。"他抱着胳膊朝墙上一靠，"你们商量吧。"

梁小佳把包摘下来放在床沿，看向覃最。

覃最则望着江初，不知道在想什么。

梁小佳等了一会儿，张张嘴准备再开口时，覃最从江初身边走出去，顺手握了一下他横着的胳膊肘，说道："回家。"

上车回家的时候，覃最在车门旁停顿了一瞬。

江初本来没在意，理所当然地觉得覃最得去后排座位陪他突然过来的朋友一块儿坐着。

他无意中从后视镜中扫见梁小佳朝外盯着看的眼神，才发现覃最还没上车。

他不由得透过后视镜多打量了梁小佳一眼。

梁小佳这小孩儿跟覃最有一点挺像的，都有股超越年纪的沉稳，灵魂上绑着二百斤秤砣似的。

跟覃最不一样的地方是，梁小佳的表情与情绪虽然都控制得很好，但同时也是肉眼可见的心思多。

比如刚才在旅社，江初说酒店、回家二选一时，梁小佳先将挎包放在床上的小动作。

再比如梁小佳现在的眼神。

他的目的性都太明确了。

这种性格不一定是坏事，只是江初有点儿不喜欢。

一眨眼，副驾驶座的门一开，覃最在他旁边坐了下来。

江初没再朝后视镜上张望，也没看覃最，一踩油门开车回家。

　　一辆车上三个人，三个人一路上都没说什么话。

　　江初心有旁骛，还在猜测梁小佳跟覃最的关系，梁小佳为什么突然过来，是不是因为昨天晚上覃最那通电话。

　　开口最多的反倒是梁小佳，他先是跟江初道谢，十分礼貌，江初笑了笑，说了句"多大点儿事"。

　　然后他又跟覃最说了几句话，应该都是关于他们以前学校的同学朋友的，说了几个名字，江初都不知道谁是谁，就没再支着耳朵听。

　　江初到家后的第一件事就是指挥覃最去开窗通风，把这两天的猫屎给铲了，他自己赶紧去开空气净化器，一屋子都是要发酵的味道。

　　周腾没等他们进门就在扑腾门把手，一见覃最就仰着脖子"喵喵喵"地连着叫了好几声，逮着他的小腿可劲儿地蹭，完全无视旁边的江初。

　　江初笑着骂了句，进门把包扔在鞋柜上。

　　周腾"喵"了一会儿，梁小佳进来了，它立刻又噤声，甩着尾巴缩去客厅里。

　　"哥，你家有猫啊。"梁小佳笑着说。

　　"啊，忘了说了。"江初给他找了双拖鞋，洗洗手，又去冰箱拿了两瓶冷饮出来，扔给梁小佳一瓶，自己开了另一瓶，"你不过敏什么的吧？"

　　"对猫过敏吗？不会，我还挺喜欢的。"梁小佳接过水，又道了声谢。

　　江初没再接他的谢，今天光是冲梁小佳说的"不客气"就顶得上开公司一年半的量了。

　　倒是覃最听见"过敏"这两个字时看了看江初，嘴角很淡地浮起一丝笑。

　　江初确实是因为覃最当时突然过敏而对这方面格外警惕。毕竟他活到现在，覃最还是他见过的头一个真会对什么东西过敏的人。

江初对上覃最的目光，正灌了一嘴的水，顺手把剩下的大半瓶水递了过去。

他天天吃人家覃最挖过的西瓜、喝人家喝过的饮料和矿泉水，从不觉得有什么，毕竟在公司懒得去接水的时候也直接喝大奔的水。

这会儿递一半了他才反应过来，旁边有个梁小佳，还不是一般的梁小佳，而是心思敏感的梁小佳。

江初假装在抻胳膊伸懒腰，把递出去的水不动声色地又收回来，放在餐桌上。

覃最其实已经习惯性地要伸手去接水了，看了一眼江初转身去卧室的背影，眼角微微地敛了一下。

"你们聊聊天吧，我先洗个澡。"江初没注意，去拿了身居家服，偏偏头闻着自己的领子和胳膊进浴室，"山上山下滚了一圈，昨天就没洗澡。"

"你住哪间，小最哥？"梁小佳在旁边左右看看，听见浴室里水声起来了，轻声问覃最。

"先坐。"覃最指了一下沙发，冲梁小佳晃晃手上的垃圾袋，示意他去扔个垃圾。

梁小佳没坐，在覃最屁股后面跟去玄关，在门口张望他把垃圾袋扔去哪儿。

覃最去楼道隔间收置箱里先扔了垃圾袋，回来后见梁小佳就在门口，索性也没进去，冲梁小佳招招手，让他掩上门出来。

"怎么突然过来了？也没跟我说一声。"覃最问。

梁小佳看了他一会儿，张张嘴，眼圈就要发红。

"憋回去。"覃最知道梁小佳肯定想提昨晚那通电话的事了，皱了下眉，低声说。

梁小佳垂下眼皮抿了抿嘴，又搓了搓鼻子。

覃最盯着他，很轻地叹了一口气，抬手弹弹他的帽檐，问道："小佳，我是不是已经说得很明白了？我们是朋友。"

梁小佳没说话，被弹了帽檐却像被人扎了一样，猛地抬手捂了一下后脑勺，又飞快地把手收回去。

覃最眼神一变，上前一步不由分说地摁上梁小佳的后脖子，另一只手轻轻地把他的帽子摘了下来。

他看见梁小佳的后脑上垫着一小块歪歪扭扭的纱布，胶布已经被不知道是药水还是汗渍浸得卷边了。他用力地抿了抿嘴角。

梁小佳没挣扎，也没躲，垂着脑袋随他动作。

覃最沉默了好一会儿，轻声问："你爸又开始打你了？"

"喝多了才打。没破，就有点儿擦着了，看着严重，"梁小佳摸索着往后碰了碰，"都消肿了，你又不是不知道，我妈什么症状都上紫药水。"

"我就是挺想……挺想见你的，"他冲覃最笑了笑，"这学期不跟你一块儿上课，我到现在都不习惯，正好国庆放假，昨天打完电话……反正脑子一热，就买票了。"

他越说声音越小，越说越慢，覃最皱着眉头揭开纱布看了一眼，确实没什么伤口。

只是他面对此刻这样脑袋上顶个大包的梁小佳，刚才中断的话题就接不下去了。

正好屋里传来浴室门被打开的动静，覃最敛起眼神说："先进去吧。"

江初从浴室里出来，见两个小孩儿都不在客厅，还以为他们猫卧室去了。

他正琢磨着要不要很不光彩地扒门缝上听一耳朵，门外传来动静，他擦着头发回头看，梁小佳和覃最一前一后地进来，梁小佳跟挨了骂的学生一样垂着脑袋，鼻头还有点儿红。

"怎么了？"江初问了一句，注意到梁小佳脑袋后面贴着纱布，"脑袋怎么还破了？"

"没有。"梁小佳笑笑，抬手把纱布揪下来，揉成一团攥在掌心里，"我刚才跟小最哥扔垃圾去了。"

"垃圾桶在那儿。"江初冲客厅桌角抬了抬下巴，又看了一眼覃最。

覃最也没个要解释的意思，径自去卫生间洗手。

这小哥儿俩的秘密实在有点儿多。

江初心里好奇到有点儿烦的地步，偏偏他还不能问。

半个下午，江初几乎要产生自己跟周腾才是来借宿的外人的错觉——覃最他们虽然也没躲屋里说悄悄话，在客厅开着电视十分和谐正常地交流，也会主动把话题引过来让江初接，但不论是声音还是那种老朋友之间特有的"自己人"氛围，都让他们无形中向江初支起了一道"与你无关"的透明屏障。

而且实话实说，江初有点儿意外。

覃最平时跟他闷不出声的，没想到其实能说不少话。

虽然大多数时候是梁小佳在说说笑笑，覃最时不时地接一句，那也比来他这儿这些日子说得多。

也怪不得梁小佳平能一天一个电话都说不完，他看见电视里跑过一只鸡都能笑着拍拍覃最让覃最看，覃最就算实在没话说，也会笑笑配合他。

覃最这么温柔呢？又不是那个一会儿不让碰、一会儿最冷酷的小最哥了？

好不容易到了饭点，江初带着覃最和梁小佳去小区附近随便吃了点儿东西，顺便给梁小佳买牙刷。

再回到家，他没兴趣再听这"黏糊二人组"说话，爱怎么样就怎么样吧。

江初去自己卧室拿了个多余的枕头，又翻出条小毛毯，一块儿扔到覃最的床上，跟梁小佳打了声招呼让他随意，去书房把门一关，打游戏去了。

微信上发来不少消息，都是大奔他们几个在跟他秀这天去抓山鸡摘果子、一块儿生火烧烤的照片。

江初笑着骂了几句，突然发现陈林果也给他发了好几条消息，问他一大早就回去了是不是有什么事，让他注意安全之类的。

如果是宝丽或者其他普通的姐们儿，江初还能开玩笑回一句"扯呢？下午两点多走的时候你都没睁眼，还好意思说一大早"。

但是陈林果不一样，他看她这热情劲儿是真对自己有意思。

虽然江初也在纠结要不要试着跟她处处，万一处着处着能处出感觉，陈林果也真的是一不错的姑娘。

江母一有空就嚷嚷着让他结婚，他也确实该考虑一下这方面的问题了。

他总单着不是个事，华子昨儿喝多了都偷偷摸摸地问他，怎么回事，处一个断一个，还都谈不长，说认识有哥们儿能倒腾……

可感觉实在骗不了人，江初对着陈林果，真的没感觉，一点儿想跟她发展的欲望都没有。

虽然用欲望来衡量感情浓度挺粗俗的，但他确实是一个老爷们儿，如果对这么一个挺好的姑娘连那方面的幻想都没有，还是趁早别吊着人家了。

不过他要拒绝也不是现在。

江初转着手机想了一会儿，决定先别扫人家小姑娘的兴，人家玩得正开心呢，他隔空给人家泼一头冷水，没意思。

正琢磨着，手机又振了一下，江初转过来看看，这回是老杜的消息。

老杜："你弟的微信给我发一个。"

江初："苗苗要？"

老杜："对。"

江初："等晚上我问他吧，这会儿他跟他的小伙伴玩着呢。"

老杜给他回了个中老年"OK"。

放下手机，江初冲着屏幕点了一会儿，大奔、方子不来组队，游戏打着也没劲儿。

江初退出去，叹了一口气，别人烤肉吃串跟朋友聊天，他还是开软件赶活吧。

自己的公司自己心疼，放不放假都一个意思。

活这东西，要么不干，他一干进去了也挺难自拔。

今天手顺，江初听着音乐一直在电脑上扎了好几个小时，听见有人在敲门的时候，他的屁股都有点儿麻了。

"没锁，直接开。"江初看一眼时间，零点十五，外面客厅的电视声都没了。

覃最推门进来，看着他问："还不睡？"

"这就歇了。"江初存档关机，"你朋友呢？"

"让他去睡了。"覃最说了一句，转身出了书房。

江初洗漱完回房间，发现自己傍晚扔去覃最床上的枕头和毛毯又都被扔回他这儿了。

什么意思？江初猛地一愣。

他正冲着毛毯皱眉，身后又传来脚步声。

江初回过头，覃最站在卧室门外敲他的门框，轻声说："我在你这儿睡一夜？"

江初觉得自己真的太像个操碎了心的爹，听了覃最这话，大脑都还没彻底转过来每一个字的意思，嘴角就自发地开始往两边扬。

"怎么？"他随口逗覃最，"昨天在我这儿睡一夜上瘾了？"

覃最的目光一顿，盯着他的脸。

江初说完这话也觉得这话不对。

"睡觉"这个问题，其实从接到梁小佳那一刻起，覃最也在挺头痛地琢磨。

梁小佳一开始说去旅社，他也倾向这个方案，因为不想麻烦江初。

他能感觉出来平时江初挺忙的，好不容易放个假跟朋友出去玩，又因为自己提前回来了。

没人喜欢原本计划好的日程突然出现意外，江初开车往火车站去的路上，虽然什么也没说、没表现，但覃最感到心情复杂。

他有种事情都赶到了一块儿的烦躁感。

根源的烦躁并不是梁小佳突然出现，也不是梁小佳对他的偏执和不听话。

梁小佳跟他认识得太久了，从初中到现在，梁小佳总挨父亲的打，人又瘦又倔，他潜意识里就一直把梁小佳当小弟。

梁小佳专门坐了一夜的车来找他，他不可能把梁小佳扔在异地他乡让其自己住。

但想到身后的江初在打量他们，覃最就觉得心头一团乱麻。他不知道江初介不介意自己带一个陌生人到他家去。

所以当旅社的选项被江初直接否了，让他在酒店和回家之间二选一时，覃最虽然真的不想麻烦江初，但还是选择带梁小佳去江初那儿。

只是他没想到的是，回到家里，江初对他的态度还是发生了微妙的变化。三个人一块儿在客厅聊天时，江初坐在单人沙发上，说笑都十分敷衍，有些心不在焉。

晚上吃了饭回来，他更是直接把自己往书房里一关，不跟他们待在一个空间了。

梁小佳晚上跟覃最说了不少的话，说学校，说以前的同学，说邻居，说他爸妈，覃最耳朵里听着，嘴上也应着，就是忍不住老想往书房关着的门上看。

他忍不住想江初怎么了，想江初在想什么。

"你跟初哥平时也这样吗？"快到十二点了，江初还没从书房里出来，梁小佳打了个哈欠，轻声问了覃最这么个问题。

覃最突然愣了愣。

没错，平时他跟江初都在家的时候也差不多就是这样，一块儿吃个饭或者看看电视，其他时间就各干各的事，他从来也没觉得有什么不舒服。

"嗯。"他又扫了一眼书房门口，"他挺忙的。"

梁小佳跟着看了一眼，点了下头，又问："那我晚上睡你的房间？"

"你睡，我去江初的房间。"他对梁小佳说。

梁小佳听见这个回答，眼里立刻闪过肉眼可见的失望之色。

覃最去收拾床，把江初专门扔过来的枕头和毯子拿回去，梁小佳站在门口拦了他一下。

覃最笑了笑，看一眼梁小佳攥着他的胳膊的手。

梁小佳盯着他看了一会儿，慢慢地把手松开，却没挪开，依然挡在门口，一脸不高兴的样子。

覃最在心里深深地叹了一口气，把梁小佳拉进来，朝床沿指了一下："坐着。"

梁小佳在床上坐好，覃最关上房门看着他，说道："你是不是决定以后都要跟我对着干了？"

梁小佳抠着手，没说话。

"不打算听我的话了？"覃最又说。

梁小佳耷拉着睫毛，垂着脑袋，好半天才挤出来一句不情不愿的"没有"。

"没有。"覃最重复一遍，往后靠在桌沿上，"那你现在是干什么呢？你突然跑过来我也没说你，我昨天跟你说的话你又忘了？"

"还是说，你真想见这一面过后，咱们就不再联系了。"这句话的语气有点儿重，覃最没有表情，也不是个疑问句。

"我……"梁小佳张张嘴，终于抬头了，有些难堪地说，"我也想管住自己，不跟你倾诉，可我不是控制不了吗？"

他真的控制不了。

梁小佳这话说得很委屈，他觉得覃最根本不知道他也很难受。

房间里一时间气氛沉默，梁小佳憋着劲儿说完那些话，又闷着头抠手。

他偷偷地扫了覃最一眼，覃最也不知道在想什么，面无表情地不说话。

隔了一会儿，覃最才又喊了一声："小佳。"

梁小佳听他语气缓和了，立刻又有点儿期待地抬眼看着他。

结果覃最语气毫无起伏地对他说："你是形成习惯了，习惯做什么都跟我一块儿，被打了、难受了都来跟我说。"覃最直直望着梁小佳的眼睛。

"不是。"梁小佳立刻反驳。

他很少这么坚决地否定覃最，这么些年跟覃最一块儿处下来，梁小佳已经习惯覃最说什么都对了，但这个问题他否认得毫不犹豫。

覃最没有否定他的坚持，甚至点点头，轻轻"嗯"了一声，继续盯着梁小佳说："那你以后结婚了也总这样吗？"

梁小佳被问住了。

他确实没有想过这些，怔怔地没回神，覃最没再说别的，直起身出去了。

拉开房门，他又回头朝墙边敲了一下，提醒梁小佳："灯在这儿。"

覃最把江初可能会问什么问题、自己怎么回答都想了个遍，没想到来江初这儿一说，江初根本没问他为什么不跟梁小佳一块儿睡。

"睡觉。"江初只是身心愉悦地去把枕头重新放好，把小毛毯也拎起来抖了抖，招呼覃最关灯。

江初习惯光着膀子睡觉，说着话就抬手把身上的 T 恤脱了。

覃最看一眼他光溜溜的腰背，也没多说别的，抬手关了灯。

他的膝盖压上江初的床沿，掀开毯子睡上江初的床，覃最听着黑暗中布料"窸窸窣窣"的动静，看着江初捧着手机，在微亮的光影下笔挺的鼻梁和微眯的眼睛。

虽然昨天已经跟江初在一起睡过一宿，但在农家乐跟在家里，在江初自己真正的床上，有种截然不同的微妙感觉。

这是江初绝对的私人领域。

他的胳膊不小心在江初的肩膀上蹭了一下，覃最翻个身，背对着江初拉开些距离。

结果他还没躺踏实，屁股上挨了一脚，江初也不撤脚，跟着他侧躺过来，"哎"了一声说："差点儿忘了，杜苗苗要加你的微信，老杜找我要，我直接推给他？"

覃最在黑暗中答了个"嗯"，反手把江初的腿往下拨，沉着嗓子说："腿下去。"

"我发现个事啊，小最哥。"江初的声音也随着他变低。

覃最没接话，不知道江初想说什么。

"我发现你跟梁小佳在一块儿话挺多的，"江初"啧"了一声，"一到我跟前怎么就跟头闷驴似的？"

覃最心里很轻地松了一口气，心里一松，整个人的状态也不那么绷着了。

他微微转过去点儿，说道："怎么了？"

"你还问上我了。"江初把手机屏锁上扔到一边儿，反正下午睡到两点才醒，他这会儿也不困，干脆半坐起来，摆出一副要跟覃最好好掰扯的架势。

"来，你转过来。"他往自己这边儿扒拉覃最的肩，"你今儿跟你朋友介绍我的时候，喊我什么？"

覃最顺势转过去看着江初，这角度不太好，江初半支着上身，覃最的视线直对着江初。

他顿了顿，也往上坐起来点儿，枕着枕头屈起一条腿，回答："江初。"

"哦，江初。"江初往床头支着一只胳膊撑着脑袋，"你是不是该喊声哥？"

不等覃最说话，他又朝覃最脸上弹了一下："你来我这儿这么些日子了，一声也没听你喊过，叫声哥我听听。"

江初的语气跟逗闷子似的，覃最听着就没忍住笑了一下，说道："叫给你听？"

"我耍嘴皮子的时候你还在家玩尿泥呢。"江初也笑了，"总比闷着不吭声强。"

覃最没法跟江初开玩笑。

"别闹，"他推开江初的胳膊，重新背对着江初躺回去，"想听自己张嘴。"

江初身为一个已经非常能够自力更生的成熟男性，有时候自己都觉得男的特别幼稚，不扯起来什么事也没有，但凡扯了就必须争个高低，不然就跟输了场硬仗一样。

"可美死你了，今天我还非得听你叫一声哥。"他胳膊一搂，扳着覃最的肩膀翻身骑了过去。

覃最刚要还手把他往下掀，江初手上拿着力道卡住他的脖子，俯身盯着覃最，压着嗓子命令他："喊哥。"

覃最盯着江初，抿着嘴角皱了皱眉："下去。"

江初的手推上覃最的喉结，不妥协地轻轻按了按。

覃最猛地一闭眼："哥。"

江初愣了愣。

没等江初回神，他整个人就被覃最掀起腿往旁边一翻，摔回自己那边。

覃最扯开小毯子下床，一句话都没说，拉开房门去卫生间，门被拽得很响。

江初歪在枕头上瞪了一会儿天花板，坐起来看着房门。

他轻声骂了一句。

这都什么跟什么？

江初在房间里发愣，覃最在浴室里洗了把脸，打开换气扇，靠墙站着。

他再从卫生间里出来时，江初正在饮水机旁边接水。

两个人大眼瞪小眼地对视了两秒，谁都没先说话，覃最揉了揉头发，径自朝卧室走去。

他都从江初旁边过去了，又停下来，回身抽走了江初手里的杯子，一口气把剩下大半杯水都灌进嘴里，再把杯子塞给了江初。

"有病？"江初瞪着覃最回房间的背影，只能重新给自己接了一杯水。

本来只想睡前聊聊天开个玩笑，结果莫名其妙这么折腾一通，江初端着杯子回到卧室，突然有点儿微妙的尴尬感。

两人进进出出都没开灯，覃最在黑暗里已经拽着他的毯子，又以刚才那样的姿势侧身躺好了。

江初枕回自己的枕头上，仰面朝天冲着天花板又发了一会儿呆，知道覃最现在不可能睡着，就踢了踢他的腿。

"你刚才干吗呢？"他也没朝覃最那边看，轻声问，"去那么半天。"

覃最背对着他，呼吸似乎停顿了一下，索性直说："你心里没数？"

江初张张嘴，好一阵不知道怎么接话。

覃最听见江初从胸腔里呼出口气，心里说不来是什么滋味。

他不知道江初在想什么，还有点儿恼对方干吗要再问一句，这几天来积攒的烦躁简直拧成一股绳地往上顶。

覃最用力地闭上眼，真的觉得这样的自己要烦透了。

在黑漆漆的卧室里静默了一会儿，江初轻着嗓子喊了他一声："覃最。"

覃最没说话。

"你是不是有心事……"江初没把话说全，不是故意停顿，而是覃最直接打断了他的问题。

"是。"覃最说。

他从床上坐了起来。

江初脑子里还蒙着，覃最已经将被子一掀，下了床要出去。

"给我回来。"江初都没来得及想别的，抬腿就是一脚，蹬在覃最的后腰上。

他力气没拿捏好，有点儿大了，把覃最蹬得微微趔趄一下，他接着说："大半夜的抽什么风，我说话了吗？"

覃最回头看他，微微蹙着眉。

江初隔着晦暗的光线都能看出覃最的谨慎和迟疑，突然有些心疼，感觉特别不是滋味。

"下床了也正好，去把烟给我拿来。"江初无声地叹了一口气，朝门外指了指。

覃最没说话，又看他一眼才开门去拿烟。

"坐。"江初抬手接住覃最扔来的烟盒，朝旁边仰了仰下巴，偏着脑袋咬着烟打火，声音有点儿模糊，"跟我聊聊。"

覃最把江初卧室桌上当摆件的玻璃烟缸也拿过来，江初踢了踢被子，把烟灰缸放在了两个人中间。

嘴上说着聊聊，覃最真坐下来等着答疑了，江初又不知道该从哪儿开口。

覃最天天跟他一个屋檐底下吃喝拉撒的，还是他名义上的弟弟，他也真把覃最当个弟弟在照顾。

隔天江初睁眼，家里只有他一个人。

"覃最？"他几个房间转一圈，敲敲覃最的房门探头看了看，梁小佳也不在。

周腾懒洋洋地挂在沙发上看他走来走去，最后江初只在厨房里找到半锅粥。

他盛了一碗出来，边喝边给覃最打电话，响了好几声那边的人才接起来。

"你们呢？"江初问。

"带小佳逛逛，他下午就回去了。"覃最应该是在商场，背景音挺嘈杂的。

"下午就回？"江初应了一声，看看时间，十点刚过，"行，那你带他玩吧，中午回来吃还是怎么着？"

"不回去了，他的车次紧。"覃最说，"我俩在外面吃点儿，你中午自己做着吃？"

"你别管我了，"江初把粥碗往桌上一推，"你没来的时候我也没饿着自己，好好玩吧。"

说是这么说，冷不丁地重温一把不管几点睡醒，家里都只有自己和冷锅冷灶，还得专门想"今天吃什么"的日子，江初还真有些不得劲。

习惯的力量真是太强大了。

自从覃最过来跟他一块儿住，江初只要在家就没再琢磨过这种问题，覃最到点儿就把饭给做了，虽然十有八九都是各种面。

最近几天都没吃上面，他突然还有点儿回味。

"中午你做饭？"江初无聊地对周腾来了一句。

周腾瞪着眼睛看他，甩了甩尾巴。

离饭点儿还有一阵，灌了一肚子粥也不饿，江初听着电视看了一会儿手机，放假也总是有处理不完的消息，一天没个清闲。

他想找个人出来凑个馆子，关系好的几个人还都在山上没回来。

江初无所事事地滑了半天，看见"覃二声最"的头像，点进去扫一眼，朋友圈里仍然只有上次给他过生日那晚发的小酒瓶。

生日……

江初看着小酒瓶有些走神，突然想起了覃舒曼。

深更半夜和天光大亮带给人的感受总是不一样的。

午夜总容易让人产生"这世界除了我没别人"的错觉，很多人在夜里考虑问题时会更加自我，在黑夜的掩护下更加随心。白天人要面对的则是脚踏实地的生活，是生活中各种交织的人际与不可分割的关系。

尽管覃舒曼连覃最哪年生的都能记错，离婚这么多年都没想着见亲儿子一面，她也是覃最的亲生母亲。

对于和覃最的关系，她应该挺愁的吧？

覃最到家的时候是十二点半，周腾蹲在玄关正中间挡路，仰着脖子冲他叫，他弯腰搔了搔周腾的下巴。

客厅里开着电视，江初没在沙发上，浴室里传来水声，还放着音乐，估计是在洗澡。

覃最也没喊他，换了身衣服先去厨房看一眼，江初果然没做饭，也没点外卖，只把早上剩下的半锅粥喝了，喝完了也没刷锅，跟碗一起泡在池子里。

覃最把专门给江初带回来的卤猪脚倒进盘子里，又淘了点儿米煮饭，开始收拾锅碗，边刷锅还边回忆起他刚到江初家那天整个屋子乱七八糟的样子，也不知道这人是怎么活下来的。

没一会儿浴室的水声停了，江初头上罩着毛巾湿漉漉地出来，抬眼看见覃最正在餐桌旁摆盘，吓得叫了一声。

"你什么时候回来的？"他把脑袋上的毛巾扯下来，过去看看，捏了块猪脚扔嘴里。

"刚才。"覃最回头扫一眼，江初只穿了条内裤，身上的水都没擦干。

他目光淡淡地掠过，收回视线进厨房拿筷子，听见江初往卧室边走边说："也不喊我一声，还以为周腾现原形了。"

覃最没接他的话。

"梁小佳走了？"江初胡乱擦着身上的水，去卧室拽了条大裤衩套上，回来坐在餐桌边开吃。

"嗯。"覃最应声，开了听饮料坐在沙发上换台，"早上出门你还在睡，就没让他跟你打招呼。"

"走得有点儿早，"江初说，"时间光扔路上了，我以为他怎么也得跟你玩几天再回。"

没等覃最说话，江初吐出块小骨头又问："他知道你的心事吗？"

话题转得太突然了，覃最闻言看向江初。

然而江初背对着他，除了还在往下滴水的发梢，他连个鼻子也看不着。

"知道。"覃最说。

江初点点头，专注地吃饭，没再说什么。

覃最随便摁了个电影出来，看了几分钟，又朝江初那边扫了一眼。

不知道为什么，他觉得江初有点儿不对。

"你上午干什么了？"他盯着电视，随便找了个话题问江初。

"喝粥，洗了个澡，"江初很快地回答，"能干什么？一睁眼十点多了。"

"杜苗苗早上加我了。"覃最的指尖在饮料罐上轻轻敲着，他又说。

"你不说我都忘了，"江初端着盘子过来坐下，跟他一块儿看电影，"你说杜苗苗怎么那么愿意跟你玩？"

覃最看向江初落座的位置，手指的动作停了下来。

打从他来到江初这儿的第一天起，如果两个人一块儿坐沙发，江初都是直接一屁股坐到他旁边，就算位置不大，江初也都得踢踢他的小腿，让他往旁边挪。

现在他们不是贴着坐的。

覃最坐在沙发靠中间的位置，江初坐在了沙发扶手上，支起一条腿踩着沙发沿，两个人之间空着得有半米的距离。

"我跟他一个学校，怎么了？"他又看向江初。

江初跟他对视一会儿，嘴角一动一动的，还慢悠悠地嚼着块骨头。

"没。"对了几秒后，江初重新把视线挪回电视上，笑了一下，"就觉得你挺神奇的，一个梁小佳，一个他，一天净招这种小朋友。"

说完他被卤汁儿呛着了，偏过头闷咳了两声。

覃最把手里的饮料递过去。

"不用。"江初摆了摆手。

覃最没再说话，收回手继续看电视。

几分钟后，江初终于吃得差不多了，去厨房放盘子。

覃最的饮料也正好喝完，他把罐子扔进垃圾桶，起身沉默地回了卧室。

江初从冰箱里拿了听椰汁，正想问覃最喝不喝，听见关门的声音，探头看一眼，覃最回房间了。

江初张了张嘴，把椰汁罐子在手里抛了两下，还是没喊他，拎着罐子回了书房。

电脑没关，他晃晃鼠标唤醒，任务栏里是明晃晃的一排网页，他点开一个个地关掉。

江初把心底那点儿毛躁感压下去，往下出溜一段，把两条腿架在桌上，瞪着墙上挂着的装饰画，抿着嘴用牙齿一下下碾着烟蒂。

他逼着自己做了一下午的活静心，傍晚再从书房出来，感觉跟闭了个关似的。

客厅是昏暗的，没开灯，江初去敲敲门，喊了一声，把几个房间的灯都打开。

覃最从卧室出来时，江初朝屋里看看，问他："一下午干吗呢？也没个动静。"

"写作业。"覃最说。

江初抛了罐椰汁给他，说道："晚上下点儿面吧，想吃了。"

"嗯。"覃最答应一声，喝了一口饮料。

有覃最在家就是舒心，江初舒舒服服地往沙发上一趴，什么都不用他琢磨。

他拿着手机滑了几下，老杜往群里发了一堆照片，二十张里十八张聚焦在他大侄子身上，有一张合影一群人都在笑，老杜估计手抖了，除了杜苗苗，其他人的脸都虚了。

大奔在群里直骂老杜赶紧脱离无儿无女的潇洒行列吧，这一天操心下来，直接晋升爹位。

江初笑着一张张地看，看见一张杜苗苗钓上一条大鱼，又惊又笑地冲老杜显摆的照片，突然良心发现了一小点儿，从沙发上爬起来去厨房问覃最："你想不想再去哪儿玩玩？后面还有好几天假，带你去个水上乐园什么的？"

覃最正在煎蛋，头也不回地说："不去。"

"你有什么想去的地方吗？去滑雪怎么样？"江初有点儿想不到这个年龄的男孩儿爱玩什么，自己反正不想去热门城市热门景点，肯定人多。

"我明天上课。"覃最把蛋装盘子里放在一边。

"就开学了？"江初闻着挺香的，伸手去端。

"学校只放三天。"覃最无奈地看了他一眼，把手上的筷子递过去，又开火煎了两个蛋。

"也是。"江初想起来了，他上学那阵子，学校不管什么假都是照着一半放，这么多年了还是一个样儿。

"那等过年吧，"江初说，"过年假期时间长。"

他端着鸡蛋刚转身要走，听见锅挺响地爆了声油，回头一看，覃最把火关小，攥着锅铲转转胳膊，右边小臂上被溅了两滴油花，直接就泛红了，迅速地起了两个小水泡。

"锅里的蛋花没铲干净吧？"江初放下盘子，伸手想去拉过覃最的胳膊看看。

覃最避开他，去旁边水池拧开水龙头随便冲了两下，直接把水泡给掐破了。

江初看着皱了下眉，又要拉覃最："你别现在就弄破，等……"

他的话没说完，覃最又把他手挡开了。

江初愣了愣。

"没事。"覃最拽了张厨房纸巾抹抹胳膊上的水，把盘子放回江初手里，"你出去吧。"

一整个晚上，江初暗暗观察着覃最，发现他不让人碰的矫情病又发作了，没刚来那阵子那么明显，但是绝对有了那个意思。

江初拉他的胳膊，他不让。

吃完饭江初想哥儿俩一块儿说说话，问覃最要不要出去逛逛，他也不去。

"我刷吧。"江初想去端覃最手里的盘子和碗，两个人手指不小心蹭上了，覃最直接把盘子往他手里一丢，什么都没说就去洗澡了。

　　等江初刷完碗出来，覃最又将房门一关，也没像平时那样跟他在沙发上坐一会儿聊天。

　　江初心里立刻特别不是滋味。

　　覃最还躲上他了。

　　覃最从中午回来开始就没怎么跟他说话……难道是因为梁小佳走了心情不好？

　　江初站在客厅皱了一会儿眉，拿上钥匙自己去超市逛了一圈，拎了一袋子黄桃罐头回来塞冰箱里。

　　一直到半夜了，他躺在床上迷迷瞪瞪地突然想到，他给覃最的手机上不知道登没登他的账号……

　　江初猛地睁开眼，心里"咯噔"了一声。

　　"心虚"这种情绪本身就不可控。江初一心虚，甚至觉得覃最知道他都干了些什么。

　　人都坐起来要去书房开电脑了，他才猛地想起来。

　　"唉……"江初叹了一口气，有些心烦地躺回床上。

　　他回忆起中午从浴室出来，看见覃最在给他往餐桌上端午饭的背影。

　　江初用力翻了个身，脸朝下把自己埋进枕头里。

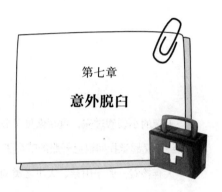

第七章

意外脱臼

无聊的小长假过完，重新恢复了公司和家里两点一线的规律生活，江初终于又感觉找回自己舒服的节奏了。

大奔拎着一兜子山菇、大枣之类的干货来给他，说是农家乐老板给的赠品，按人头给，他给江初和覃最也一人要了一份。

傍晚收工，大奔搂着手机说了一句："得，咱哥儿俩组个饭搭子吧，宝丽今儿回她妈那儿吃。"

"行，吃什么你定。"江初反正回去也是点外卖，覃最这几天去上课，他在家懒得琢磨饭，连着点了好几天煲仔饭，想想都一嘴锅巴味。

"问你弟弟想吃什么，叫出来一块儿吃。"大奔说。

"他在学校上晚自习，来不了。"江初说。

"啊，对，咱们都复工了，他们肯定也开学了。去吃牛排吧，馋肉了。"大奔随便搜了家店，"你弟成绩怎么样啊？老杜他侄子天天不好好学，回回考试考不好，那天他说赶着国庆给报个班补一补，结果那孩子一点儿也不能说，说着就使性子吵起来了。"

"我没问过，看他那架势也不像个学习的料。"江初琢磨着回去是该问问覃最的成绩，放假前他们月考也不知道他考得怎么样。

"老杜也是，"赶上红灯，江初踩了一脚刹车，"放个国庆他们学校掐头去尾也就两天半的假，我要是杜苗苗也不乐意听报班的事。"

"什么两天半，不玩得野着呢吗？"大奔随口说道，"昨儿我看他发朋友圈还游泳呢。"

江初一愣，扭头看了大奔半天，绿灯亮了才回过神来。

本来只是两个人临时去凑合一顿，正好方子又打电话来，刚从放假状态里回来，有点儿坐不住，来找他们一块儿吃，说说聊聊就扯到了九点多。

方子意犹未尽，还想再把老杜喊出来，一块儿去撸串儿，江初惦记着覃最晚自习该放学了，打包一份牛排先撤了。

"我也是服气，你马上就得成为老杜第二了。"方子有点儿无语。

江初笑了笑，心想那自己还是比老杜强点儿，尽管覃最可能刚跟他撒了个谎。

他拎着牛排回到家，覃最正只穿着内裤出来，手上还拎着条洗过的大裤衩要去阳台晾。

他见江初冷不丁就进门了，转身先去卧室套裤子。

江初一整顿饭都在琢磨覃最跟他扯谎的事，本来就挺不得劲儿，回到家见覃最还这架势，直接感到了不爽。

"躲什么呢？"他把装着餐盒的纸袋往玄关的柜子上一扔，盯着覃最还挂着水珠的后背问了一句。

覃最脚下没停，只回头扫了江初一眼："去穿裤子。"

江初换了鞋，覃最套上条沙滩裤出来，他又把装着牛排的纸袋扔过去。

"什么？"覃最问。

"吃的。"江初说。

覃最在餐桌前吃牛排，江初也没闲着，去开了瓶罐头坐在覃最对面看着他吃。

他边吃边问覃最："你们国庆几天假？"

"三天。"覃最抬眼看着他，"怎么了？"

"只有你们班加课？"江初又问。

"全校。"覃最往后靠在椅背上，把叉子放下了，"你到底想问什么？"

"杜苗苗一直玩到昨天。"江初喝了口罐头水，"我以为你骗我。"

覃最没说话，跟江初对视了一会儿才开口："我不会骗你。"

"谢谢。"江初点点头，愿意相信覃最，覃最既然这么说，他也懒得管杜苗苗是背着老杜逃课了还是怎么着，"那说说你这几天为什么总躲着我，我还挺不得劲儿的。"

这话一出来，覃最的表情倒比刚才还丰富。

"不是你想躲我吗？"覃最的眼神有些微妙。

"我躲你？"江初隔空用叉子点了点他，"我都把你领家里来了，什么时候躲你了？"

覃最又不出声了，只是盯着他。

他盯了一会儿，收回眼神望向旁边。

"说话。"江初在餐桌底下朝他腿上踢了一脚。

覃最只好又把目光转回来，继续与他对视了两秒，有点儿无奈地耷下眼皮，轻声骂了一句"服了"。

还说话，让他怎么说？

说"那天我送完梁小佳回来时，你背对着我吃饭"？

说"你坐在沙发扶手上却没坐在我旁边，还跟我保持半米的距离"？

说"你不喝我喝过的水了"？

这有一条能正儿八经地说出口的吗？

覃最有时候觉得江初这人特聪明，无论什么事，他看在眼里都跟明镜似的，情商也高，十分会给人递台阶留面子，有时候又跟脑子里缺料一样。

江初这边也一头雾水，覃最还这态度，他把小勺儿往杯子里一扔，也往椅背上一靠。

覃最没办法了，只好皱着眉胡乱说了一句："我磕着你那天你是不是吐了？"

"几辈子的事了你还能往外扯？你记仇还带反射弧的啊？"江初都傻了，想破头也没想到覃最能说出个这理由，一口黄桃差点儿从嘴里掉出来，"再说当时我都说了，不是冲你……"

说着说着，江初突然停下来，跟研究什么挺好玩儿的新事物一样，看了一会儿覃最。

"不是，"他眉毛一抬，没忍住笑了起来，"你是不是长这么大还没磕到过谁呢？"

他盯着覃最绷着的脸和挺酷的表情，琢磨覃最这个逻辑，忍不住就想乐，靠着椅背笑了半天。

眼前的人到底还是小孩儿啊。

覃最被他笑得直接无语了，他还能不知道江初不是有意吐的？

这种话题又没法非得反驳出个真假对错，就当哄江初开心了，他一推椅子站起来挪到沙发上，完全不想继续跟江初沟通。

江初一个人乐了半天，大概也明白过来怎么回事了。

他端着黄桃罐子跟着覃最过去，朝覃最的腿上踢了一下："让一让。"

"你坐扶手上就行。"覃最没动。

"还来劲儿了是吧？"江初"啧"了一声，想起自己吃猪脚那天是坐在这儿吃的，心里彻底明白了。

他硬是在覃最旁边挤了下来，还很恶劣地把腿也支上来，靠着沙发扶手往覃最的大腿上蹬了一脚："覃二声最同学，有句话叫'当你哥跟你好好说话的时候，你最好好好说话'。"

蹬完他也没把脚撤回来，感觉这个脚搭子挺得劲儿，就那么搭着了。

覃最盯着他的脚看了一眼，目光又挪到江初的脸上。

江初想了一会儿，酝酿着怎么开口解释。

"我那天不是躲你，"又吃了半块黄桃下去，他才慢慢悠悠地开口，"跟你其实都没关系……也不能说没关系吧，就是我没想那么多，你懂吗？"

覃最没说话。

"你说你那天回来一身臭汗，我刚洗了澡，跟你往一块儿挤什么挤？"虽然刚才覃最对他说"我不会骗你"，他挺感动的，但江初还是没好意思提别的事。

"我要真想跟你保持距离，你这几天躲我跟躲什么一样，我直接就这么继续不就行了？犯得着还在这儿问你吗？"江初接着说。

说着他代入了一下覃最的角度，再次感慨覃最是真的很敏感。

覃最对于别人对自己的喜恶，都是放大了十倍来感知的。相应的事如果放在江初自己身上，他估计压根儿都感受不出来。

"反正你就记着吧，"他也不知道说什么了，又踩了踩覃最的腿，"我肯定不会对你有什么偏见，就算因为什么事对你有意见，我指定当面跟你提。"

"你也一样，以后你如果有什么想不通的事，或者觉得我什么事做得让你心里别扭了，先来问我，"江初认真地看着他，"直接问我。只要你问，我肯定说。"

"别我这边什么都不知道，你心里直接给我判了个罪名，"江初欠欠身，伸直胳膊想朝覃最脸上弹一下，"对咱们都不公平，明白了？"

覃最把话都听耳朵里了，同时动了动脖子，让江初弹了个空。

"脸伸过来！"江初圈着手瞪他。

覃最挺无奈地轻叹了一口气，往前让江初弹了弹。

江初心满意足地补上这一下，看覃最眼睛里重新带上笑，又忍不住有点儿心疼——这便宜弟弟好哄得可怜。

罐头吃不下了，江初把剩下的都塞给覃最，窝在沙发上舒服地看了一会儿电视。

周腾蹦到凳子上试探地想闻覃最没吃完的牛排，江初踹了一下覃最："赶紧去吃完，挺贵的，我自己都没舍得点。"

"你考试怎么样？成绩出来了吧。"突然想到这里，江初又问了一句。

"凑合。"覃最说。

这回答完全在江初的意料之内，他估摸着也就是凑合，点点头没再多问。

十月晃晃荡荡地过去了，秋天说来就真来了。

后面几个月也没什么假，江初整个十一月都在忙，订单一到这时候就多得接不过来，从这会儿一直到年底，时间只会一天比一天不够用。

"双十一"那天陈林果给他打了个电话，问明天要不要一块儿吃饭。

从农家乐回来后，陈林果就约过他一回，说是请他看电影，上回吃完火锅就说好了，一直还没兑现，江初已经推掉了。

按说这种拒绝，谁一听都能明白这是不想继续往下发展的意思。

江初也不知道陈林果这姑娘怎么想的，竟然还在坚持。

"去呗。"大奔听他一说就直接鼓动，"我看陈林果这劲头有点儿'只要你没明着拒绝，我就有机会'的意思，挺不容易的，你真不考虑考虑？"

"我本来是想着她是姑娘家，不好说得那么直接，那我直接拒了得了。"江初说着叹了一口气，自己也纳闷，"你说我怎么就对她不来电呢？"

"你对谁来电？打上学到现在就没见你对谁来电过。"大奔听他这么说都笑了，手上还在飞快地建模，"要我说你也确实挺没劲儿的，你说你跟谁在一块儿的时候被电过？就有没有姑娘电着过你吧！"

"什么？……"江初笑着回忆了一圈。

"奔儿，你喊我声'哥'听听。"他突然喊了大奔一声。

"太合适了，我正好比你小负三个月，非常应该喊你哥。"大奔头也没抬地说道。

"奔哥，喊我声'哥'听听。"江初重新说。

"哎，好的。"大奔很配合地捏着嗓子就喊，"哥，哥哥，御！弟！哥！哥——！"

最后一声长音他还没拖完，江初就受不了地"哎"了一声打断他："收了神通吧，等会儿孙悟空带着大公鸡下凡来了。"

大奔乐得不行。

有些东西要么平时想不着，一旦想起来了，心里就跟吃错药似的一直念着。

江初一整天脑子里都时不时地绕着这声"哥"。

他发现自己竟然挺想再听覃最喊一声。

他还挺有饲养弟弟的成就感。

加班到晚上快九点，江初开车回家。

都开到一半了，等红灯时他想想覃最这个点正好快放学，就给他发了条消息，去后门接人。

在老地方停好车，二十七中的放学铃还没响，江初靠在车里等，合计着等会儿覃最一上车就得让他再喊声"哥"听听，顺便买点儿什么夜宵回去吃。

等到九点二十分，学生开始陆续往外走，覃最没挤在第一批人里，等大规模的人潮过去，江初才看见他从学校里出来，身旁还有两个同学。

女孩儿是陆瑶，江初认出来了，还是那么漂亮，就是有点儿"虎"，十一月的天竟然穿着露小腿的裙子，说话都冒白气，在覃最旁边哆哆嗦嗦，连说带蹦的。

另一边是个男生，跟覃最差不多高，戴个黑口罩，穿得很潮，江初第一反应以为是杜苗苗，仔细再看不认识。

三个人来到车边，陆瑶先蹦过来敲敲窗户，笑着喊了声："哥哥好！"

"你冷不冷？"江初笑了笑。

"还行，我外套够厚，"陆瑶说。

覃最一脸看不下去的表情。旁边那个男生撑着覃最的肩膀乐了，弯着眼睛把口罩拉到下巴，也跟江初打招呼："哥。"

江初："靓男美女三人组啊。"

"那您得是 C 位。"那男生说。

"太客气了。"江初又笑了笑。

覃最拉开副驾驶座的门要上车，陆瑶在这边跟江初抱怨着："哥你看，覃最又不跟我说拜拜。"

"你赶紧回家吧，腿都紫了。"那男生把扒在车窗前的陆瑶往后拽了一下，朝江初支着五根手指头摆了摆，"拜拜，哥，路上慢点儿。"

"是你朋友？"江初把车开出后门街，问覃最。

覃最正在脱外套，"嗯"了一声。

"挺会来事。"江初说，"没听你提过。"

"有什么好提的？"覃最外套兜里掉出来一条口香糖，他顺手扔进了江初车上的扶手箱里。

"叫什么？"江初又问。

覃最看他一眼才说："高夏。"

"高夏……"江初重复一遍，没忍住笑了，"你同学的名字都挺有意思，一个'陆瑶'知马力，一个'高夏'立现。"

"你喜欢？"覃最没头没脑地冒出一句。

"我喜欢什么？"江初没听明白，莫名其妙地说，"两个学生，还是高中生。"

覃最盯了他一会儿，没说话，把口香糖又拿过来自己剥开扔嘴里了。

江初开了会儿车倒是突然反应过来，猛地扭头看着覃最："你不会是……？"

"看路。"覃最皱了下眉。

被这个念头横空打断，江初回到家才想起来喊"哥"的事，夜宵也忘了买。

"覃最，"江初拿着手机去覃最的房间逗他，"喊哥，哥给你点好吃的东西。"

"我不饿。"覃最说。

"谁管你饿不饿了？"江初蹬着覃最的椅子把他转过来，"喊就完事了，你同学见了我都知道喊，听你喊一声怎么那么费劲儿？"

"为什么？"覃最问。

"哪有为什么？你本来就该喊，正好我想听，喊就行了。"江初也说不出为什么，"吃蔬菜粥吗？还是吃炒面？"

"不想喊。"覃最直接起身去厨房，"别点了，给你炒饭吧。"

"也行。"江初把手机收起来，正要跟着去厨房继续跟覃最扯，手机进来一通电话，是陈林果的。

这姑娘真的让江初没话说。

"不喊拉倒。"他很轻地叹了一口气，滑下接听键转身去了阳台。

覃最往碗里磕开两个鸡蛋，扭头看了看他。

"初哥，不好意思啊我陪我妈买东西去了，刚看见你的消息，你的意思我明白。"陈林果也没绕弯子，上来就直奔主题。

"啊。"江初应声，拒绝一个女孩儿说到底还是挺伤人的，他有点儿不知道该怎么接话。

"我是想说，就算我跟你没戏，咱们以后当朋友处也行，是吧？"陈林果的声音里倒也没有埋怨之意，她还笑呵呵的，"你跟大奔哥、宝丽姐、方哥，还有上回的华哥和梅子姐、杜哥，我都挺喜欢的，你们人都特好，跟你们在一块儿玩特别开心，我也不想跟你把关系弄尴尬了。"

江初听她这么想，心里自在多了，笑着说："那不会。"

他咬上根烟拉开窗，刚直接从车里回家没什么感觉，这会儿只穿着薄毛衣被冷风一吹，打了个寒战，赶紧又把窗户关上。

"那我就放心啦。"陈林果笑着呼出口气，"既然是朋友，那朋友请你看场电影总不过分吧？"

"最近确实比较忙，"她把话说到这里了，江初也不好说什么，"一天脚打后脑勺的，宝丽每天等不着奔子回家做饭，都回娘家去了。"

"我听宝丽姐说了，"陈林果笑出了声，"那等回头都有空的时候，我再请你们一块儿看。"

"好。"江初笑着把电话挂了。

后来他跟大奔把这事一说，大奔直咂嘴，说这小妞儿情商、手段够高的。

"你也没必要防范着，说到底你们才见几回面啊？这会儿你没感觉，指不定多在一块儿待一待，就处出感觉了呢？"大奔还在劝。

"再说吧。"江初没放心上，唐彩在外屋连着打了好几个大喷嚏，他听着都难受，跟着也打了两个。

冷空气说来就来了，他得带罩最去买几身过冬的厚衣服。

"感冒了？"大奔拉开抽屉，掏了包宝丽给他配好的红枣柠檬枸杞茶。

"一个想两个骂。"江初拽了张纸巾擤鼻涕，拉开窗子通风，"你骂我呢吧？"

"你怎么不合计人家陈林果骂你呢？"大奔十分有防范意识，起身又去给自己泡了杯茶。

"罩……"陆瑶从教室后门蹦进来，喊着罩最的名字来到桌边，兜头先冲他打了个大喷嚏，"最！"

高夏趴在桌子上睡觉都被她震醒了，坐起来用课本扇了扇："故意的吧？"

"我感冒了。"陆瑶帮罩最扇了扇，吸着鼻子，有点儿不好意思。

"你不感冒都稀奇。"高夏把毛衣领子往上拽了拽，"接一段护膝就好了。"

陆瑶卷着书要抽他，罩最靠在凳子上写卷子，本来懒得理，陆瑶一本书抽过去，耳机线又给他带掉一根。

"你有事吗？"他无奈地看向陆瑶。

"杜苗苗找你。"陆瑶差点儿忘了。

"杜苗苗？（15）班那个？"高夏朝窗外望了一眼，又看向罩最，"你认识他？"

覃最也看了一眼，"嗯"了一声起身出去了。

今天降温挺厉害的，一早上来学校就是满地的霜。

覃最从后门出去就被激得眯了眯眼，看见杜苗苗穿了件单薄的小夹克在楼梯口蹦跶着，还很骚包地露着脚踝。

"覃最！"他见了覃最就喊。

覃最走过去："找我？"

"找你哥。"杜苗苗要把手往覃最的兜里揣。

"找他你直接联系他。"覃最毫不留情地把他的手扒拉开。

"我没他的电话也没微信，而且我找他他说不定直接就告诉我叔了！"杜苗苗取暖失败，又从怀里掏了瓶热奶茶硬塞给覃最，"你帮我求他件事，我们班下星期开家长会，你让他来帮我开。"

家长会？

"你叔不在家？"覃最看着他问。

"哎，你问题真多。"杜苗苗不耐烦地又蹦了蹦，"我要想让我叔来还找你说这个？你跟他说就行了。"

"他如果不愿意呢？"覃最又问。

"不愿意我就再找奔子叔。"杜苗苗有点儿郁闷，"其实奔子叔最适合干这种事了，但是他太胖了，颜值没你哥高，看着跟我不像一家的……"

"有病。"覃最有点儿想笑，把奶茶塞回给杜苗苗就转身要回教室。

"你记得帮我说！"杜苗苗还在他身后小声喊着，"晚上回去当面再说，别让他给我叔打电……啊！"

他话没说完，周围来来去去的学生跟着一块儿惊呼起来。

覃最立刻回头，杜苗苗也不知道是蹦来蹦去蹦得脚滑了，还是被谁不小心碰上了，身子一歪，眼见着就要往楼下滚，胳膊还冲着覃最挥着。

覃最赶紧往前迈一步拽他，人是拽回来了，结果杜苗苗的热奶茶正好滚到他脚后跟旁边，覃最被绊了一下，往后趔趄好几步。杜苗苗顺着惯性往他身上一扑，倒在地上的同时，覃最的左脚脖子狠狠在拐角的护栏上撞了一下。

"吓死我了！"杜苗苗撑着地跪起来，刚才脚滑失重那一下给他吓出一背冷汗，这会儿一点儿也不冷了。

几个同学赶紧过来扶人，杜苗苗弯腰把奶茶捡起来，再要回头喊覃最，就见覃最站起来后脸色一变，低头盯着自己的左脚。

"你没事吧？"他愣了愣，弯腰要往覃最的小腿上摸。

"别碰我。"一颗冷汗滚过覃最的太阳穴，他控着力道用左脚又点了点地，皱起了眉，"可能脱臼了。"

江初接到覃最的班主任的电话时，正跟大奔在公司附近的小餐馆里吃饭。

菜还没上来，他们一人一碗羊肉汤喝着，平时都懒得动弹直接点外卖，今天专门跑出来，就是想踏踏实实地喝口热乎的汤。

电话进来是个陌生号，江初以为是联系生意的，十分客气地说了一句："你好。"

那边的人没说两句话，他愣了愣，眉头微微皱了起来："严重吗？"

"你背着我干什么违法犯罪的买卖了？"大奔冲他挤口型。

"行，我知道了，谢谢，我二十分钟就到。"江初挂了电话，站起来一把拿起车钥匙。

"怎么了？"大奔看他这架势才正经问。

"覃最脚崴了，脱臼了，在三院打石膏呢。"江初没跟他细解释，毕竟班主任也没跟他细说，"你吃吧，我过去一趟。"

"脚怎么能脱……他跟同学打架了？"大奔捞过他的外套抛过去，"用给你打包吗？"

"不用。"江初套着外套顶开门往外走去。

"你哥要打死我了。"杜苗苗在覃最旁边坐着，盯着他从脚底板一直缠到小腿的石膏绷带和护具，轻声嘟囔着。

这话他都说两遍了。

覃最看他一眼，有点儿无奈："不会。"

症状比他想象的好得多，其间来医院的路上有一阵儿疼得挺厉害，覃最还有些拿不准会不会是骨折。

拍完片子，果然是脱臼。

"我要是你，我小叔非揍我不可。"杜苗苗撇了一下嘴，挺愧疚地叹了一口气。

到底脱臼的是自己，覃最也没什么心思反过来安抚他，只是勾了勾嘴角，没再说什么。

江初推门进来时，看见覃最架着的腿，说实在的，感受了一下什么叫脑子猛地一麻。

他知道在打石膏跟眼见着腿真被包起来了，效果还是不太一样。

他自个儿从小到大别说打石膏了，创可贴都没怎么用过。看电视里的武打片，动不动谁谁脱臼了，路边来个老头儿用手一掰就回去了，他一直以为脱臼也不是多严重。

现在他看这架势跟骨折了似的。

"你们打架了？"看见旁边还蹲着个神色紧张的杜苗苗，江初皱了皱眉。

说完他又瞪着覃最，指了指他的绷带腿，不可思议地说："你还输了？"

"这话我听着怎么那么不是味呢？"杜苗苗抓抓脸，都不知道自己该不该接这光荣的一锅。

"没有，意外。"覃最都有点儿佩服这两个人了，一个比一个能胡思乱想。

本来他都觉得没必要通知江初过来，班主任海大胖不同意，去走廊里打了半天电话，江初来得还挺快。

他把片子给江初看看，江初又拿着跟班主任去找医生问了一遍具体情况——左踝关节半脱位，韧带轻微拉伤。

"韧带也被拉着了？"江初皱了皱眉。

"正常，毕竟是脚踝，没伤着骨头已经算好的了。"医生习以为常地说，"昨天有个学生全脱位韧带撕裂还骨折，整只脚都翻过去了。"

江初听着一阵牙酸，又跟医生确认了一遍："那我弟弟的骨头确实没事吧大夫？您再看一眼，对他以后有什么影响吗？"

"没事，他还挺有数的，感觉不对就自己没乱走。"医生又看了一眼片子，"以后有没有影响得看恢复程度，那脚千万别沾地，别让它受力，别磕着撞着，别碰水。饮食清淡点儿，头两天多冰敷，之后没事热敷，注意保暖，过个三四周来拍片子复查。"

医生一口气说了一堆注意事项，江初听完就只记得冰敷、热敷。

"隔着石膏敷？"他又跟医生确认。

"啊，你还想给他拆开啊？"医生又给他推荐了专用的石膏外敷冰袋，也看出来江初没什么照顾病人的经验，十分耐心地多说了半天注意事项。

覃最的班主任海大胖看着都没比江初大几岁，估计也是头一回遇上自己班里学生出事，大冷天一脑门儿汗，特别认真地跟江初解释了好一会儿。

江初知道覃最这脱臼问题不大，心就放下不少，看海大胖也说不明白具体怎么回事，光擦汗了，还反过来安慰了他几句，让他别紧张。

两个人回到诊疗室门口，江初正要推门，海大胖又说了一句："所以覃最妈妈不方便过来了是吧？等会儿您带覃最先回去休息休息吧，下午的课我帮他请假，后面有什么事您再联系我。"

江初听到"覃最妈妈"四个字就愣了愣，问海大胖："联系过他妈妈了，是吗？"

"对，然后她好像正在忙，抽不出空，就说先联系覃最的哥哥，我就问覃最要了您的电话。"海大胖说。

江初点点头，没再说什么，推门进去了。

刚才他过来时覃最旁边只有个杜苗苗，这会儿高夏和陆瑶也在。陆瑶冲着覃最的石膏腿吸着鼻子，覃最在给高夏转账，旁边还多了副拐杖。

"哥。"见江初进来，他们一块儿打了声招呼。

"我刚才怎么没看见你们？"江初问。

"我给覃最缴钱拿药去了，顺便租了副拐，她刚到。"高夏笑笑，在覃最的小腿上敲了敲，"哥你这几天多给他熬骨头汤就行，我小时候骨折我妈就成天灌我，感觉没灌几天我就满地跑了。"

江初笑着说"行"，冲覃最的脚问了一句："疼吗？"

"还行。"覃最说。

江初点点头，抬手指了一下杜苗苗："你出来。"

杜苗苗本来还想着让江初去给他开家长会，这会儿也别寻思了。海大胖是覃最的班主任，兼带他们班的语文，到时候得上讲台讲话，这都跟江初见过面了，江初一去就得露馅儿。

他老老实实地跟江初说完覃最脱臼的全过程，又道了歉，跟江初保证在学校好好照顾覃最，帮着上下跑腿买饭，扶覃最去厕所，然后把装着覃最的一只鞋的袋子递给江初。

"你自己安生点儿吧。"江初无奈地接过袋子，另一只手朝杜苗苗的后脑勺上轻抽了一巴掌，杜苗苗揉着后脑勺撇了撇嘴。

三个小孩儿被海大胖带回去上课了，江初带覃最回家。

本来他还寻思着覃最的腿刚包上，不熟练，要不要给弄辆轮椅，结果覃最直接架着根拐自己就挪车上去了。

熟练工啊。

江初抬了抬眉毛，帮他拉好安全带，然后绕到驾驶座上车。

覃最看向江初抿着烟的嘴角。

江初空出只手在覃最的护具上弹了弹："这是脚踝知道吗？你浑身的力气都靠这儿撑着，恢复不好下半辈子你就哭吧，还得跛着哭。"

覃最也没坚持，偏头望着窗外。

江初又扫他一眼："是不是还是挺疼的？"

覃最转过头来看看他，晃了晃架在右腿上的膝盖，把江初的话还回去："这可是脚踝。"

江初笑着骂了一句，再看一眼覃最的脚，还是有点儿心疼。

他知道这小子能忍，脸上没什么，但肯定是疼得厉害。

他想了想，又对覃最说："难道你还想抽烟？做梦。"

覃最看着他，刚想说话，江初又来了一句："喊哥。"

"你……"覃最一瞬间都不知道说什么了。

"喊不喊？"江初望着前面即将变红的红绿灯，愉快地动了动嘴角。

覃最简直觉得让自己神经疼的不是脚踝，而是这个哥。

"哥。"他无奈地喊了一声。

"真乖。"江初满意地笑了，车在红灯前停下，他偏头把烟拿下来，冲覃最鼓着腮帮子呼了口烟。

覃最整个人一愣，不可思议地盯着他。

"给你口仙气，续着命吧。"江初被覃最的眼神逗得不行，嘴上这么说，又把车窗降下去，把这股"仙气"直接吹散了。

"有病。"覃最真的服了他了，眯着眼偏头盯着窗外，嘴角也忍不住扬起来。

开了这个头，江初的"喊哥"交易直接就停不下来了。

覃最下车要拿拐，他让覃最喊哥。

覃最进家门要换鞋，他要覃最喊哥。

江初自己主动去接了杯水给他，还要覃最喊哥。

"这还要强买强卖？"覃最都没想到江初能这么无聊，靠在沙发上看着他。

"我爱听，你喊就行了，现在揍你都得让你一条腿。"江初把杯子塞覃最手里，转身去卧室。

他是真的挺愉快的，有种把覃最薅在手里随意折腾，还让对方不能反抗的快乐。

"你等我拆石膏那天。"覃最喝着水轻声说。

"你现在先琢磨怎么拆你的裤子吧。"江初听见了这话，拿着条宽松的沙滩裤出来，另一只手还拿了个大剪子。

"干吗？"覃最皱了皱眉。

"剪裤子。"江初蹲在沙发前研究了一下，覃最绑石膏之前，裤腿已经被剪开了，但是不够松，这石膏绷带加护具，起码得再剪到膝盖才能把裤子脱下来。

"我自己来。"覃最伸手去够他的剪子。

江初打开他的手。

"哥。"覃最喊。

"这会儿自觉了。"江初笑得不行，蹲着不太好使力，干脆腿一盘坐在地上，摁着覃最的胯骨把他挡回去，"不好使了。靠着别动。"

他把覃最的伤腿架在小皮墩凳子上，琢磨着要不干脆把裤腿卸了得了。

剪子从覃最的膝盖侧面顺进来，贴着大腿要往上剪的时候，覃最实在没忍住又拦了江初一下。

"你直接这么剪？"他皱着眉毛看江初。

"怎么了？"江初扫了一眼被覃最摁着的手腕，不明白剪个裤子怎么这么费劲儿。

"倒是从外侧剪啊，"覃最都不知道江初怎么好意思问他"怎么了"，"哪有从大腿内侧往上戳的？"

"哦。"江初反应过来他的顾虑，笑得有点儿停不下来。

覃最无奈地看着他。

"我也没打算戳到底，这边更顺手。"江初笑着动了动剪子，顺着覃最的裤缝破了个三寸长的口子。

然后他把剪子扔旁边，直接上手，覃最还没从这动静里反应过来，就感觉整条腿猛地从裤子里释放出来了，低头就能看见内裤边的那种程度。

"你……"他把沙滩裤往下又扯了扯，见江初又要直接上手解他的腰带，忙用手捂着说"我自己来"。

江初这次倒没坚持，覃最的手又没事。

他一条胳膊往后撑着地板坐着，等覃最解开腰带好帮他拽裤子。

"得亏你不是胯骨脱臼，"听着覃最拉开裤链的动静，他拽上覃最右腿的裤脚帮忙往外脱，"不然人家护士帮你处理裤子，还得抽空骂你一句流氓。"

覃最配合着往后收腿，踩在沙发沿上，看了他一眼没说话。

覃最抖开沙滩裤往腿上套，单腿站起来拎上去。

"嗯？"江初赶紧站起来，扶着覃最的胯骨，让他站稳了把石膏那一截塞进去。

覃最看看他，拄着拐杖去卫生间。

"都这样了你还……"

覃最真不想跟他说话了，连表情都不想给，停下来扭头看了江初好几秒才说："我去撒尿。"

江初一脸"行，行，行！好，好，好！我懂"的表情，做了个"请便"的手势。

打个石膏对于覃最来说，基本不影响他的行动，但还是有点儿费劲儿，拐杖再好用，也没有自己的腿好用。

覃最刚才光顾着专心致志地换裤子了，这会儿松懈下来，左脚踝一阵阵地疼，单腿站在马桶前准备拽裤腰的时候，他晃了一下，赶紧又撑着墙稳住。

覃最撑着墙，望着架子上奇形怪状的一小排香薰瓶，脑子里还在想着江初刚才的话。

从见到江初的第一面开始，无论覃最自己愿不愿意承认，江初确实让他感到了温暖，像他的亲人一般。

"哥"这个字也是，对他有种莫名的吸引力。

其实不算上这些，中午在医院，江初带着一身秋冬的寒气，皱着眉推开诊疗室的门进来的时候，他的眼神、表情，那种平静里带着关心的态度，就已经让覃最感动了。

覃最回想那一幕场景，嘴角还是不由得想往上牵。

他拨了拨架子上奇形怪状的一小排香薰瓶，有些疲倦地闭了闭眼。

他再从卫生间出来时，江初正在阳台接电话。

从他的只言片语和态度里，覃最听出对面的人是覃舒曼。

他去沙发上拿起自己的手机看了一眼，没有未接来电，连条短信也没有。

他把手机放回去，拄着拐挪去厨房看看做点儿什么东西吃，从十点多折腾到现在还没吃饭，江初估计也没顾得上。

"打石膏了，对，韧带也有点儿……不过听医生的口吻应该不是太严重，至少没有骨折。"江初跟覃舒曼说着覃最的情况，听见覃最出来的动静，扭头看了一眼。

"嗯，我知道了。"覃舒曼一直在解释海大胖给她打电话时她在忙什么，江初听来听去，是忙着陪江连天开会。

"不好意思啊，小初，又麻烦你了。"覃舒曼很愧疚地说。

"不麻烦，我当时正好在吃饭，没开会。"江初说了一句。

这话一出来，覃舒曼那边瞬间连呼吸声都静下来了，好长时间没说话。

江初无声地在心里叹了一口气，一般来说他不会这么把话说在明面上，尤其对方还是他父亲现在的老婆。

从一开始他们两口子要把覃最往他这儿塞，到后面给覃最过生日，江初觉得自己的态度都算可以的，给双方留着足够的体面。

但这次，可能因为实在心疼覃最吧，他真的对覃舒曼的态度有点儿不痛快了。

江初大概也能感受到她的纠结，说到底她还是放不下——

一方面覃舒曼觉得自己对覃最还有母亲的义务，或者说，是她对于孩子的本能；另一方面，从她自己的观念与施加给自身的道义上来说，她也在劝自己接受覃最。

可她真的没办法接受。

这就导致她对覃最的态度呈现一种叠加的复杂感。

江初有时候甚至觉得，覃舒曼对覃最并不是嫌弃或者"恨"，对覃最的情绪倒更像是"怕"。

她怕见到覃最就想起过去那些日子，怕因为覃最而永远摆脱不了过去，更怕如果真的对覃最不闻不问，她自己良心上过不去。

情况确实很复杂，他能理解覃舒曼之前所遭受的痛苦。

如果覃舒曼真的完全不接受覃最，连见都不想见他，完全不想再跟这儿子联系了，其实江初都可以理解。

问题就是她并没有那么坚决，如果覃最最开始在火车站打那通电话给她时，她直接不让覃最过来，后面可能也就没这些事了。

她总是给覃最一点儿希望，下一步又把距离拉得更明显，江初想不出覃最是什么心情，代入一下自己，只觉得烦躁。

"抱歉。我是想说，如果你确实不方便过来，又真的想关心一下覃最的情况，那直接给他打一通电话，或者发一条短信，都比从我这里了解要直接得多。"

江初揉了揉眉心，放缓了语气说。

"如果你只是想让自己安心，做出'我已经关心过他'的样子，虽然我觉得意义不大，但也可以配合你，每天跟你说说他的情况。"

说完这些话，覃舒曼那边仍沉默着没出声，江初也没等，简单地道了个别，礼貌地把电话挂了。

不知道覃最在厨房翻什么，冰箱开开关关的。

江初过去探头看了看，见他正往外拿菜，一只手扶着冰箱门，另一只手还一次只能拿一样，以一条好腿为圆心来回旋转倒腾着，水池里竟然已经泡好了一砂锅米饭。

"哎。"江初赶紧过去扶着他。

"你是不是又长个儿了？"他突然发现自己已经在平视覃最了，上个月感觉还没变成这种视角，"出去躺着吧，今天我做饭。"

"她的电话？"覃最没动，把手里一小把虾仁泡进盆里。

"啊。"江初犹豫了一下要不要如实跟覃最说他母亲今天的态度，想了想还是掩饰了一半儿，"她要过来看你，刚才那会儿没走开，语气还挺着急的。"

覃最没说什么，知道江初在帮着覃舒曼说话，目的是想让他心里好受。

江初很好。

人很好，对他也真的很好。

"行了，你别弄了，我还得在这儿扶着，一累累两个人，真够划算的。"江初把着覃最的腰把他往外带。

"你会做吗？"覃最甩了甩手上的水。

"做什么？"江初这才想起来问。

"煲仔饭。"覃最说。

"我还真不……"江初说着，扭头看了一眼锅。

他转头的时候，发际与太阳穴正好从覃最面前扫过去。

覃最没想动，也没觉得自己动了。

结果江初很快地捂着太阳穴和耳朵那块儿转回来瞪着他："你拱我干吗？"

"我拱你？"覃最愣了愣。

"你拿鼻子拱我了吧。"江初又揉了揉耳朵，他这块儿特别怕痒。

"你有妄想症？"覃最皱了皱眉。

"装，还装。"江初以为覃最跟他闹着玩，笑着弹了一下覃最的鼻子，"你是小狗吗？"

覃最看了他半天，最后眼帘一垂，什么也没说，任由江初把他撵出去了。

江初人生第一次做煲仔饭，做得十分暴躁，站在锅前面好几次都想把锅盖掀开蹦进砂锅里煲自己。

"这得一直盯着吗？"他抱着胳膊站在冰箱旁边冲客厅里的覃最喊。

覃最在沙发上听着电视看手机，高夏给他拍了段小视频，海大胖一本正经地撑着讲台在跟他们强调校园安全问题。

小视频还没看完，高夏又给他发了一句："你是不是拆石膏之前都不能来学校了？"

"等闻着香味儿关火浇汁儿就行。"他对着江初喊回去，同时给高夏回复："不至于，养几天就行。"

"香什么味儿？一股煳锅巴味。浇这碗黑的吗？"江初又喊，"这是什么浇头还有沫儿，你拿蚝油兑的吧？"

高夏："那还行，你不来我够无聊的。"

高夏："这才半天不到，陆瑶已经合计着去探望你了。"

"对。"覃最叹了一口气，还是起来去厨房，把手机扔在沙发上，扔之前又动手给高夏回了一条："阻止她。"

两个人七手八脚地给煲仔饭起了锅，尽管最后覃最还是来帮忙了，呈现的成果依然有些惨。

锅巴起码有一厘米厚，还得刨掉煳了的那层。

"我说点外卖吧。"江初用筷子戳了戳煳锅巴底，厚得跟大奔的脸皮似的。

"挺好的。"覃最尝了一口，比他想像的要好得多。

毕竟菜和汤汁儿都是他配好的，只要不去仔细品味那股萦绕在舌尖的煳味确实还行。

"凑合着吃吧，晚上给你带点儿好吃的东西回来。"江初去开了两瓶豆奶。

"要去公司？"覃最问。

"是啊，还一下午呢。"江初拿过手机摁了摁，"我先给你请一星期的假吧，你在家好好养养，万一去学校再被撞上、磕上，不值得。"

"嗯。"覃最没什么反对意见，高二的内容他都学过一遍了，不耽误。

江初拿着外套出门之前，扶着门框对覃最叮嘱了半天，让他没事别乱动，躺着睡觉，躺不住就看电视，千万别磕了脚。

他对这事挺上心的，到了公司又抱着电脑查了很多"脱臼"的注意事项。

脱臼后遗症、脱臼影响、习惯性脱臼……查到最后他关掉网页，靠进了座椅里。

"再看看，"大奔在对面头都没抬，"再看会儿就能直接去截肢了。"

"真不能某度看病，够吓人的。"江初"啧"了一声。

"至不至于啊？"大奔敲着键盘，"上学那阵儿方子大腿都折了，你还拿他的拐杖当枪玩呢。"

"那能一样吗？"江初又滑了两下鼠标，"方子失去的只是一支拐，覃最这可是脱臼。"

大奔敲键盘的动静一停，他抬头瞪着江初。

"'你失去的只是一条腿，她失去的可是爱情啊'？"他被江初这毫不掩饰的护短逻辑惊呆了。

"哎，是脚踝脱臼。"江初听大奔尾音都劈叉了，又笑着说道，"又不是胳膊，胳膊那么好养都挺脆弱的。我刚才看一个大哥说自己就是头回脱臼没养好，还抡着胳膊跟人干仗，结果后来习惯性脱臼，睡前好好的，睡一觉睁眼胳膊就掉了，硬是自己活活练成了正骨大师。"

"那你可得让你弟注意点儿，"大奔哼着笑了一声，"以后走在路上千万别睡觉。"

"不过我还真没想到你对这弟弟这么上心。"说完他又晃了晃转椅接了一句，"也不是说你前面不上心，就是能上心到这程度挺神奇的。"

"我亲小舅子跟人打架掉了颗牙，宝丽笑得跟什么似的，硬把孩子气哭了。"大奔说，"你这伺候弟弟伺候得倒挺合格，不知道的以为你当亲儿子养呢。"

"我也觉得快有那个意思了，主要他这情况，我再不对他好点儿，也没谁疼他了。"江初叹了一口气。

他想起覃舒曼中午的电话，也不知道她后来有没有给覃最打电话、发消息。

第八章

最式撒娇

覃最在江初去上班以后先睡了一觉。

一开始没去床上，开着电视靠着沙发眯了一会儿，他喜欢听着声音睡觉，电视、电影、小品、新闻什么都行，周围有声音他就踏实。沙发扶手架着脚也方便。

江初走之前还专门给他拿了条小毯子来盖着，还是覃最上回在江初床上睡时江初拎出来的那条，之后也没收回柜子里，一直搭在床上了。

覃最晃晃腿翻了个身，把毯子往身上扯了扯，上面有股熟悉的味道。

两个人的洗发水、沐浴露、洗衣液、牙膏都是一样的，连卫生间的香薰都每天一块儿熏着，衣服也是一个洗衣机洗出来的。

覃最闭着眼又埋了一会儿，偏头朝江初的卧室看一眼，跟趴在茶几正中间的周腾对上视线。

"我去他的床上睡一会儿。"覃最捞着小毛毯挂着拐站起来，指了一下周腾，"你保密。"

周腾甩了甩尾巴。

事实证明，周腾同志不太适合保密工作。

三个小时后，江初拎着一兜的钙片和炖粥提前回来了。

冬天天黑得早，客厅里黑黑的，只有电视亮着。覃最没在沙发上，江初推开他的卧室和卫生间的门探头看一眼，也不在。

他以为覃最自己跑出去了，瞪着周腾问："他人呢？"

他问完后反应过来还剩一个房间，赶紧又去自己屋里看看，覃最在他的床上睡得正香，江初在外面又开门又拍灯的，他连头发丝儿也没动一下。

"怎么在我这儿睡上了？"江初轻声嘀咕了一句，蹑手蹑脚地把房门重新带上，去厨房热粥。

周腾在床前蹲了一会儿，扭扭屁股跳起来想往床上蹦，被他一把抓着后颈拎了出去。

覃最也没想到能一觉睡到江初回来。

他感觉自己都没睡多久，被江初拍脸喊醒的时候还有点儿没回神，眯着眼盯了江初半天才说："你怎么回来了？"

"我不回来你还能在我床上多睡一会儿，是吧？"江初乐了，"真有意思，走的时候让你去床上睡，你不去，我走了你偷偷摸摸爬上来了。"

覃最撑着胳膊坐起来，被江初形容得不知道说什么。

"起来吃饭吧，"江初绕到床尾掀开毯子看了一眼覃最的石膏腿，挽了他一把，"睡一下午了，再睡晚上就睡不着了。"

两个人一前一后走到门口，江初又警觉地回头，去掀开毯子看看床上。

"哎！"覃最简直不想理他，扭头往客厅一瘸一拐地过去了。

晚饭是江初从粥店带回来的排骨粥和馅儿饼，挺香，他自己就喝了一大碗。

"明天买点儿排骨回家给你炖，"江初说，"或者直接买两根大棒骨？"

"随便，"覃最无所谓，"买回来也都是我炖。"

江初笑笑，又给他夹了两块排骨。

覃最睡前搁在茶几上的手机振了两下，他起身去拿，江初看了一眼："刚才就振了好一会儿，应该是电话。"

"高夏。"覃最点了两下，高夏给他发了几张板书，还有两张卷子。

陆瑶和杜苗苗也发了一堆消息，问他怎么样。

"你妈给你打电话没有？"江初问。

"没。"覃最翻了翻，把手机放回去。

江初在心里骂了一句，又往覃最碗里夹了块排骨。

吃完饭，收拾完盘子和碗，江初站在客厅里跟覃最大眼瞪小眼。

"是不是得给你敷敷腿了？"他过去在覃最的石膏上敲了敲，"你还疼吗？"

"胀。"覃最感受了一下，可能已经疼麻了，最强烈的感受就是胀，还有点儿痒。

"给你弄个冰袋敷敷吧，"江初去拾掇中午带回来的外敷冰袋，"你这几天也不能洗澡了，只能在家臭着。"

覃最皱了皱眉，这种事不说不觉得有什么，一说就觉得自己……

而且这心理暗示直接就传导到裹着石膏的腿脚上——本来也没多痒，江初说完"在家臭着"，他立刻觉得整条腿都在痒。

江初拿着毛巾和冰袋回来，见覃最隔着石膏在挠脚踝，赶紧过去把他的手给弹开了。

"别瞎抓，劲儿使大了你就得抓瞎。"他跟覃最并排坐在沙发上，往左往右地研究了一会儿，怎么都不方便，最后干脆侧侧身盘起一条腿，把覃最的脚搬到自己的腿上，垫着毛巾开始冰敷。

两个人跟舞弄什么大工程一样，盯着覃最腿上的冰袋等了一会儿，江初用静候奇迹出现的语气，压着嗓子问："有感觉吗？"

"有吧？"覃最下意识地随着他把声音放低了。

"你声音那么小是怕吓着谁啊？"江初没忍住，笑了。

覃最也勾了勾嘴角。

感觉还是有一点儿，但他的注意力其实没在脚上。

江初回家后换了衣服，可能趁他没醒还洗了个澡。

他有这个毛病，上回两个人去医院看过敏覃最就发现了，江初从医院一回来立刻就得扒完了衣服去洗澡，好像去一趟医院就带了满身的病菌回来。

中午忙里忙外，他又是搬人又是做饭，没时间洗，估计一下午都给他难受坏了。

自己带着一腿石膏、绷带睡他的床，估计也让他难受得够呛。

覃最琢磨着等会儿江初如果要换床单，就让他去睡自己那屋。

他一边琢磨，一边望着低头给他摆冰袋的江初。

江初洗了澡换了身衣服，现在整个人有股从里到外特别清爽的感觉。

他一抬眼跟覃最说话，覃最就把目光挪开了。

覃最手肘支在沙发靠背上，食指揉了揉眉心，偏过头看着电视。

"把你旁边的垫子给我。"江初打了个响指，指了指覃最胳膊旁边的靠垫。

"干吗？"覃最把脸转回来。

"垫着。"江初小心地固定好冰袋，托起他的脚。

"你有事？"覃最没动。

"没事啊，"江初愣了愣，"我还能就这么给你架着啊？锔沉。"

覃最跟他对视两秒，腿都不抬，又挪开视线继续看电视："再架一会儿。"

上初中的时候，忘了是生物老师还是地理老师说过一句"入侵的奥义就是试探底线"。

　　不管是多么封闭的生态、多么排外的环境，只要有一只外来物种厚着脸皮留下了，那就已经约等于成功了。

　　覃最说"再架一会儿"的时候都没想那么多，但在说完之后，江初真的就这么让他继续架着，覃最脑子里就想起了这段话。

　　人跟人之间其实也差不多，一次试探成功了，就会不由自主地试探下一次的底线。

　　不知道江初对于他人亲近自己的底线在哪里。

　　他性格这么好，这么好相处的一个人应该也没什么明确的底线，也不知道他是对所有人都这样，还是多少也会有些性别以外的、以人为单位的区别对待？

　　覃最对着电视，思绪漫无目的地飘着。

　　江初对覃最提出的这么个要求也确实无所谓。反正他也不干吗，覃最的石膏腿也没真重到撑不住，架一会儿就架一会儿吧。

　　无所谓的心态之外，他其实还有点儿意外地想笑。

　　覃最这句"再架一会儿"让他想起了刚接周腾回家时的那一段时间。

　　周腾是只小土猫，长得也丑，一开始也是不让碰，往哪个犄角旮旯里一缩能一天不出来。

　　后来，它才慢慢地放下戒心跟他熟悉起来，愿意让他抓抓揉揉。

　　江初其实也不怎么愿意碰它，一身毛，摸它一把他得洗一身衣服，但是很享受周腾从本来不接受到向他示好的过程，会让他有种心底发软的成就感，就跟覃最主动要他再架一会儿似的。

　　虽然那可能只是因为人在受伤生病以后，心理都会有那么点儿脆弱，但对比覃最刚到他这儿时，刮一下后背两个人都能打一架的状态……

　　"这算是'最式撒娇'吗？"江初像撸周腾的脑袋一样，在覃最的膝盖上搓了搓，"你羞不羞？"

覃最对"撒娇"这个词毫不犹豫地否认："不是。"说完"不是"他还要补充强调，"就是舒服。"

"哦。"江初笑着捏着个"小鸡啄米"的手势，在覃最的小腿上啄了啄。

覃最嘴角扬起来很轻的一丝笑，对江初说："你晚上睡我的床吧。"

"为什么？"江初问。

"你的床被我睡过了。"覃最说。

"鸠占鹊巢？你睡过我还不能睡了啊？"江初没明白他的逻辑。

覃最叹了一口气："我没洗澡，带着一腿石膏去你床上滚了一下午，你不硌硬？"

"你要是早点儿睡醒，什么都别让我知道不就行了？"江初无所谓地说。

挺神奇的，他确实总觉得医院不干净，但是只针对自己，覃最去睡一次还不至于让他连床都不要了。

"还是说你就觉得我的床睡得舒服？"他想了想，又问覃最。

他给覃最床上铺的垫子、床单和被罩不够软和？

最后这个无意义的讨论无意义地结束，两个人各睡各的床，谁也没耽误谁。

覃最在家养到第五天的时候，高夏给他打了通电话，要来家里看看他，顺便把这几天的作业给他带来。

"你自己？"覃最在厨房里慢悠悠地炖着汤，转转脖子闻闻自己的肩头。

"你觉得呢？"高夏挺想笑的，"陆瑶怎么可能放过这次机会？还有杜苗苗。"

"我不是让你阻止她吗？"覃最有些无奈。

"你说话摸着点儿良心，大哥，"高夏表示抗议，"那姐是我能阻止的吗？你倒是阻止她快一学期了，关键是人家也不死心啊，有什么招？"

没等覃最说话，他又说："再者，他们是打着探望的名义去看你，我总不能说'你们别去了，覃最见了你们头痛，我自个儿去就行'，多伤人啊。"

"用不着，过两天我就回去上课了。"覃最说。

"其实主要就是不想上课，"高夏坦诚地说，"看你是次要的，我们就想有个地方合理地待着。"

"明天吧，我收拾收拾。"高夏把话说到这份儿上了，覃最也就没坚持拒绝，用肩膀夹着手机，掀开锅盖撇了撇浮沫，"别说来今天晚上就过来了。"

"洗个澡是不是？"高夏乐了，"这几天臭家里了吧！"

"挂了。"覃最懒得多跟他说话。

他真得洗澡了，不洗澡好歹也得洗个头、擦擦身上。

前天覃最就想往腿上裹一层保鲜膜去冲个澡，江初没同意，怕他脚底打滑，万一再把关节给摔歪了。

关掉火去浴室研究了两眼，他拿个小皮墩子进去放好，又去厨房拿了捆保鲜膜。

江初拎着一兜熟食回到家，刚开门就闻到满屋子飘香的骨头汤味，跟着就听见了浴室里的水声。

周腾在卫生间门口趴着，见江初过来，肚皮一翻，肥腰还没彻底拧过来，就被江初直接用脚踝往旁边扫开了。

"覃最，干吗呢？"他拉开卫生间的门就喊。

覃最背对着他坐在皮墩子上，伤腿用另一个小墩子架着，正伸着腿想搓搓腹股沟，被江初这突然爆出来的动静吓得一愣，皱着眉毛回头瞪他："关门。"

"啊。"江初看到覃最的姿势愣了愣，原以为覃最在冒冒失失地站着冲澡。

"你石膏上都沾水了，保鲜膜裹紧没啊？"虽然这时候他确实该转身出去，犹豫了一下，江初还是放心不下，要进去检查。

"你……"覃最来不及把他往外撵，只能赶紧把毛巾盖在腿上。

江初拽了条干毛巾先把保鲜膜上的水擦干净，又仔细摸了摸，问覃最："洗多久了？"

"没多久。"覃最吸了一口气，抬起手腕拨开江初的手。

"那你……"江初顿了顿，"用我帮你吗？"

"不用。"覃最立刻说，"你出去吧。"

"哦。"江初把沐浴露的瓶子给他拿到手边。

覃最擦完澡换好衣服出来，江初已经把汤都盛出来，菜也倒好在盘子里。

"舒服了？"江初给他递了双筷子。

"嗯。"覃最答应一声，在餐桌前坐下后说，"明天高夏他们要过来给我送作业。"

"就为这个专门洗澡？"江初看了一眼手机，"几点来？明天我还得上班。"

"你上你的，"覃最不打算让他们待太久，"你回来他们应该就走了。"

"那明天给你们点外卖送来吧。"江初环视一圈家里，等会儿还得收拾收拾卫生，覃最腿脚不方便，家里也跟着乱了。

"前几天老杜给我打电话了，问你的脚怎么样，我说没大事，他给我发了两个红包，让我给你买点儿吃的东西。"提起杜苗苗，江初才想起来这件事。

覃最又"嗯"了一声。

"梁小佳是不是最近都没联系你了？"江初突然问道。

"没怎么打电话了。"覃最看他一眼，"怎么了？"

"没，就说到你朋友突然想起他来了。"江初不太饿，唐彩在公司点了下午茶，他夹了块笋慢慢地嚼着。

梁小佳来之前一天一个电话，微信也聊个没完，来一趟之后就不怎么联系了。

覃最没反驳也没承认，喝着汤跟江初对视着。

"哎，我就好奇问问，你不愿意就不说。"江初被他盯得有点儿不自在，感觉自己跟在窥探他的隐私一样。

覃最不是不愿意说，是觉得没什么好说的。

"你跟我相处的时候，把我当什么？"他问江初。

"我对你？"话题突然转到自己身上，江初有点儿蒙，"当弟弟啊，还能当什么？"

"我对梁小佳也是。"覃最低头又喝了一口汤。

江初点了点头。

覃最喝掉最后一口汤，往嘴里扔了颗冬枣，靠在椅子上盯着江初，有一下没一下地嚼着。

"看什么呢？"江初也拿了一颗冬枣。

覃最吃完冬枣，起身晃回了房间："你猜啊。"

"什么玩意儿就让我猜？"江初瞪着覃最的房门，"一跛一跛的，当自己多潇洒呢？"

大奔端着杯花草茶喝着。

江初没跟大奔说覃最的情况，只是话里话外委婉地表达了一下对覃最早恋的担忧，还没表达完就被大奔打断了。

"而且你发现没？自从你把这弟弟领回家，一天三句话离不开'覃最'。"大奔接着说，"覃最来覃最去，你现在这德行就跟朋友圈里那些成天晒娃、晒猫、晒狗还没完没了的宝妈一样。"

"也没有吧？"江初笑了笑，"我也没怎么晒过周腾。"

"你也知道啊？"大奔喂进嘴里一片山楂，"呸"地吐回去，"一只猫长得跟牛头梗似的，不晒就对了。"

"哎！"江初被他恶心得撇了下嘴。

"现在我就得专门给你和老杜拉一个分组。"大奔把手机掏了出来。

"什么组？"江初问。

"未来的空巢老人预备役，兼早发性给别人养儿子上瘾活爹组。"大奔说。

"什么乱七八糟的。"江初笑了半天。

确实大奔说得也没错，江初也觉得自从覃最来了以后，他的生活重心都变了。

虽然他的生活以前也没什么重心，自己一个人吃吃喝喝，舞弄着这个小破公司，没事就跟大奔他们聚聚，自得其乐。

多了个覃最之后，江初总得想着他。

前面那阵子覃最白天去上学，他也没什么好惦记的。

现在覃最腿不利索，他迟到早退好几回了，在公司还老走神，天天琢磨着给覃最买点儿什么东西吃着补补，把活儿都扔给大奔他们了。

本来大家都挺忙，早上江初看唐彩又在伺候一个推翻三次计划案的甲方，头发都被抓成鸡窝了。

"晚上下班一块儿吃个饭吧。"江初合计着补偿一下，"都去。"

"谁啊，跟方子他们还是公司的人一块儿？"大奔问。

"公司。"江初掏手机给覃最发消息，"今天覃最的同学去家里看他，正好给他们腾点儿空间。"

"我们快到了，你哥在家没？"高夏在电话里问，"我是不是得买点儿水果什么的啊？"

"不在，别假惺惺了。"覃最挪去阳台推开窗子往小区门口看，傍晚六点半，天已经黑了，"直接上来，一号楼二单元 403。"

"什么假惺惺？"高夏表示不认同，"这是同学之间真挚的情谊，你看看除了我还有谁是真心来探望你的？他们纯粹就是凑热闹。"

刚"真挚"完一句话，他又说："得，不买了，去家里点东西吃吧，我看杜苗苗跟陆瑶正研究一个一米五的大果篮呢，我得阻止他们，要让我抬着这玩意儿上楼我宁愿回学校做数学题。"

覃最笑了笑，把电话挂了。

不知道为什么，他突然想到，这应该是从小到大，他第一次体验同学来家里找他"玩"的感觉。

以前在老家，除了梁小佳每天会去他家门口等他一块儿去学校，没什么同学愿意往"酒蒙子"家里钻。他也不爱跟那些同学接触。

有那么一段时间是覃最对覃舒曼的"恨"最浓郁的时期，他回到家看着搂着酒瓶子四仰八叉地睡在沙发上打鼾的父亲，心里说不清是种什么滋味，恍惚间有种看到了以后的自己的感觉，那种感觉让他暴躁烦闷，且无能为力、无处发泄。

有一个人对他说，改变必然是从某一个点开始的，当你的环境改变了，你自然也会改变；或者你改变了，你周围的环境也会随之发生变化。但前提必须是有这么一个"点"在动，不要奢望着只要原地踏步一切就会好转起来。

那时候，覃最以为，自己这辈子唯一能"改变"的契机是考出去。

考上远离老家的大学，哪里都行，只要让他出去就行。

而现在来到这里，他整个人由里到外，以及接触的环境全部发生了改变，用过去的十八年"换"来一个江初，他突然觉得说不清自己的运气或者"命"究竟是好还是坏。

覃最看着高夏他们三个打打闹闹地进了大楼，估算着电梯的时间把门打开，杜苗苗正举着手要拍门，差点儿没收住力拍到他的鼻子上，吓得赶紧往回撤。

"耳朵挺好使啊。"高夏笑着说。

"算的。"昨天江初提前翻出来几双一次性拖鞋，覃最从鞋柜中抽出来，给他们一人递了一双。

"你的脚好点儿了吗？"陆瑶递给他一个装着甜品的大纸袋，接过拖鞋探头往客厅里看了看，"你跟你哥两个男的一块儿住，收拾得还挺干净啊。"

"刚收拾的吧。"高夏和杜苗苗异口同声地说。

覃最朝他们比了个拇指，陆瑶嫌弃又好笑地"喊"了一声："臭男人们的共识。"

这三个人来家里看他，确实也就跟高夏在电话里说的一样，不想上晚自习，找个地方窝着。

不过几个人排成一排在沙发上坐好，气氛还是有些奇怪。

毕竟有一个女孩儿，还只有这一个。

要是几个男生，随意点儿，开电视、看电影或打游戏都行，但是有女生在，还是得收敛着。

覃最给他们拿了点儿水果和饮料，几个人把带来的甜点分了，坐在那儿就盯着电视轮流换台。

"你跟你哥天天就这么在家待着？"杜苗苗有着老杜跟江初铁哥们儿的情分在，更随意一些，端着果汁在屋里晃来晃去，"不无聊啊？"

"还真是，这么一说，你们都是单跟着一个哥或一个叔过。"高夏放弃找台了，摸出手机打算看个综艺。

"不无聊。"覃最把多出来的那块蛋糕推给陆瑶。

"我晚上不吃，减肥，留给你哥吧，记得说我买的。"陆瑶摆了摆手，扭头看见周腾在阳台往外试探地伸脑袋，"哇"了一声过去了，"你们家竟然有猫！哎哟！怎么长得这么眼熟……"

她去阳台抱周腾，杜苗苗问清楚哪间是覃最的房间，进去东摸摸西看看，高夏靠在沙发上研究了一会儿覃最的腿，从书包里往外掏卷子。

高夏刚掏一半，杜苗苗在卧室里喊了一声，笑着说："覃最你进来！"

"怎么了？"高夏问。

"你也进来，别问，赶紧的！"杜苗苗笑着跑出来把电视声音调大了一倍，一只手一个拉着覃最和高夏往房间走，还扭头冲陆瑶喊："陆瑶，你别过来啊，我们要试穿覃最的内裤。"

陆瑶尖叫一声，拿着个逗猫棒蹲在阳台逗周腾，头都不想回。

"什么内裤啊？"高夏一听也笑了，撞了覃最一下，"你难不成有什么特殊的款式？"

覃最第一反应是那两条冰丝豹纹子弹头，刚来的时候江初开玩笑买给他的，买回来就一直扔衣柜里，洗都没洗过。

"你扒拉我的衣柜了？"他往杜苗苗的后脑勺上拍了一巴掌。

杜苗苗搓搓脑袋："你们哥儿俩怎么一个毛病啊？！打人都不知道换个地儿。"

他冲进覃最的卧室，从书架上拿下一个长纸盒，转过身冲他们挥着："这玩意儿你就直接放书柜里？你哥看见没掰断你的腿？"

高夏定睛一看，顿时笑得不行。

他把房门掩上一半，从杜苗苗手里接过那个还没拆过封的小礼物，跟杜苗苗研究了一会儿，一块儿冲覃最竖起大拇指："最，不愧是你。"

覃最都不知道该不该跟他们说并不会被打断腿，甚至东西就是他哥亲手送的，要断也是江初天天满脑子各种操作把自己整断腿。

看这两个人一股子新鲜劲儿，他挺想笑地挑起一边眉毛，从床头柜里摸出一个东西一块儿扔过去。

"这什……"高夏接住了东西，看一眼又要狂笑，"能不能行啊？你设备齐全啊！"

杜苗苗接过去晃了晃，又一把扔回给高夏。

"不行，我怎么这么想笑！"高夏在覃最旁边坐下，杜苗苗也挤着坐过来，两个人手上翻来覆去地倒腾那个盒子，"能拆开吗？胶条怎么还在呢？你刚买的？能拆开看看吗？"

"拆吧。"覃最确实一直没拆开过。

"这也太……"高夏张了张嘴，"逼真了吧？"

"你见过真的？"杜苗苗立刻斜着眼问。

"没吃过猪肉我还没见过猪跑吗？"

"人家是没吃过猪肉还能没见过猪跑！"杜苗苗喊。

"行了，看一眼收了吧。"覃最皱了皱眉。

三个人正搅在一块儿胡闹，房门突然被推开了。

他们以为是陆瑶，手忙脚乱地赶紧要往屁股底下藏东西，保持着叠叠乐的姿势扭头一看，江初攥着门把手，有点儿愕然地看着他们现在的造型。

"哥。"高夏赶紧喊了一声。

江初没说话，罩最感觉他好像喝酒了，眼睑连着颧骨那块儿有些红。

陆瑶的脚步声过来了，江初盯着他们："给我收了。"飞速地把门关上了。

他们跟做什么坏事被抓包一样，罩最看着挺有意思，还是选择不告诉他们这个东西的来历，接过来放回书架上。

三个人从卧室依次出去，江初和陆瑶正坐在沙发上看电视，陆瑶怀里还抱着周腾一下下地摸着，眉飞色舞地给江初介绍着综艺里她的男神一号、二号、三号。

江初靠在沙发上用手背搭着额头，罩最能看出他对这些没什么兴趣，听得漫不经心，但还是有说有笑地配合着陆瑶。

"这么多男神，我还当你就觉得罩最好呢。"高夏把刚才没吃完的蛋糕端过去接着吃。

"那不一样。"陆瑶撇了撇嘴，对罩最的好感倒是一直没遮掩过，"我还喜欢沈腾呢，影响我喜欢我的男神们了吗？"

她说着，摸着周腾的手猛地一顿，托着周腾的胳膊把它转过来，"妈呀"一声："我说这猫怎么长得这么眼熟，你们看啊！腾腾！"

杜苗苗和高夏凑过来一块儿盯着周腾看了两眼，周腾十分不情愿地挣了两下，三个人顿时笑疯了。

"你笑什么？"江初伸手往杜苗苗的脑门儿上弹了一下，"你叔没跟你说过？"

杜苗苗揉揉脑门儿，跟个小动物似的凑在江初旁边闻了闻，"江叔你喝酒了啊？跟我叔他们？"

江初刚想说不是，杜苗苗已经被覃最揪着后衣领子拽去旁边了。

"你们吃了吗？"江初掏出手机滑了两下，"本来合计着你们下午过来，我在外面跟同事吃完饭回来正好你们都走了，结果你们直接把晚自习翘了……"

"不用这么直白吧，哥！"高夏喊了一声。

"自己看看想吃什么，"江初笑着把手机扔给他们，"直接下单。"

三个人点了两张比萨，陆瑶晚上不吃饭，只要了碗沙拉。吃吃喝喝聊聊，到了八九点钟，晚自习也该放学了，三个人起身告别。

"覃最，给他们叫辆车。"江初有点儿头晕，不打算送人了。

"没事，叔，我们自己叫就行了。"杜苗苗说。

"让他叫。"江初没同意，"我这边能看见你们的行程，别来一趟晚上回家路上被人拐跑了，我说都说不清。"

"太有心了吧？"陆瑶感慨地摇摇头。

覃最把吃完的纸盒之类的垃圾都收进了垃圾袋里，让他们直接拎着走人。

三个小孩儿前脚离开，江初立刻就懒洋洋地躺倒在沙发上，搓搓脸喊了覃最一声："你过来，我有话跟你说。"

"等会儿。"覃最去厨房给他冲了杯蜂蜜水。

"谢谢，搁着吧。"江初没动，往茶几上指了指，"现在我更想喝点儿凉的东西。"

覃最又去给他开了个黄桃罐头。

江初接过罐头坐起来，一只脚踩着茶几沿，又搓了搓眉心。

"你们仁刚才在屋里干吗呢？"他没吃黄桃，先喝了几口凉丝丝的罐头水，舒服。

"杜苗苗他们胡闹了几下。"覃最说。

江初看他一眼，又喝了一口罐头水。

"你们忘了客厅里还有个女孩儿？你们在屋里闹得起劲儿，晾她自己在门口看电视，人家专门买了吃的来看你，你觉得合适吗？"江初又说。

见覃最一直望着他不说话，江初顿时有点儿说不下去了。

"我不是要说你，就是怎么说呢……"他不知道覃最是不是觉得自己往不好的方向质疑，生气了，毕竟他知道，其实覃最是个对女生挺细心的人。

覃最没想到江初要说这些，他自己确实没想到这个层面。

虽然当时他也准备让高夏他们将东西收起来，赶紧出去，正好时间赶得巧，江初一回家就看到那个场面，但他也没辩解。

不是因为生气，是他不受控制地在想，江初这个人真的很好——随性，自我，时不时还吊儿郎当，但不管是面对谁，总能从对方的角度想问题。

而且他不是刻意地去想，那更像是他天生的思考模式，是他的本能，想得细致又周全。

他是一个特别温暖的人。

"你对谁都这样吗？"覃最看着他问了一句。

"什么？"江初愣了愣，接不上覃最这突如其来的思路大拐弯。

覃最没说话，想了想，向江初道歉："是我没考虑周到。"

江初本来也就这么一提，覃最又没真做什么错事，这样主动一认错，他心里立刻又有点儿说不出来的滋味。

"哎，我又没骂你。"他抬手在覃最的脑袋上胡乱揉了一把，"也没人跟你说过这些。"

"而且我知道你懂事，我像你这么大的时候浑着呢，也就这几年才人模狗样的。"江初自己说着，没忍住笑了起来，"当时跟女生一块儿出去吃饭，我自己走前面先进去，忘了人家就在屁股后面跟着，撒手扬了人家一脸门帘子，人家追着我捶了半个小时。"

覃最笑了，两个人对着傻乐了半天，江初一喝酒笑点就变低的毛病又上来了，他越笑越停不下来，重新往沙发上一歪，罐头汤差点儿洒了一地。

"唉——"江初闭闭眼挺愉悦地叹了一口气，没头没脑地感慨了一句，"我可真像你爸爸。"

覃最正抽出他的罐头瓶子要放回冰箱里，闻言眉梢一抬，反手就朝江初的屁股上抽了一巴掌。

他收拾完罐头，再把几个杯子、勺子都洗干净，江初已经趴在沙发上睡着了。

覃最把电视的声音调低，想让江初去床上睡，坐在旁边看了他一会儿，没有开口喊他。

江初半张脸还挤在靠垫跟扶手之间，都要变形了。

覃最伸了根手指，戳了戳江初。

"去床上睡吧。"

"啊。"江初挠挠嘴角坐起来，顺手在覃最小腿的石膏上摸了摸，后知后觉地说，"我都没意识到我睡着了。刚才你们闹着玩没碰着腿吧？"

"嗯。"

江初又在覃最的膝盖上揉了一把，拍了拍，就起身晃回房间了。

这天晚上覃最睡得特别晚。

最后，他干脆翻身下床，把高夏带来的那几张卷子给做了。

从十一点写到半夜一点半，覃最仰在椅背上揉了揉脖子，打算去喝杯水再上个厕所，洗漱完上床睡觉。

他刚走到饮水机旁边拿起杯子，江初的房间里突然传来"咚"的一声闷响，像什么东西摔地上了，跟着，他就听见江初有些痛苦地呻吟了一声。

覃最把杯子一放，过去推开了江初的房门。

江初的房间一直没有上锁的习惯，关也只是虚掩着，他进去就看见江初整个人都掉到了床边，正撑着床沿挂着条腿，想翻回床上躺回去。

"你怎么还没睡？"他看见覃最进来还吓一跳，先问了一句。

"掉床下了？"覃最过去把他往里推了推。

"梦见我在大草原上滚着呢，滚一半掉沟里了。"江初睡得迷迷糊糊的，配合着往床里翻了个身，晾着肚皮四仰八叉地躺好，抬起条胳膊盖着脸，"摔死我了……"

他只穿了条内裤，覃最借着昏暗的光线盯着他看了一会儿，弯腰扯过被子给他盖上，转身去卫生间尿尿洗漱。

几分钟后，江初迷迷瞪瞪地又要睡过去时，房门又一响，覃最端着杯水进来放在床头，然后拽过小毛毯，抬腿上床。

"怎么了？"江初眯着眼转脸看着他。

覃最把他的脑袋摁回去，让江初背对着自己："睡觉。"

江初没有配合着转头，很执拗地又把脑袋侧过来，盯着覃最看了一会儿。

他眼睛还半眯着，覃最差点儿以为他是不是就这么睡着了，江初才又从鼻腔里发出一声笑，说道："怕我再滚下去？"

"嗯。"

江初确实无所谓。

他又不是没跟覃最一块儿睡过，覃最睡觉很乖，几乎就没动静，都不怎么翻身。

倒是他睡觉容易"打把式"，闭眼的时候还规规矩矩地躺着，睁开眼时身体都能斜成一条对角线，还是反对角线。

"别离得太近，我怕砸着你的腿。"江初拽着被子往旁边躺了躺，给覃最留出足够的空间。

"又要掉了。"覃最说。

"没有，"江初搭过来一只手，也不知道是欣慰还是脑子真迷糊，哄小孩儿一样在覃最的肚子上轻拍了两下，"睡吧。"

听着江初平稳下来的呼吸，覃最轻轻地转过头看向他的背影。

江初的被子只搭了腰上那一段。

覃最闭了闭眼，从胸腔里轻轻地呼出一口气，轻轻地翻过身也背对着江初。

结果他刚翻过去，那边江初却叹气似的"唉"了一声，摊胳膊晃腿儿地转了过来。

"摔一下还摔清醒了。"他在覃最背后嘟囔了一句。

"闭会儿眼就睡着了。"覃最低声说。

"聊天儿吗，弟弟？"江初这会儿困劲儿过去了，在覃最的屁股上蹬了一下，"你刚才是不是端水进来了？给我喝一口。"

覃最把水端给他，自己也顺便喝了一口，把杯子放回床头继续躺着。

"你往左躺压腿，"江初又扒一下他的肩头，"转过来。"

覃最顿了顿，屈起右腿平躺回去，偏头望向江初。

江初在覃最的脸上弹了一下。

"你又想问我喜欢什么样的女生？"覃最翘了翘嘴角。

"你不是不想说吗？"江初还有点儿迷糊，眼睛半眯着跟着弯了弯，"那我不得换个角度套话啊？"

"没喜欢过。"覃最说。

"说正经的。"江初又抬腿往覃最屈起来的膝盖蹬了一下，踩着晃来晃去，"我真的挺好奇的。"

"好奇没用。"覃最轻声说。

江初有着一喝点儿酒脑子就少料的特质，又问："那说说，你喜欢什么样的老师？"

覃最看他一眼，抬起条胳膊枕在后脑勺底下，又盯了一会儿天花板才开口说："初三我们班来了一个实习老师，师范的优秀毕业生，教生物的。"

"啊……他干吗了？"江初问。

"没。"覃最像是在回想，又过了一会儿才说，"什么都没有，我只是觉得他不一样。"

他仔细回想起来，确实什么都没有。

覃最甚至有点儿记不清他到底戴不戴眼镜，只能回想起他说过的一些话和几个笑容。

他斯文，随性，温和，上课从不用力，不端架子，爱笑，会说笑话，课下会跟一群小孩儿去打篮球，把袖口往胳膊肘上一捋，吹着口哨挑衅带球的学生时，笑容里又捎带出点儿漫不经心的痞气。

"那你当时没觉得有什么压力？"江初侧躺着继续问覃最。

"没有。"覃最扫他一眼，"可能因为我不喜欢那个地方，当时也挺……青春期比较自以为是，觉得自己跟那里的其他人不一样，还有股松了一口气的畅快感。"

江初听他这么说，又有些心疼。

一个人对自己所处的环境与命运真的太想摆脱、太无能为力，才会从这种虚无的特质里得到安慰，安抚自己与其他人是"不一样"的吧。

"喊哥哥。"他抬手搓了搓覃最的耳垂。

覃最收了收呼吸的节奏，感受着江初的胳膊与手指所带来的温度与触感，停了一会儿才说："不。"

"又开始了？"江初改搓为弹。

覃最扣住他的手。

"你为什么喜欢听我喊哥？"他盯着江初问。

"你为什么这么不愿意喊？"江初随口回了一句，想把手收回来。

覃最没松。

人的情绪呢，有时候真的是会突然性地碰撞起来的。

他们所聊的话题随着江初想抽回手的动作，一下在覃最心里引燃了情绪。

入侵的奥义就是试探底线。

覃最脑子里又转出这句话，他凝视着江初的眼睛，往前凑了凑。

江初终于回神了。

他猛地往后一撤，抬手一个巴掌抽到覃最的脑袋上，同时踹了覃最一脚。

这一抽听着挺脆，其实根本没多大力气，江初还蒙着呢，踹的时候倒是记得踹在覃最的好腿上。

但是覃最脑袋一偏，很低地"啊"了一声。

"怎么了？"江初心里一紧。赶紧又撑着床过去看一眼，"疼？"

覃最没说话，微微皱着眉。

"碰着石膏了？"江初真紧张了。他可太谨慎对待覃最的脚了，生怕一不小心没养好就落个习惯性脱臼的结果。

"没有。"覃最挡开他想去摸石膏的手。

"什么没有啊，到底有没有啊？"江初心底的火差点儿上来了。

"说了没有。"覃最有点儿无奈，他握着江初的胳膊把人往前拉，"扫着眼睛了。"

"我看看。"江初又要去掰覃最的眼睛。

覃最没让他看。

江初这下没敢上手就抽。

"干吗呢？"他犹豫着轻推了覃最一下。

覃最又闷闷地喊了一声："哥。"

江初整个人都乱了，把覃最用力搡开，下床摔门去卫生间。

覃最靠在床头盯着被狠狠关上的门看了两秒，低下头，起身回房间。

江初在浴室里待了将近半个小时。待那么久倒也没做什么，他在抽烟。

他也不清楚抽了几根烟，脑子里乱糟糟的，明明很想冷静下来分析刚才的情况，绕来绕去却全是覃最那一声"哥"。他不知道自己是什么心情，甚至不知道自己该是什么心情，只觉得心烦意乱。

直到被浴室里浓郁的烟气呛得咳了两声，他才想起来开窗、开排气扇。

他再回到卧室，床上空空荡荡的，覃最已经回了自己的房间，还把小毛毯叠了一下，躺过的地方整洁得像是什么都没发生，只有床头留下的半杯水提醒着江初，刚才不是做梦。

江初站在床边瞪了会儿那杯水，几次想转身去覃最那儿问他抽什么风，手都攥上门把儿了，又收回来，推开窗子又点了根烟。

这小子还先跑了。

江初抽完这一根烟，又想去把覃最薅起来问他抽什么风。

对，自己就这么问。

江初在门板前站了半天，咬咬牙轻声骂了一句，还是把自己仰面朝天地摔回到床上。

江初在这边一脑袋糨糊，覃最那头也是一夜没睡踏实。

第九章

你最合眼缘

覃最跟江初隔天一天都没碰上。

江初前半宿睡不着，折腾到快四点才渐渐睡着，还做了个乱七八糟的梦，由他推门看见覃最跟高夏和杜苗苗三个人在一块儿开始，到覃最莫名地哑着嗓子在他耳边喊"哥"结束。

他的腿一抽，再睁开眼，离闹钟提醒还差半个小时。

江初在床上坐了十分钟，掀开被子下床洗漱，直接去了公司。

覃最听着关门的轻响，拿过手机看了一眼时间，比江初平时出门早了将近一个小时。

他在床上睁着眼躺了一会儿，起来喂猫，去阳台一看，周腾把脸埋进罐头碗里吃得正香。

江初竟然连猫都喂了。

覃最掀开猫砂盆，发现猫屎也被铲了。

覃最靠着门框看着周腾吃了一会儿东西。

"初儿，你看看这家的策划是不是有毛病？"大奔笑着蹬了一下江初的桌子，"老板的名字比公司的全名还大。"

"啊。"江初应了一声，愣在转椅里没动。

"你怎么了？"他已经这么愣半个上午了，大奔自己乐了半天，见江初连个表情都没有，挪过去摸摸他的脑门儿，"昨天那点儿酒到现在还没醒过来？"

"没吧。"江初转转脑袋，昨晚总共睡了四个小时，这会儿脑壳晕。

"我看你以后也别喝啤酒了，"大奔从抽屉里拿出一袋醒酒药给他，"你就不是那块料。"

"我看也是。"江初叹了一口气，慢吞吞地坐起来去接热水。

他嘴上这么说着，其实心里明白，跟喝酒和没睡够关系都不大。

干他们这行这都是常事，他这年龄还没到少睡几个小时就半死不活的地步。

他就是闹心，不知道罩最这会儿在干吗，是不是跟他一样挺闹心，也不知道晚上回去怎么跟罩最聊聊。

想到"聊聊"，江初觉得本来就散成一摊的脑子直接晃成汤了。

他们得聊聊吧？

但是他们怎么聊呢？聊什么？怎么开头？

"唉！"江初蹲在院子里就着解酒药喝了一大杯热水，揉了揉自己的脑袋，很郁闷地轻喊了一声。

真乱。

他又蹲了两分钟，顶着一脑门儿的官司晃回屋里，大奔正回头要喊他。

"陈林果给你发消息你看见没？"大奔问。

"没有。"江初拿出手机看了一眼，确实有几条消息。

他边点开消息大奔边说："人家问你晚上要不要一块儿看电影，叫上宝丽和方子，咱们几个人一块儿，问你你没回，宝丽就问我来了。我琢磨着反正人多，就答应了。"

"嗯，行。"江初没拒绝，一方面是确实没必要拒绝，另一方面，他还没想明白晚上回去怎么跟覃最说话。

几个人在小群里说了会儿话，大奔"哎"了一声又问："叫你弟弟一块儿？"

江初滑手机的指头停住，正好点到覃最的微信头像，他头也没抬地就否决了："不了，他打着石膏，腿脚不方便。"

腿脚不方便的覃最在家里做了一桌子的菜。

下午他拄着拐去超市的时候，导购员看着他都有点儿不知道自己是感动还是怜悯了，一路跟在身后提醒他慢点儿，还十分真诚地告诉他，现在从网上也能买菜，一小时就送到。

覃最冲她笑了笑，并道谢。

他知道能从网上下单，江初那种自己过日子一个月买不了一回菜的人，熟练掌握一切网购的途径与技巧，这几天知无不言地传授给他了。

他就是想出门转一圈。

一个星期没下楼了，让他觉得憋得慌。

这阵子都是他白天醒了后江初已经去上班了，他在家随便弄点儿东西吃，等着晚上江初回来，也没觉得难熬，可今天就是不行。

他就觉得时间过得特别慢，心里也特别烦躁，因为江初生气了，甚至可能比生气更严重点儿。

尽管从昨晚到这一刻，他跟江初连眼睛都没对上，江初也没冲他发火，恰恰就是江初什么都没表现，覃最知道他心里肯定拧着疙瘩。

否则按照平时他和江初的相处模式，如果只是单纯不高兴，江初昨天晚上从浴室回到房间看他已经没在屋里，就会追过来问他刚才发什么神经，跟之前摔着牛排问"躲什么呢"一样，十分理直气壮。

江初越是避免交流，问题就越大。

覃最不怕别的，江初要愿意的话多抽他几下都是小事，他就怕江初跟上回似的躲他。

覃最把鸡翅一个个从盆里捞出来改刀，心里十分没底。

他这一刻很想见到江初，只要两个人还能在一个屋檐底下，他就觉得踏实。

可是如果真见到了，他也不知道该说点儿什么，思来想去，还是先给江初做一桌好吃的菜吧。

这阵子顾及他的腿，两个人吃饭都少油少盐，他那天还听江初念叨着想吃可乐鸡翅。

糖醋排骨、可乐鸡翅、羊肉汤，再配一个松花豆腐，他做起来不难，就是费时间。

光腌肉的各种料覃最就查了半天，照着网上搜来的食谱从下午折腾到晚上六点，他掐着江初快下班的时间，把菜盛好端到了桌上。

不错，都挺香，他看着也像样。

周腾坐在椅子上伸着脖子直嗅，冲覃最"喵喵"地叫，覃最笑了笑，弹了一下它的鼻头。

全部折腾完，他才发觉自己的腿有点儿胀得发疼了，今天运动量太大，腿一直悬着，充血过头。

他把电视打开，架着腿靠在沙发上看了一会儿手机，高夏给他拍了张在食堂吃饭的照片过来。

高夏："看。"

高夏："大妈们又创新了，西瓜皮炒杏鲍菇。"

高夏："真有才，我都怕我吃了能看见小人跳舞。"

覃最看了一眼，点开相机抬手冲着餐桌，把镜头拉近拍了一张照片。

半分钟后，高夏直接把语音电话打了过来。

"能不能做个人啊?"高夏上来就喊,"我这儿还啃着西瓜皮呢。"

"谁让你点那道菜了?"覃最懒洋洋地摁了几下遥控器。

"我这不是好奇吗?从小到大也没尝过炒西瓜皮。"高夏乐了,"你是不是明天就能来上课了?"

覃最"嗯"了一声。

"赶紧来吧,我无聊得要死。"高夏说,"我都把小胖的凳子给你抢过来了,就搁你的桌子底下,方便你架腿。"

"那小胖呢?"覃最笑了笑问。

"他坐一个凳子可以了,"高夏嚼着西瓜皮,"天天说自己屁股大占着两个凳子,哪有这样的?"

覃最跟高夏扯了一会儿,挂掉电话后,看见江初给他发了条微信。

他们最近很少发微信,覃最一天天在家待着,江初一般如果有什么事都直接打电话。

他点开看了一眼江初发的内容,就六个字:"我晚点儿回去。"

覃最攥着手机看了半天,拇指在手机边缘摩挲了好一会儿,给他回了个"嗯"。

江初收到覃最回过来的"嗯",才把手机调成静音,锁屏塞进外套兜里。

"吃吗?"陈林果递给他一桶爆米花。

"谢谢。"江初给方子捏了两颗,陈林果又分给旁边的宝丽。

"你们到底能不能成啊?"方子坐在江初的另一边,凑在耳朵边轻声问他。

江初摇了一下头,压着嗓子轻声否回去:"没影儿的事。"

"没影儿你还跟人家看电影?"方子嗤笑了一声,"我看挺有影儿。"

"我还跟你看电影呢，我跟你有影儿吗？"江初从 3D 眼镜底下斜眼瞥他。

"好说啊，"方子眉毛一挑，"咱们搭伙，你再把你弟捎带过来，直接儿子都有了。"

"滚蛋。"江初笑了笑。

电影放的什么，江初一点儿也没看进去。

他们这一排的大奔、宝丽、陈林果、他和方子，除了他全部乐得跟鸭子一样，只有江初心不在焉。

他看见电影里一家人吃饭，脑子里转的全是覃最今天吃了点儿什么，也不知道覃最现在是什么心情。

江初是为了多点儿时间琢磨晚上回去怎么面对覃最，才出来看这场电影，结果一场电影看完，他还是什么都没琢磨出来。

看完电影，几个人又顺道去旁边吃干锅。

江初昨晚就没睡好，一天折腾下来，吃饭的时候直犯困。

方子吆喝着吃完饭去唱歌，他赶紧摆摆手拒绝了，刚才不知道谁点了份鸡蛋仔味道不错，他给覃最打包了两张带走。

"这就走啊？"宝丽夹着芹菜都没反应过来，"我还想着等会儿你送果果回去。"

"今天不行了，我弟断着腿一个人在家呢。"江初看了一眼陈林果，"要不等会儿……"

"不用，不用，"陈林果摆摆手，"本来我跟初哥家也不顺路。"

"行了，等会儿咱们送，或者让方子送。"大奔挥了挥筷子，"赶紧让他走吧，这人现在就是个爹。"

"我送，你走吧。"方子也摆了摆手，"下回你就别来凑我们的局，你现在只适合跟老杜一块儿玩。"

江初没再说什么，道别后撤了。

江初回到家正要掏钥匙，推了一下门，发现门是虚掩着的，一推就开，没锁。

"覃最？"江初换鞋进去，面对一大桌菜愣住了。

覃最没在屋里，江初去敲敲覃最的房门，人也不在房间里。

人呢？

他往厨房和卫生间又看了一圈，跟茶几上的周腾大眼瞪小眼，脑子里莫名蹦出一个念头，覃最又躲起来了？

门也没锁，一个裹着石膏的瘸子能去哪儿？

他抄起手机转身，要出去打电话找人，号还没拨出去，一开门，覃最拄着拐正要抓门把手。

"回来了？"覃最冷不丁跟江初对上眼，笑了笑，喊了他一声。

"啊。"江初松了一口气，侧身让他进来，"你干吗去了？"

"扔垃圾。"覃最撑着墙费劲儿地单脚蹦着换鞋。

"垃圾你留给我回来扔不就行了？"江初扶了他一把。

"反正在家没什么事。"覃最去洗洗手，把电饭锅里还热着的米饭端出来，"你吃饭了吗？"

江初要去卧室换衣服的脚步顿了顿："你还没吃？"

覃最看他一眼，没说什么，坐下来往碗里夹了块排骨，三两口就着米饭扒进嘴里。

江初心里一下子特别不是滋味。

"我想着我说晚点儿回来，你就自己先吃了。"他脱掉外套挂在椅背上，在餐桌前坐下。

他真不是故意不说让覃最不用等自己吃饭，平时说晚点儿回，覃最也没专门等过啊。

他用手背试了试盘子，菜都快凉了。

"热热再吃吧。"江初想起他给覃最带的鸡蛋仔，赶紧拿出来，"这都是你做的还是点的？自己做的？"

覃最"嗯"了一声。

江初去厨房探头看了一眼，听见覃最"嗯"又立刻回头问："你做的？家里哪里有羊肉？你出去了？"

覃最没看他，嘴里还嚼着块凉了的羊肉，又"嗯"了一声。

江初愣在厨房门口看了他一会儿，什么乱七八糟的情绪都没了，就觉得心疼得不行。

覃最肯定也是从昨晚开始忐忑了一天，怕自己生气，专门拄着拐去买菜，回来费劲儿地给他做了一桌子他爱吃的菜。

结果他跑去看电影，这小子还在屋里傻等他回家吃饭。

江初想想这些画面，再想想覃最这会儿的心情，心口都酸得能拧出汁儿了。

"不会叫人上门送吗？"他皱着眉毛在覃最旁边又坐下了，十分不得劲儿地瞪着覃最。

"你加班了？"覃最问。

"没。"江初犹豫了一下，还是实话实说，"看电影了。"

覃最看了他一眼："跟陈林果？"

"嗯，还有大奔、宝丽和方子，"江初也不知道干吗要解释得这么明白，"几个人一块儿。"

"哦。"覃最应一声，又往嘴里扒了两口米。

江初想说先别吃了，热热再吃。

没等他开口，覃最又问了一句："你不是因为我，所以专门去跟她……"

"不是。"这点没什么好犹豫的，江初直接回答他，"跟你没关系，她之前就说了好几次，今天大奔就直接答应了。"

覃最点了点头。

其实回来的路上，江初已经决定什么都不提了。

覃最就一个小孩儿，昨天那情况也没什么不能理解的，自己专门跟正事一样再提出来说，两个人都别扭。

覃最既然提到了，他想了想，还是得把自己的态度说明白。

"你昨晚是什么情况？"江初一只脚踩在椅子上，点了根烟看着覃最，"晕头了？"

来了。

覃最放下筷子，也靠在椅背上，跟江初对视一眼。

江初没避着不提，覃最心里反倒松了口气。

"是我的问题。"他直接向江初认错。

"废话，还能是我的问题？"江初说。

覃最扯了一下嘴角。

"你得有个度。"江初又说，"不能正好我在你旁边你就冲我发泄情绪，是不是？"

"嗯。"覃最点了一下头，"谢谢。"

"不用谢。"江初突然被这声正儿八经的"谢谢"弄得有点儿想笑，又顿了下才回到刚才的思路上，"再说我是你哥，明白了吗？"

两个人对视了一会儿，覃最看着他说："我尽量控制情绪，你别躲我。"

江初隐约觉得"尽量"这词用在这儿有点儿不对，但也没多想："回回不都是你溜得比兔子还快？"

覃最的嘴角轻轻翘了一下，他望着江初："以后不会了。"

"你还吃点儿吗？"覃最冲着一桌子菜抬了抬下巴。

"吃，当然得吃。"江初想上手捏一块鸡翅，覃最"哎"了一声，把自己的筷子递了过去。

江初夹了块鸡翅叼在嘴里，把菜都热了热。

他站在灶台前等菜热好时，又想到覃最拄着拐去买菜的模样，忍不住又叹了一口气，出来时搋着覃最的脑袋晃了一把："小可怜儿。"

覃最看他一眼，像是有点儿想笑。

"等会儿帮我敷一下吧。"他捞着自己的石膏腿摸了摸。

"敷。"江初这会儿基本就是有求必应了，蹲在覃最跟前也轻轻地摸了两把。

隔天，江初专门把闹铃改成跟覃最一样的时间，开车送他去学校。

本来覃最说自己打车去就行，跟高夏说好了，在校门口接他。

"不行。"江初没同意，路上顺道买了两份早点，"晚上放学我来接你，还是后门？"

"嗯。"覃最也没坚持，比起自己打车，他当然也更愿意享受江初的接送。

就是江初每天得少睡两个小时，让覃最有点儿过意不去。

到了校门口，高夏果然已经等着了，抱着胳膊靠在停车牌的大柱子上，一脸没睡醒的表情，一只手还缩在袖子里举着煎饼，有一口没一口地啃着。

见到江初的车，他举了举煎饼。

"自由男神。"江初把车窗降下来。

"哥。"高夏笑着喊了一声。

江初下车给覃最拿拐杖，高夏把煎饼塞书包里，去副驾驶座旁边接应覃最。

"交给我吧哥，保证一个跟头都不让他摔。"他挽着覃最下车站稳，等覃最架好拐，很顺手地把胳膊往覃最腰上一圈。

江初扫了一眼两个人贴着的姿势，把覃最的书包递过去，笑着说："那我就放心了。"

"路上慢点儿。"覃最把书包挂肩膀上，交代了江初一声。

"你先顾你自己吧。"高夏架着他往校门里走去，周围不少学生在往他们这边看，校门口的保安都跃跃欲试地想过来帮着扶人了。

两个人配合得还挺好，高夏还时不时地跟覃最挨着脑袋有说有笑，江初一直看着他们挪进学校里，才转身开门上车。

这人还说不爱让人碰，这不碰得挺自然的吗？

江初淡淡地"啧"了一声。

高夏确实做到了自己承诺的，在学校里把覃最照顾得很好，没磕没碰。

到今年飘第一场雪的时候，覃最成功地拆了石膏，江初摁着他去让医生全面地检查了一遍，说恢复得非常好，江初提了一个月的心这才放下来。

"不会以后习惯性脱臼吧，大夫？"江初还惦记着那个习惯性脱臼的问题，忍不住又问医生。

"也没那么容易就习惯性脱臼。"医生在覃最的脚踝上摁了摁，"最近还是别太受力，慢慢走路，前几天可能容易酸胀，感觉不舒服了就休息，毕竟受了伤，还是得复健的。"

"行。"江初点了点头。

覃最就没江初那么多顾忌了，拆了石膏第一件事就是先回家痛痛快快地洗了个澡。

最近这一个月他都没洗畅快，天天只能拿毛巾擦擦。

覃最连着搓了两遍澡，已经准备抹上沐浴露冲干净出去了，攥着浴球想了想，又放回去，拉开条门缝喊江初。

"怎么了？"江初今天休息，正躺在沙发上跷着腿跟大奔和方子打游戏，准备晚上团个火锅券带覃最出去吃。

"帮我擦擦背。"覃最说。

"行。"江初正好被人"砍死"，打了个符号上去，把角色挂机。

他扔掉手机起身去浴室，一拉开门，覃最已经一只手撑着墙，背对着他站好了。

"澡巾给我。"江初反手把浴室门关上，省得跑热气。

覃最把澡巾递过去，已经洗好拧干了。

江初接过来套在手上，另一只手扶着覃最的肩，把套着澡巾的掌心覆在覃最的肩胛骨上。

"你那毛病是不是分人啊？"江初扣紧他的肩，用力擦了两下。

"什么？"覃最问。

"我之前看高夏扶你，你不是都挺自然的吗？也没见碰一下你就激灵一下。"

"他什么时候扶我了？"覃最没想起来。

"给你当'护拐使者'的时候。"江初戴着澡巾的手滑到覃最的腰侧，横着搓了两把。

覃最没说话，又扭过脸看了江初一眼。

江初大刀阔斧地给覃最搓完一遍后背，正想说不怎么脏，覃最才又说了一句："那能一样吗？"

"什么？"江初有点儿没接上。

覃最没转身，直接往后够着只手把江初手上的澡巾拽下来，打开淋浴搓着。

"隔着衣服扶一把跟光着被人上手搓能一样吗？"他说。

说着，他还动动胳膊要往下搭："还不出去？"

江初瞬间接不上话了。

他指了指覃最，捋着袖子洗了洗手，转身出去了。

没大没小的玩意儿。

江初从浴室出来后，覃最在里面又待了起码二十多分钟。

终于听见浴室门被打开，江初都有种替覃最舒服了的感觉。

"敢情你的'控制'就是从冷不丁犯浑控制成提前通知一声是吧？"他朝覃最脸上扔了个靠垫。

覃最抬抬胳膊接着了，只穿着睡裤，上身还挂着水汽，冲江初笑了笑，嘴角带着丝懒洋洋的惬意之色。

"我说了，尽量。"他把靠垫扔回给江初，擦着头发往卧室走去。

"累死你得了。"江初无话可说又莫名地挺想笑，"穿衣服出去吃饭！"

两个人傍晚六点钟从家里出门，外面已经全然是夜里的景象了。

今年的初雪看着稀稀拉拉的，结果还挺争气，飘了一整天，这会儿还没彻底停下来，从路灯底下能看见飞舞的小雪粒。

覃最把车窗降下来一截，刚洗完澡，这会儿吹吹风有种很畅快的感觉。

"关上点儿。"江初憋了一会儿，偏头打了个喷嚏，"你不冷啊？"

"我们青春期火力旺。"覃最把车窗升上去。

江初真拿他没办法，扫一眼覃最笑了半天。

他今天笑点有点儿低，跟喝了酒似的。

覃最偏头看着江初笑，像是觉得他很有意思，看着看着，自己也有点儿想笑。

"你的生日是几号？"他突然问江初。

江初"嗯？"了一声，又看向覃最："想给我过生日？小狗报恩？"

覃最也没否认，只等着江初说。

等了半天，江初在红灯前刹了车，才降下车窗说了一句："我不过生日。"

"为什么？"覃最顿了顿又问。

"没什么意思，我又不是小孩儿，每年就指着过生日和过年找乐子。"江初咬了根烟点上，偏头又望着覃最，"你年年都过吗？"

覃最没说话。

"所以咱们差不多。"江初笑了，"大人总忘，连着忘几年，就连自己也想不起过了。"

绕了一圈江初也没提自己生日是几号。

覃最刚要再说句什么，手机在兜里振起来，来了一通电话。

他掏出手机看一眼，皱了皱眉。

"谁的？"江初问。

覃最没出声，只把屏幕亮给他看，来电人是覃舒曼。

"你给你妈就直接备注个名字啊？"江初笑了笑，"接吧。"

覃最似乎不是太想接，拿着手机等了一会儿，确定覃舒曼不是手滑拨错，没有响两声就挂，才滑了接听键。

这通电话很短，江初都没怎么听见覃最出声，感觉他只是"嗯"了几下，最后说了句"再说吧"，就把电话挂了。

"说什么了？"他又问覃最。

覃最的情绪明显因为这通电话比刚才低落了不少，他没什么表情地把手机收起来，想了想才说："问我的腿怎么样了，让我不要太麻烦你。"

江初顿时代入了覃最那种不知道说什么好的心情，无话可说。

上回覃舒曼打电话来还是覃最刚打石膏那天，江初告诉她最好能亲自给覃最打一个电话，现在她终于打来电话了，石膏都拆了。

她竟然还能说出让覃最别麻烦他的话。

"你不麻烦。"他只能抽出一只手拨了一下覃最的耳朵。

"开你的车吧。"覃最牵了牵嘴角。

其实覃舒曼最后在电话里还问了个问题，问覃最去不去家里吃顿饭。

覃最说再说吧，她后来就把这通电话打给了江初。

江初当时正在算元旦的假。

从平安夜到元旦，这一星期他不想给公司排太紧的活，玩心都起来了，小破公司毕竟都是年轻人，这种日子大家都想跟男朋友或女朋友腻在一块儿。

没有男女朋友的人也不想干活。

方子提前好几天就在群里开始撺掇，等放了假要去华子的店里吃一顿。

华子还挺愿意的，他邻市的老大哥去年开发的温泉酒店整得挺像样，一直让他带朋友去捧场，正好几个人去泡泡，他顺便取取经。

江初觉得可行。他那天吃完火锅回来有点儿感冒，没严重到需要吃药的程度，就喷嚏一个接一个地打，去泡两天催一催比什么都好使。

关键江初也是想带覃最出去玩玩，从夏天到冬天，覃最一会儿过敏一会儿打石膏，自己也没带他好好玩过，就去了趟农家乐，睡一觉什么也没玩就又赶回来了。

"你觉得呢，有没有什么想法？"江初接完覃舒曼的电话，举着手机靠在覃最的房间门口问他，"周末先去我爸你妈家吃顿饭，后面等元旦放假了，我再去我妈那儿一趟，然后咱们跟华子他们去泡温泉？"

"你想去跟她吃饭吗？"覃最靠在椅子里回头，他正在做题，两条腿架在桌上，腿上摊着练习册，右手转着笔。

"不是想不想的事。该去还是得去，她毕竟是你妈。"江初在他的床边坐下，"再说我一个月还从他们手里拿一万六千元呢，她想见儿子了，我还能扣着你不让去吗？"

覃最一听这话就笑了。

"当时你怎么想的？"他问江初。

"什么时候？"江初没反应过来。

"他们说让我来你这儿的时候，"覃最说，"你怎么就愿意了？"

"不是说了吗？一个月一万六千元。"江初弯了弯眼睛，"我不愿意他也得想着办法往我这儿塞人，不如直接答应了，拿钱还痛快。"

覃最看着他，又转了两圈笔。

"而且当时你都已经贴着我了。"江初说，"不要你都不合适。"

"我贴着你了？"覃最没有这个印象。

"是啊，进包间的时候。"江初回想一下那天覃最谨慎的模样，再看眼前跟他能说能笑的覃最，有点儿感慨，"我爸想拉你去你妈旁边坐，你直接贴着我坐下了。"

覃最想了想说："我都忘了。"

"条件反射吧。"江初说，"不想跟他们坐一块儿，我是去接你的人，你下意识地就把自己划拉到我这边了。"

覃最又转了两下笔。

"其实也就是因为你那一下。"江初看他转得挺好看，有点儿手痒地夹过他的笔，也转了两圈，"你最迷茫的时候都在我旁边坐下了，我要是再不要你……"

"你自己心软，别往我身上推。"覃最看着他的手低声说。

江初笑了笑。

"如果不是我，换个人你也会愿意吗？"覃最又抬眼望着他。

"换谁？"江初脑子里蹦出戴着旅行社帽子的梁小佳，"换梁小佳？"

"会吗？"覃最对具体换谁也无所谓，就是想问问。

"不会。"江初这会儿倒是一点儿也没犹豫，"他的话确实不会。"

"为什么？"覃最挺有兴趣地追问。

为什么呢？

江初一下也说不出什么。

他第一反应是觉得梁小佳那种心思太重的小孩儿不太对他的脾气。

但是他想想覃最的敏感级别也已经属于超越常人的范畴了，这个理由有点儿不成立。

成立也没法说，梁小佳毕竟是覃最从小一块儿长大的好朋友，他这么一形容跟拉踩似的。

"你当领人回家是什么上瘾的好事呢？"江初只能将笔杆一转，在覃最的手背上敲了一下，"又不是捡个猫、捡个狗，怎么也得看看合不合眼缘吧？"

"所以我合你的眼缘。"覃最说。

"你最近怎么总爱寻找认同感啊？"江初好笑地看了他一眼。

"合不合？"覃最盯着他。

"啊，合，你最合了。"江初"啧"了一声，站起来把笔扔回覃最怀里，"没完了。那就这么定了啊，后天去你妈那儿吃饭。"

他捞过手机走到房间门口，覃最突然在身后喊了他一声："哥。"

"啊？"江初回过头，覃最很少在不受威胁的情况下主动喊他"哥"。

"没事，就想喊一声。"覃最没回头，继续做他的题。

"再来两声，"江初立刻逗他，"我就爱听这个。"

"出去吧。"覃最无情地说。

周末那天正好是圣诞节，为了后面元旦好攒假，周末也得上课上班。

江初看他们一个个心里长草一样坐不住，干脆到下午直接给了他们半天假。

"你下午有安排？"大奔坐在转椅上没动。

"没有，晚上接覃最回家吃个饭。"江初看了看时间，"你有事？"

"我也没事，宝丽的单位今儿又没假。"大奔伸了个懒腰，露出肚皮上的一截秋裤，"二人世界了，咱们干点儿什么呢？"

"你自己吧。"江初笑了笑，偏头打了个喷嚏。

"咱们买衣服去吧，"大奔"哎"了一声坐起来，"我这都前年的装备了，今年怎么也该弄一身新的了。"

"也行。"江初点了点头，"给覃最买件羽绒服。"

"你，"大奔点了点他，点了半天最后什么也没说，十分夸张地摇摇头叹了一口气，"服了。"

给覃最买衣服十分省事，江初就按着自己的身架给他挑，反正覃最那形象也不挑款式，什么样的衣服上身都好看。

他随手抓了几身套着试试，在一件短款迷彩色的和一件长款黑色的之间比较，感觉迷彩色更有朝气。

大奔扫了一眼，让他还是拿长的。

"羽绒服这玩意儿又不图多好看，长的暖和，还能护护你弟的腿。"

大奔说着，把迷彩那件拽过去，"我试试这个……这件最大有几个'叉'啊妹妹？"

江初笑着骂他，把长的又穿上照了一眼镜子，确实也不错，挺大气。

他把羽绒服脱下拿给导购包起来，又让人再拿了件同款，留着自己穿。

覃最今天晚上正好也没有晚自习，江初把大奔送回家，顺道去二十七中接人。

高夏和陆瑶果然跟着覃最一块儿出来，陆瑶离车还有十米就蹦起来了，冲江初挥挥手，拽着书包一直掏东西掏到车跟前。

"圣诞快乐啊哥！"她笑嘻嘻地从包里拽出个挺精致的纸袋，也不知道是谁送的，里面还插着贺卡，她把贺卡给拿走放好，把纸袋直接塞给了江初，"给你圣诞礼物！"

"什么啊？"江初笑着看了一眼，一兜的糖，五花八门全是外国字，感觉还挺高级。

"也不知道是谁送的，随便掏一袋就在这儿借花献佛。"高夏不屑地撇了一下嘴，不知道从哪儿摸了个苹果抛给江初，"这可是我亲手买的，哥，具有实际意义。"

"还不都是一样吃。"陆瑶抬腿踢了高夏一脚的雪。

江初也没客气，把他们的糖和苹果都收了，然后从副驾驶座上拎出个纸袋。

"刚才从商场路过，想着肯定能见着你们，顺手就买了。"江初把袋子打开，一人发了一杯，"圣诞奶茶，喝吧。"

"哇，我正打算去买，"陆瑶接过一个印满麋鹿图案的纸杯，掏出手机就准备自拍，"朋友圈里打卡一天了。"

"我太羡慕覃最了。"高夏撞了撞覃最的肩，"国家欠我一个哥哥系列。"

"我的呢？"覃最在旁边等了半天，表情莫名地望着江初。

"被我喝了。"江初没忍住笑了出来，回手从车窗里拿出杯喝了一半的奶茶，晃给覃最听，"我的被大奔抢了。"

覃最跟他对视两秒，江初又晃了晃奶茶杯："真的就一半了，你听。"

覃最很轻地笑了一声，把半杯奶茶接了过去，对着直饮盖直接灌了一口。

覃最上了车，一眼就看见后排座位上放着的两个购物袋。

"买什么了？"他问江初。

"你看看。"江初盯着后视镜，把车开出后门街。

覃最拎了个袋子过来，拽出里面的羽绒服看看，抬了下眉毛又看向江初："给我的？圣诞礼物？"

"你觉得是就是。"江初偏头打量了覃最一眼，"合适吗？"

"合适。"覃最摸了两把才把衣服塞回去，"你买的都合适。"

江初笑了笑。

覃最又把另一个袋子拽过来，看清楚里面是一件同款，一瞬间没反应过来，还以为江初拿错了："这两件一样。"

"试的时候觉得我穿也还行，就多买了一件，刚才想想又觉得好像有点儿亏。"江初说，"是不是换件不同颜色的好点儿？"

"不用。"覃最说。

江初"嗯？"了一声。

"挺好的。"覃最把衣服给塞回了袋子中，"就这样。"

江初说本来想拿另一件墨绿迷彩的短款，被大奔给截和了，还截了个"3XL"，穿上以后跟要去南北极打仗一样，看得他完全没了入手的欲望。

覃最对款式没所谓，跟着江初笑了一会儿，想想马上要去跟覃舒曼吃饭了，肯定吃不踏实，就从陆瑶给江初的纸兜里摸出块巧克力扔嘴里。

"干吗呢？"江初看见了，"偷吃我的圣诞礼物。"

覃最看看他，直接把一整兜巧克力都拿过来塞自己书包里。

高夏扔给江初的大苹果也被他没收了。

江初说："我看见你包里有一袋了。"

"嗯，都是我的了。"覃最把书包拉上，一颗也没给江初留。

"都是陆瑶给的？"江初问。

覃最从自己兜里摸了条口香糖出来，扔进扶手箱里："这个是我自己的，吃吧。"

江初因这毫无节日气氛的口香糖笑出了声："这算是你给我的圣诞礼物吗？"

这话他是随口说出来的，江初这个人对于任何节日都没什么仪式感，这点大奔以前就老说他。

他想送谁什么东西，都是想送就送了，跟过不过节、过不过生日都没关系。

江初今年主动过的唯二两个，一个是覃最的生日，一个勉强算今天。他给覃最过生日还算计划了一下，今天却完完全全就是凑巧。

"你想要什么？"覃最立刻问他。

"我什么都不缺。"这是实话，江初没真想要他送什么。

经过一个商场，覃最看见大楼上 IMAX 的标志，想了想说："我请你看电影吧。"

"行啊。"江初点了下头。

"今天就看。"覃最说。

"今天？"江初看了看时间，"来得及吗？都六点半了。"

"去她那儿吃饭用不了多久。"覃最压根儿没把去跟覃舒曼吃饭当件大事，直接掏出手机开始看票。

他们跟覃舒曼吃饭确实没用多久。

一进江连天的家门，江初就感受到这夫妻俩熟悉的"迎接外人"的仪式感，在心里叹了一口气。

"小初是不是有点儿感冒了？"覃舒曼听着江初的鼻音，问了一句。

"啊，有点儿。"江初在厨房里帮着江连天盛汤。

"感冒了？"江连天看了江初一眼，"家里有感冒灵，你等会儿拿一盒走。"

"感冒灵去哪儿不能买？"江初笑了笑，冲他朝在外面餐厅里摆筷子拿碗的覃最使了个眼色。

江连天回他个"我有数"的眼神，端着菜出去问："覃最的脚踝没事了吧？"

"嗯，已经好了。"覃最声音没什么起伏地答应了一声。

江连天交代了几句年轻人也得好好保护关节，江初配合着又是"嗯"又是"啊"的，好像脱臼的是他们父子俩，覃舒曼和覃最两个人基本没有吭声。

饭菜都上齐了之后，江连天在覃舒曼的胳膊上碰了碰，覃舒曼去冰箱里拿了个蛋糕出来。

江初眼皮一跳，跟江连天对视了一眼。

"咱们也凑凑热闹过个洋节。"江连天笑着把蛋糕接过来，放在餐桌中央，对着覃最的位置，"正好上回呢，给覃最过生日，那个蛋糕没有做好，你妈妈心里一直过意不去，咱们今天补一个。"

"是吧？"他又碰了碰覃舒曼的胳膊。

"拆开吧。"覃舒曼没有多说，估计也是想不出能说什么话，只是笑了笑，示意覃最拆蛋糕。

他们这补偿做得太刻意了，也晚得有点儿过头，半年都过去了，但是有这份心就比没有强。

"快拆，我等着吃了。"江初在座位底下用膝盖碰了碰覃最的腿。

覃最也没说什么，起来把蛋糕拆开了。

纸盒被端起来的瞬间，虽然知道不太可能，江初还是有点儿紧张，怕再看见"覃醉"两个字。

好在这回覃舒曼很谨慎，蛋糕上只有一句"Merry Christmas（圣诞快乐）"。

跟前面两次比起来，这顿饭应该是他们四个人吃得最风平浪静的一顿。

江连天问了他们最近的安排，元旦准备怎么过，春节怎么过。

春节确实每年都是个不大不小的事。江连天跟江初母亲离婚前，过年就跟走个形式一样，能坐下来安安稳稳吃顿饭就是那个意思了。

离婚之后，每年江初就两家轮流去一趟，各吃一顿"年夜饭"，剩余的时间还是回到自己的小家里，慢慢打发，等着立春复工上班。

今年他家里多了个覃最，想想还挺欣慰，至少应该不会太无聊。

这么想着，他伸手给覃最夹了一个大鸡腿。

"小初，来，阿姨跟你碰一杯。"江初还没收回筷子，覃舒曼端起红酒杯朝江初举了举，"真的谢谢你了，也麻烦你了。"

江初今天没喝酒，手边只有一碗汤，覃最把自己的杯子推了过去。

"没有，太客气了。"江初跟她碰了碰杯。

"不是客气，确实是……"覃舒曼顿了顿，把目光挪向覃最，"最近我也想了一下，我觉得是这样，覃最，你也不小了。"

覃最和江初同时一顿，抬眼看着她。

"夏天你刚来的时候，我主要是想着你人生地不熟的，我跟你江叔叔平时都忙，你江初哥跟你年龄比较近，交流起来比我们更容易……"覃舒曼又停了一下，像是在组织语言。

"我是觉得，毕竟江初也有自己的生活，这么一直照顾你，对他的方方面面肯定有不方便的地方。"覃舒曼跟江连天对视一眼，继续说，"你现在应该也适应这边的节奏了，如果你可以一个人生活，也想一个人，等过年以后，妈妈给你找一套房子，怎么样？"

"不自己住也行。"江连天看覃最没有说话，只是盯着覃舒曼，又补充了一句。

"有江初照顾着还是方便点儿。你妈妈是想着你们年轻人现在不都更崇尚自由吗？喜欢有自己独立的空间。"他又看了一眼江初，"其实我觉得住校也挺好的，跟朋友和同学在一块儿，放假休息了想去江初那儿玩也一样。"

覃舒曼点了点头，用目光询问着覃最"你觉得呢"。

江初刚听覃舒曼开头的话时就想打断她说"不用"，但是覃舒曼很快地抛出一个重点，她问覃最"如果你也想一个人"。

这个前提一出，他顿时张不开嘴了。

虽然覃舒曼和江连天一套又一套自作主张的言行让他有些心烦，但也确实是，万一覃最更想单独出去住呢？

跟他同龄的杜苗苗天天就想着赶紧考上大学远离他小叔。

餐桌上一时间没有人说话，三个人都盯着覃最，等他说他的想法。

覃最没出声，连一丝表情都没有，江初明显感到他的情绪在飞快地变得低落，周围的气压都被带低了，覃最很僵硬地跟覃舒曼对视着。

覃舒曼有点儿尴尬，又看向江连天。

江初看着覃最眼都不眨的侧脸，刚想喊他，覃最突然转过脸望着江初，开口时嗓子都压得有些哑："你也想我走？"

他说的是"也"。

那天江初看见覃最给他做一桌子菜时的感受又涌上来了。

江初看着覃最眼底使劲儿压抑的情绪，心口一阵拧得慌，忙在覃最的后背上捋了两下："我没有啊，我觉得现在挺好的，你照顾我都比我照顾你多。这不是在问你的想法吗？你怎么想哥都支持。"

"对，我们没有别的意思，覃最，"江连天忙补充了一句，"我们就是想让你过得更舒服，一切都是为你考虑。"

别说覃最了，江初听见这些话心里都一阵烦。

如果真的为覃最考虑，他们一开始就不会把人往他那儿塞。

覃舒曼还想跟着再说什么，覃最直接把筷子放下，往后推开凳子站了起来。

"回家吧。"他对江初说，"我吃好了。"

"好。"江初立刻跟着起身，把车钥匙掏给覃最，捏捏他的胳膊说，"去车里等我，一会儿我就下去。"

覃最"嗯"了一声，也没跟覃舒曼告别，拿上外套直接出去了。

他前脚走，覃舒曼也把酒杯放下，拨了下头发偏过脸坐着，眼圈有点儿发红。

"爸。"江初冲江连天看了一眼，示意他单独说话。

江连天攥了攥覃舒曼的肩头，朝书房指了一下，让江初先进去。

江初在书房里等了两分钟，从江连天的抽屉里翻出条好烟，直接拆开点了一根。

江连天进来把空气净化器打开，指了指那条烟："你都拿走吧。"

"你们怎么想的？"江初靠坐在书桌上，直接开口问。

"什么怎么想的？"江连天莫名地看着他，"还不是为你想吗？"

"我说想让覃最搬走了吗？"江初把烟嘴换了边嘴角叼着，指了指自己，"我说嫌他麻烦了吗？"

"你一开始不就不愿意吗？"江连天也点了一根烟，跟个将军似的，扶着扶手往椅子里四平八稳地一坐，"当时我也说了，你暂时管他个一学期，回头烦了直接让他去住校或者怎么样的，也好张嘴。"

这确实是他跟江连天最开始的对话，当时没觉得有什么毛病，但现在江初眼前一个劲儿地晃着覃最刚才的眼神，他有些烦躁地眯缝着眼，呼出口烟气。

"我知道你俩现在处得挺好，也没说让他直接就去住校，这不是先问问吗？他要想自己住，也好给他安排。"江连天反倒不太能明白江初在这儿烦什么，"也不能让他真就在你那儿住着了，毕竟他妈也在这儿，以后就算他考出去上学或者什么的，放假了或毕业了，该回来也得回来，回来就奔你那儿去？你现在没什么麻烦的，那你以后结婚有小孩儿了呢？"

江连天一口气说了一堆，这些话放在一开始，江初绝对能跟他达成共识，但现在就是不行。

他太心疼覃最了。

"哪儿跟哪儿啊，就冒出小孩儿来了？"他把烟头掐进桌上的烟灰缸里，"有小孩儿也不耽误我过自己的舒坦日子。"

"江初。"江连天听出这话是冲着覃舒曼去的，冲江初皱了下眉，"你不知道怎么回事，别瞎评论。"

江初没跟江连天说他已经从覃最那儿大概知道覃家的事了，就算知道也不想多评论。

只从外人的角度他真没什么好说的，但如果一直是外人也就算了，问题是他现在不可避免地事事站在覃最的角度去考虑，就很难平和地对覃舒曼的处理方式感到理解。

　　"你们别管了。"最后江初也没多说什么，又碾了碾烟蒂，把烟一揣，在书桌前站好。

　　"他有什么想法会跟我说，你们要真替他考虑，就别再给他做些这样那样的决定了。"江初拉开门，不轻不重地把话说给还在餐厅发呆的覃舒曼听。

第十章

小狗

江初快步下到车库，看着从车窗里沁出的灯光，犹豫了一下，没直接从驾驶座上车，而是先绕到副驾驶座，打开车门看了一眼覃最。

"小狗？"他喊了一声，轻轻地拍了拍覃最的脸。

覃最这回没踹垃圾桶，就连刚才在饭桌上压抑着的情绪也自我消化了，只是沉默地等在车里。

听见江初喊他，他还嘴角一弯，弯出了点儿很淡的笑，看着江初说："这名字你到底怎么起的啊？"

"你像啊。"江初见覃最这个反应，松了口气的同时又觉得心疼，在覃最的腿上又搓了两下。

从江连天家小区开车出来，江初在路口停了一下，问覃最："咱们直接回家，还是去看电影？"

"嗯？"覃最不知道在发什么呆，看了一眼江初才反应过来，"都行，随你。"

江初动了动嘴角，想说什么，看着覃最没有情绪的侧脸，一时间也组织不好语言。

"那咱们看电影吧，你不是都买完票了吗？"他将方向盘一打，"是刚才咱们路过的那家影院吗？"

"对。"覃最点了一下头。

覃最买了七点五十分的票，他们过去时刚刚好正要开始检票。

"吃爆米花吗？"江初指了指爆米花机。

"不吃。"覃最没兴趣。

江初也不爱吃这些东西，但今天想哄覃最高兴，还是买了一大桶爆米花，配两大杯可乐。

"再消费三十元还送圣诞帽子，还有鹿角……你要不要？"把一堆吃的东西塞进覃最的怀里，江初又盯着柜台旁边的宣传立牌小声问他。

"你怎么了？"一堆情侣或者带着小孩儿的家长在那儿换帽子，覃最看了一眼十分无奈，"都消费三十元了，那是送的吗？"

"你怎么一点儿情趣也没有？"江初义正词严地"啧"了一声，"你管怎么营销呢，就说你想不想要就行了。"

覃最看了江初一会儿，还是诚实地说："不想。"

"行吧。"江初没忍住，笑了。

他确实也想象不出覃最戴个圣诞帽进去看电影的模样。

但是两个人走向检票口排队时，覃最突然又问了一句："如果我想要，你就去买吗？"

"嗯，买。"江初看着手里的票找影厅，"你想要什么哥都给买。"

他冲整个楼层抬了抬下巴："挑吧。"

"这么阔绰。"覃最说。

"养个你一点儿问题也没有。"江初说，"你就安稳地在我那儿住着。"

覃最盯了他一会儿，突然捏了两颗爆米花塞进江初的嘴里，然后趁着没挨揍把江初手里的票抽出来，上前一步递给检票员。

覃最买的电影是部喜剧，班底还行，剧情不怎么样，挺傻的，硬挠两下胳肢窝还是能笑出来。

　　只不过连江初都被挠笑三次了，覃最还是一直没什么反应。

　　江初偏过头看他，隔着镜片和昏暗的光线，覃最的眼睛被 3D 眼镜挡着，看不出眼神，下半张脸一点儿情绪也没有。

　　他应该是不想让江初担心、扫兴，所以刚才江初问的时候，他说愿意过来看电影，但还是没有心情。

　　江初在心里叹了一口气。他其实不怎么会安慰人，也不知道这种情况能跟覃最说点儿什么，感觉说什么都挺没用的。

　　覃舒曼的态度就在那儿，她过去的经历也实打实地无法消除，覃最就是那枚证明的烙印。

　　不管平时这母子俩再怎么互相回避，只要对上了，总是不可避免地产生出"互相伤害"的效果。

　　今天他走前看了覃舒曼一眼，感觉她的状态比前两次见面时都差，大概每次跟覃最的见面都以不欢而散告终，对她而言也很焦虑。

　　一个是不会当妈妈的妈妈。

　　一个是几乎没感受过母爱的小孩儿。

　　先前江母跟江初问起覃舒曼时，曾半开玩笑地问了一句："她回头给你生个弟弟可怎么办？"

　　江初当时笑着打了个岔就过去了，比起江母的担心，覃舒曼现在年龄也不大，跟江连天结婚好几年一直没要孩子，他其实还十分奇怪。

　　现在江初想想，可能覃舒曼对于做"母亲"这件事，一直也有着难以消弭的心理压力。

　　江连天这会儿应该在安抚覃舒曼吧。

　　江初不知道他们两个人在他和覃最离开后会怎么相处，会说些什么。

　　他突然想到的是，凭江连天对覃舒曼的袒护，至少覃舒曼逃避着覃最的这些年，每次痛苦时，江连天一定都给予了她无比的包容、安慰与理解。

而覃最呢？

他能从那个"酒蒙子"亲爹身上得到什么？

他的情绪、他的难过，除了像这样十年如一日地自己憋着，又能怎么办？

上回过生日回来，覃最在家睡了一下午，今天是不是也就打算这么憋过去了？

电影的后半截江初也没看下去，他走神走到自己都有点儿烦躁，听着影院里闹哄哄的笑声，还有些后悔。

他不该这时候拉着覃最过来看电影。

把一个无处发泄难过情绪的人扔到一堆欢声笑语的人中间，还希冀他借此愉快起来，这简直就是一场精神虐待。

"小狗最，"江初拉开两个人之间的扶手，贴过去在覃最耳边低声问他，"要不咱们回家？"

"怎么了？"覃最对江初乱七八糟的称呼已经免疫了，偏过头也压着嗓子问。

他转过头来的幅度有点儿大，鼻头差点儿碰着江初的脸。

江初往后避了一下，把眼镜顺着鼻梁推上去，又望了一眼荧幕："没什么意思，还不如咱们回去找部好看的片子在家看。"

他以为覃最会坚持看完，结果覃最一点儿也没犹豫，直接说了一声"好"，摘下眼镜就起身往外走了。

江初跟在身后看着他的背影，要不是在影院里不方便，他突然挺想抱抱覃最。

江初回家的路上计划得挺好，还跟上回给覃最补蛋糕时一样，买一堆吃的东西，放部电影，两个人关着灯坐在地上说说话。

他想试着去带动覃最主动倾诉，至少让覃最心里有事的时候，能把话对自己说出来。

结果他想得特别好，把吃的和喝的东西也买好了，进到小区里总觉得哪里不对。

"今天怎么这么黑？"江初朝路边扫了一眼，"路灯都坏了？"

"停电了吧。"覃最指了指他们的楼，刚九点多，这个点还不到睡觉时间，窗口全部是黑的。

江初"啊"了一声，停好车去电梯前摁了摁，还真是。

"贴东西了。"覃最掏出手机对着电梯旁新贴的 A4 纸照，"维修，到晚上十点半。"

"走上去吧。"江初转身推开应急楼梯的门，"一到这时候我就特开心买了低层的房子。"

"你以后结婚也在这儿吗？"覃最拎着吃的东西跟在他身后，突然问了一句。

"嗯？"江初顿了一下脚步，回头看他，"你怎么跟我爸似的，想得比我还远。"

覃最没说话。

江初也没继续这个话题。他真的没细想过结婚，江连天在书房跟他说什么以后结了婚有了小孩儿，他都感觉在说别人家的事一样。

很多时候江初觉得自己挺豁达的，即使江连天和母亲在他小时候就三天一小吵、五天干一仗，他在要么闹哄哄要么冷冷清清的家里长大，还没明白事，两口子就把婚离了，江初也没觉得家庭的氛围怎么剧烈地影响到他。

他有点儿天生乐天派的意思。

不过具体到"结婚成家"这方面，可能那些经历还是在无形之中给他留下了抗拒的种子。

江初想象不到自己为人夫、为人父的状态，总觉得那是另一种人生，至少十年内跟他都没有关系。

到了家门口，他还没掏出钥匙，屋里就传来周腾扑门的动静。

江初打开门，估计停电已经有一阵儿了，屋里的暖气都快耗完了。

"上回给你过生日剩的蜡烛放哪儿了？"江初把外套脱了扔沙发上，点开手机的手电筒去找蜡烛。

他记得将其收进了电视柜里，翻了翻没有，又去书房和卧室里找了一圈，他的手机今天没充电，手电筒没开一会儿就提醒他电量不足。

"是不是收你那儿了？过来帮我打个光。"江初把手机锁上，跟覃最一块儿去他的卧室。

江初蹲在床头柜前翻抽屉时，覃最站在身后看着他的背影，一直没有说话。

可能是因为回到了真正让他能松懈的地方，先前在覃舒曼家和影院里一直压着的各种情绪，在令人放松的黑暗环境里同时流淌了出来，让他由里到外地感到疲累。

江初能感受到覃最的心情，实话说，这样释放出低气压的覃最反而让他松了一口气，至少他没有憋着自己。

"想不想说点儿什么？"他没回头，轻声问覃最。

蜡烛还是没找着，江初隐约想起来，他当时似乎是直接把那一桌子残羹剩饭和啤酒瓶扫进了垃圾袋里，蜡烛估计也一块儿被扔了。

不过他翻出一个打火机。

"你哪儿来的打火机？"江初摁亮，抬了抬眉毛。

江初听见手机被扔到床上发出的闷响，一直笼罩在他脑袋上方的手电光消失了。

江初正要回头，覃最在他身后蹲跪下来，脑袋抵着他的背心。

江初愣了愣。

"覃最？"这动作超出了江初的预料范围，他刚要转身，肩胛骨一抽，覃最在他背上咬了一口，咬得很用力，像条真正的小狗，带着发泄的情绪。

覃最听到覃舒曼的那些话的最初半分钟，没想到自己会有那么大的怒意。

覃舒曼又一次拐弯抹角地远离而已，从他来到这座城市覃舒曼甚至连见都不想见到他的那一刻起，从两个人一次次僵硬的交流中，这已经成为一件让他越来越习以为常的事。

他甚至没有情绪。

真正让他恼火的点，是他反应过来，覃舒曼和江连天的意思并不只是把他再往他们的生活之外推远一点儿，而是他们想把他与江初之间的关系也推远。

他们为了不让他涉足覃舒曼现在的正常生活，在他到来时就选择把他推给江初；在他和江初相处了一段时间后，他们又提醒他，不要影响江初的生活。

他们打着关怀的名义冷漠地提醒他：江初只是暂时收留你，你是他生活中无关紧要的一个麻烦。

覃最一直觉得自己对于"分寸"的感知非常清楚。

他需要生活费，需要上学，所以必须来找覃舒曼。

他确实也想象过可能覃舒曼对他还有哪怕一丁点儿感情。只是，在三番五次地确定这一丁点儿感情也没有之后，他知道覃舒曼接受不了他，已然在内心深处明确了他与覃舒曼的距离。

不能对不切实际的事情抱有幻想，否则过去十年他就已经因为失望而累死了。

只是他不想从江初的生活里挪出去，至少现在一点儿也不想。

他知道江初什么都有，什么都不缺，没了自己，江初有更多的精力去打理自己的生活，去交朋友，去谈恋爱，一切都不会受到影响。

可对他而言，江初是他在最漫无目的、站了一夜火车来到这座城市的时候，顶着大太阳在车站前等着他、对他说"跟我走"的人。

他现在只有江初了。

从江连天家里出来，在车上等江初时，一直到在影院看电影，覃最能感受到，江初始终在关注他的情绪。

江初以为他在为覃舒曼的态度而难受。

覃最自己心里却很明白，覃舒曼的态度对他造成的影响，现在只有越来越稀薄的一部分。

他是在想象他从江初家里离开后，江初毫无影响的模样。

正像江连天说的那样，年轻人更崇尚自由，需要拥有属于自己的独立空间，江初显然就是这样的人。

但覃最不想离开。尽管江初让他安心地住着，但只要一想真的到了某一天——他必须把江初的空间与生活完整地归还的那一天，覃最就一阵烦躁。

覃最心里在涌动着什么情绪，江初不知道，更没想到覃最会张嘴咬他一口。

他甚至连覃最把脸贴在他的后背上大哭一顿的诡异场面都联想到了，谁知道这小子不仅没眼泪，还上牙。

这一口下去，江初直接抬起后肘，狠狠顶上覃最的肋骨。

覃最闷哼一声，疼得嗓子有些哑，闷闷地喊了江初一声："哥。"

江初没回头，用着力气的胳膊松了又紧，紧了又松，还是没再往后顶。

覃最在这种时候喊一声"哥"，直接喊在让江初心软的命门上了。

直到江初脚麻得要蹲不住了，晚上吃的那两口饭也快被从胃里勒出来，他回手推了推覃最的腿，这小子才把他放开。

江初还是没回头，背对着覃最一屁股坐在地上。

在兜里摸了摸，他又对覃最说："给我拿根烟。"

覃最起身出去，江初把那个打火机拿出来摁着，听见客厅里响了一声，覃最夹着根已经点燃的烟送到他的嘴边。

江初皱皱眉，覃最没给他拒绝的机会，直接把烟塞进他的嘴里。

沉默着抽完这根烟，江初转身挪过来，见覃最一只胳膊撑在床沿上支着脑袋盯着他，他愣了愣，抬手朝覃最的脖子抽了一巴掌："你还摆上造型了！"

覃最估计也料到江初还是得动手，乖乖地没躲，让江初抽了一下。

"你脑子里到底想什么呢？"江初都有点儿纳闷了，"哪有心情不好就咬人的！你真是狗吗？"

"对不起。"覃最说。

"这就不是对得起对不起的事……"江初简直不知道怎么形容自己的心情。

他是想让覃最发泄，谁能想到他是这么个发泄法儿啊？！

"你不能这样，覃最。"江初抿了抿嘴，眉头皱得太阳穴扯着疼，"我是你哥，你明白这个'哥'代表着咱俩什么关系吗？"

覃最看着他没说话。

"是，我也从你这年龄过来过，情绪确实比较容易波动。"江初听覃最没接话，就接着说，"但你得控制啊！你自己也说了控制，就控成这样？"

"你要赶我走吗？"覃最打断他的话。

"我……"他一提这个，江初又愣了，"没啊。"

"以后也不会？"覃最又问。

"以后也不会。"江初说。

在这个问题上，江初不愿意糊弄覃最。

江初说不出来"不听话我就不要你了"这种话，这种逗小孩儿似的话不能用在覃最身上，覃最太敏感了，他父母已经等于不要他了。

覃最得到江初的保障，露出了从覃舒曼那儿出来后这一整个晚上第一个发自心底的笑。

覃最笑了，江初松了一口气，同时也有种说不出的郁闷感，在覃最腿上蹬了一脚。

覃最发现自己很喜欢看江初拿他没办法的样子，盘着腿放任江初踢他，顺手攥住江初的脚踝，钩了钩他的袜子边。

江初把他的手腕踢到了一边儿。

这事翻篇，江初在地上坐得有点儿冷，刚想让覃最去加件衣服，"嘀"的一声，电来了。

"提前了。"覃最看了一眼时间。

"电力公司都看不下去了。"江初说。

他眯缝着眼站起来，去厨房晃了一圈，想看看能做点儿什么吃。

"面？"覃最跟着过来，边洗手边问。

"行。"江初把路上买的半只烤鸭和一袋猪耳朵拎过来，买的时候还是热的，这会儿都有点儿凉了。

覃最搅着鸡蛋等水开，江初把烤鸭和猪耳朵装盘端进微波炉，又出去夹了根烟，靠在厨房门口跟覃最一块儿等。

周腾从电视柜后面蹦出来，踩着安静的空气抽着鼻子过来，并着小脚蹲在厨房门口。

　　那天晚上直到年前，覃舒曼都没再联系江初和覃最，两个家四口人还跟之前一样，各过各的日子。

　　覃最整个人十分平和。

　　难受的人成了江初——估计是停电没暖气那会儿扑腾一身汗着凉了，他持续多日的小感冒隔天直接进阶成重感冒。

　　正好唐彩又得了流感，在公司跟个病原体一样到处打喷嚏，江初听见一个跟着打一个，成功双重中招。

　　他不爱去医院，为感冒也不值当。

　　他浑浑噩噩地灌了几天感冒灵，从脑子到浑身的关节都被灌钝了，哪儿都不想动，有点儿想把华子安排好的温泉之行给推掉。

　　"不然你跟大奔过去？"放了假从公司回来，江初歪在沙发里抱着手机问覃最。

　　"去医院吧。"覃最照着网上查来的菜谱熬了一锅姜汤，过来摸了摸江初的脑门儿。

　　"没烧，就是感冒。"江初摁着覃最的手背贴了一会儿，覃最刚洗过手，凉凉的，挺舒服。

　　"大奔会照顾人，你跟他一块儿，他走哪儿肯定不能忘了你。"他接着对覃最说，"我感觉我去了也没精神玩什么，折腾。"

　　"不用。"覃最换了只手让江初继续贴，"你不去我也没兴趣。"

　　"你泡过温泉吗？"江初问。

　　"没有。"覃最说。

　　"那去啊。"江初看着他，"去体验一下。"

　　"不。"覃最就这一个字。

　　两个人对着看了一会儿，江初在他的胳膊上捏了捏："你是小孩儿吗？没人带着还不愿意出门。"

　　人一生病，不管自己觉不觉得，心里都会下意识地变得柔软。

　　江初知道覃最是想在家陪他，感动的同时又有些想叹气。

　　江连天和江母虽然离婚离得早，在他还是小毛孩儿的时候，也带他出去旅游过几次。

　　等上了高中，江初就凑着假期自己到处乱转，或者跟大奔他们一块儿，没钱了就伸手朝江连天要，从来没亏待过自己。

　　覃最真的是从小到大什么都没玩过。

　　这个年龄的男孩儿哪有不想往外跑的？

　　在沙发里窝了半天，江初还是决定去一趟。

　　玩是玩不动，他就去泡着得了，在家也就是躺着。

　　这回还是自驾，江初没开车，大奔、宝丽的车要带陈林果和方子，他和覃最去坐老杜的越野。

　　元旦大家都趁着假期出去玩，车多，几个人商量了时间，专门没赶早，中午出发，等快到酒店，正好赶上傍晚饭点。

　　杜苗苗见覃最过来很高兴，直接从副驾驶座上下来，拉着覃最去后排座位说小话。

　　江初上车先睡了一觉，中间被覃最喊起来吃药，感觉困了又继续睡。

　　"江叔好能睡啊。"杜苗苗在后排座位上嘀咕了一句。

　　"心疼你叔了？"江初闭着眼回他。

　　老杜笑着从后视镜里往后看，杜苗苗抱着个枕头撇撇嘴，没接他的话。

　　江初睡了半路，也没睡多踏实。

　　老杜怕杜苗苗被他传染感冒，临出发前当着他的面给杜苗苗灌了一大杯 VC。

江初抱着胳膊挺好笑地看他们矫情，顺便也要了一包，留给罩最喝。

上车后他专门戴了口罩，不过连着打了两个喷嚏后，为了不被老杜半路护犊子地扔下车，他这边的车窗一直开着缝，对着太阳穴吹了一路。

快到目的地的时候车经过一串路障，把他从车窗上给磕醒了。

他还没睁开眼睛，先听见杜苗苗在后排座位上一连串地跟罩最说着什么，声音很小，语气里带着惊讶。

江初迷迷瞪瞪地捕捉到手机屏保之类的，刚动动脖子坐直，他们又都不出声了。

"正要喊你你就醒了。"老杜说。

"到了？"江初搓了搓脸，路上也不知道磕了几回窗户，他脑袋涨得活像挨了几拳头。

华子这个开酒店的老大哥排场挺大，但也实在。

两个人一见面，他就哈哈笑着喊华子上学时候的外号，又拥抱又捶肩的，招呼打下来也都特别热情，能看出是真的高兴。

几个人商量着是先吃饭还是怎么着，一群大老爷们儿冬天出门带不了什么东西，就宝丽她们的东西多一点儿。

老大哥看了一圈，干脆让前台工作人员先帮着收好，领着他们直接去餐厅开饭。

江初其实特别想直接回房间补觉，他头疼，但是头一场不吃不合适，东道主这个热情劲儿都让人不好意思不配合。

好在老大哥没有劝酒的毛病。转圈点酒时，江初摆了摆手，说今天不太能喝，他就没硬倒，还让江初抓紧吃点儿，填了肚子回去休息。

菜都是大油，江初吃了半顿饭，感觉胃里有点儿腻。

他放下筷子倒了杯茶，靠在椅子里听他们说话，有一口没一口地慢慢喝。

"不吃了？"覃最一直注意着江初的动静，偏头打量他。

"饱了。"江初说。

"喝鸽子汤吗？热的。"覃最又问。

江初摆了摆手。

他又喝了杯茶，突然感觉胃里有点儿翻腾，食管牵着天灵盖一阵缩。

江初快步起身去卫生间，刚关上门，就弯腰冲着马桶吐了个干净。

"唉。"他撑着墙缓了缓，舒服又难受地叹了一口气。

他收拾完正要出去，门被敲了两下，覃最直接拧开扶手走了进来。

江初吓一跳。

"吐完了？"覃最看他一脸水，从墙上抽了两张纸递过去。

"你能听见？动静那么大？"江初愣了愣，接过纸擦了擦。

从这儿到包间隔着半个屋再带两扇门呢。

"猜的，刚才看你脸色就发黄。"覃最还带了瓶水出来，拧开盖子给他。

"那你也用不着专门过来吧，跟我怎么了似的。"江初把水接过来，又拍了拍覃最的脸，"走吧。"

"回房间，我跟他们说过了。"覃最把江初拍在他的腮帮子上的水抹掉，又弹在江初的脸上。

"小狗最，真贴心。"江初自己拍出去的水自己还嫌，夸到一半赶紧梗着脖子朝旁边躲开，"哎！恶不恶心？"

直接走还是不合适，江初回包间跟一桌子人又打了个招呼。

杜苗苗在座位上百无聊赖地晃着腿，也早就坐不住了，一见覃最和江初要走，忙跟着开溜。

吐完一遭，江初心里没那么难受了，感觉头也没再那么疼了，跟覃最慢慢悠悠地溜达回前台领房卡。

"叔，你们是哪一间？"杜苗苗伸着脖子过来看。

"2817。"江初把房卡扔给覃最，"你呢？"

"应该是隔壁，2816。"杜苗苗看一眼江初，有点儿鬼鬼祟祟地撞了一下覃最的胳膊，"去我那儿玩吗？"

江初抬手摁电梯，控制着自己的目光没往杜苗苗脸上移。

"不。"覃最拒绝了。

"别啊，咱们刚才还没聊完呢。"杜苗苗一副心里长草的模样，急得蹦了蹦。

"去吧！去！"他说了两遍觉得拗口，又换了个字，"不对，来，来吧！"

覃最这回连拒绝都懒得拒绝，直接进电梯不理他了。

江初看杜苗苗那可怜劲儿觉得挺好玩儿，随口说："你来我们屋玩不就行了？"

杜苗苗张张嘴刚要说话，覃最打断他："他不去。"

"我可没说啊！"杜苗苗立刻抗议。

"江初不舒服，你太闹了。"覃最无情地驳回。

虽然杜苗苗之前也没听覃最喊过江初"哥"，但是冷不丁听他直接喊江初的名字，还是愣住了。

他斜着眼儿偷看江初的反应。

"一天到晚没大没小。"江初皱皱眉，在杜苗苗的视线下一本正经地踢了覃最一脚。

"就是！"杜苗苗也跟着踢了一脚。

到了 2817 门口，杜苗苗又是挤眼睛又是清嗓子地暗示半天，覃最还是没搭理他，直接刷开门进了房间。

不知道是老大哥给他们留的房间比较好，还是这酒店的标间就是这规格，整个感觉都挺高档，是分客厅、卧室和小阳台的那种套间。

"杜苗苗要跟你说什么？"江初拉开阳台的推拉门过去看了一眼，用若无其事的语气问覃最。

刚才他在电梯里就十分好奇，想起在车上一睡醒时，杜苗苗嘀咕到一半就突然收声了，不知道在聊什么。

"没什么。"覃最把外套脱掉扔在沙发上，算着时间江初该吃药了，抄起热水壶去卫生间接水。

"哟。"江初笑了一声，"还有小秘密了。"

覃最已经迈进卫生间里，突然脚步一停，扭头看向江初的背影。

这墙竟然是透明的。倒也不是彻底透明，墙的上、下半截是透明的，中间关键的区域有一层窄窄的薄磨砂。

覃最接着水，抬头从盥洗台上方的镜子里能看到玻璃墙上的影子。

他靠在沙发里看电视，一条腿踩着茶几沿，另一条腿屈起来，用膝盖架着胳膊，一下下地摁着遥控器。

看见江初反手挠了挠腰，覃最脱口问了一句："你要洗澡？"

说出来的瞬间他有点儿不自然。

"嗯？"江初打了个哈欠，"不洗了，刷个牙，今天也没干吗，早上起来刚洗过。"

覃最"哦"了一声。

"你要先洗？"江初突然回头问他。

"不。"覃最正好跟他对上视线，然后将目光挪回电视上。

江初进了卫生间，洗手时看了一眼镜子里的玻璃墙，突然反应过来什么，扭头望向覃最坐着的沙发。

"我说，弟弟。"江初走到马桶旁边，敲了敲玻璃墙。

覃最隔着墙跟他对视。

江初一边眉毛抬了抬，盯着覃最，伸手拽过墙角的拉绳。

一整排竹帘被拉下来，把整面墙给盖上了。

"没见过这样的？以前光住过实心墙的店？"他把竹帘拉上拉下了好几回，又从卫生间出去，走到沙发前再转头看去。

现在的玻璃墙就是一整面竹帘，挡得干干净净，什么也不剩。

江初看了看墙，又看了看覃最的眼神，根本控制不住，靠着电视一通乐，笑得太阳穴疼。

覃最刚才但凡稍微多往墙上看一眼也能看见帘子。

丢人。

他这无话可说的状态一下就保持了整整两天。

江初头天也没当回事，洗漱完上床就睡了，听见覃最去卫生间拉帘子的动静，还扯着被子又笑了一刻钟。

隔天从早到晚，老大哥给他们安排得满满当当。

他这个酒店规模很大，有吃的逛的，也有玩的泡的，还有自己的景区和小商业街。

江初好几回看见有意思的东西想回头喊覃最，覃最要么跟他隔着好几个人，在队伍尾巴上，要么就是被杜苗苗拽着。杜苗苗声音小，嘀嘀咕咕的，覃最没跟昨天一样对他不耐烦，两个人看着还挺和谐。

连晚上去泡温泉，他也没跟江初在一个池子里，不知道什么时候去了大奔、方子他们在的另一个大池，一圈人围着打牌。

白天闹闹腾腾，那么多人你一句我一句，他也没太在意覃最的态度，反正这趟就为让覃最出来玩，高兴了就行。

可到了这会儿，他要再感觉不出来覃最不对劲儿，他这哥真就不用当了。

覃最为昨天的事不高兴了？

江初回想着自己昨天都说了什么话，是不是哪句戳着覃最的自尊了。

毕竟覃最其实什么都没干，连句话都没说，也没住过卫生间透明墙带遮帘的酒店，说不定这还是头一回住酒店。

他想起梁小佳来那天，覃最找旅馆那个熟练样，心里后知后觉地不是滋味。

"看什么？"老杜刚冲完淋浴过来，披着条浴巾坐进池子里，顺着江初的视线往那边看。

掠过覃最，看清杜苗苗也老老实实地泡着没乱跑，他放心地转回目光。

"小孩儿出来玩心就野，喜欢跟平时见不着的人待在一块儿。"老杜仰头往下靠了靠，挺自在地闭上了眼。

"啊。"江初随口应了一声，从旁边托盘上拿了杯果汁喝一口。

两个人闲扯几句，老杜问他："你这弟弟以后就归你管了？"

"基本上。"江初捏捏后脖子，"我也没怎么管，老头子该给钱给钱，他也不是小小孩儿了，自己能照顾自己。"

"嗯。"老杜应了一声，"这个年龄了，稍微懂点儿事了，都省心。"

江初笑了笑："苗苗比以前好多了，现在愿意跟人说话，以前带出来就直躲。"

老杜扯了一下嘴角，有点儿无奈的意思："那是对你们，在家还是跟个二踢脚一样，跟我说不了两句话。"

"你们一直这样？"江初突然有点儿好奇。

当了"爹"果然心态都不一样了，以前这些问题他都没跟老杜细聊过。

"以前不这样。"老杜睁开眼，望着半镂空的天井想了一会儿，"苗苗小时候挺乖的，能说能笑，无忧无虑，这两年青春期了，就开始叛逆了。"

"他肯定也想他爸妈。"江初说。

"嗯。"老杜点了一下头。

江初想了想，又问："苗苗有没有跟你特别亲近的时候？"

"怎么个特别法？"老杜看他一眼。

老杜继续说："那还是他爸妈刚走那阵儿。他还是小孩儿，天天哭，半夜哭得睡不着，就找我。我也难受，每天累得沾枕头就能睡着，还得耐着性子拍着哄着他睡。他睡了还打哭嗝，一点儿也离不开人。"

回忆起那个阶段，老杜从鼻腔里淡淡地呼出一口气，低下头看着水面的白烟。

"心疼坏了吧？"江初说。

"心疼归心疼，烦人的时候也是真烦人。"老杜说。

江初笑了一声。

"每天都想他赶紧长大吧，别耗着我了。"老杜抬手弹了下水面，"但是看他跟我吹眉毛瞪眼地吵，想方设法地跟我保持距离，要往外跑，嚷嚷着要考到天边去，再也不想被我管着了……"

"还考到天边去。"老杜轻声笑着重复一遍，抬起胳膊揉了揉眉心，有些疲累，"就觉得他还是慢点儿长大吧。"

老杜平时话没有这么多，江初也是头一回这么细致地听他说这些，半天没回过神来。

覃最现在也刚来他这儿半年，父亲刚去世，母亲不要他，不管他多能憋、多能忍，刚刚十八九岁的年龄，现在绝对也是心里正脆弱的时候，像杜苗苗依附着老杜才能睡着的那个阶段。

那以后呢？

过个三五年，覃最也会跟杜苗苗一样，连话都不想多跟他说，嫌他有代沟，不愿意再在他的眼皮子底下待了吗？

不对，压根儿用不着三五年，覃最明年就要高考。

到时候他出去上了大学，认识更多更有意思的人，谈几个朋友，每天在花花世界里，要是寒暑假不想回来了，谁也没资格去管他。

江初皱着眉毛怔了会儿神，觉得自己泡得太久了，有些闷得慌。

泡够了温泉上来，一群人又去吃了点儿东西，江初这一天的乏劲儿上来了，他打个招呼先回了房间。

"覃最，你再玩会儿还是怎么着？"他扭头问覃最。

覃最"嗯"一声，紧了紧浴袍的带子，跟着他回房间。

从温泉区回酒楼，得经过一个室内半空花园。

去的时候都好好穿着衣服，他们没觉得什么，现在往回走，两个人偷懒都没换浴袍。

"哎，小狗。"江初逮着机会往覃最肩膀上一挂，揽着他的脖子揉了揉，"生哥的气了？"

覃最被他撞得晃了两下才站稳。

"没有。"他无奈地在心里叹气，没再把江初往旁边扒拉。

"没有你今天一天不理我？"江初确实是认真地反思了一下自己，虽然他也没觉得自己做错什么，不过覃最也没有，那就他当哥的先哄着再说，"是不是昨天说得你不高兴了，伤自尊了？"

"我不理你？"覃最重复了一遍重点。

"你理我了？"江初扬了扬眉毛，"你今天是不是跟杜苗苗待了一天？"

覃最在原地顿了一会儿，没说话。

他挂着江初走到玻璃道扶梯前，才又开口喊："江初。"

"啊。"江初答应着。

"你觉不觉得你有时候特别不讲理？"覃最踩上扶梯，"松开我，站好。"

"还真没有。"江初乐了，在覃最身后一级阶梯上站稳，"我这人从小到大的风评就是特别讲理。"

"你让我控制自己，让我收收坏心眼儿，别一天冲你犯浑，"覃最回过头，眼神平静地看着他，"我稍微离你远点儿，你又不舒服。"

江初一愣。

"你讲得什么理？"覃最问。

"这是不讲理啊？这是两码事行不行？你喊我一声哥，我问问你心情怎么样，就成我不舒服、不讲理了？"江初真是没想到覃最说他"不讲理"是从这个角度切入。

而且他也没想到，在覃最眼里，他竟然是在"不舒服"。

自己不舒服了吗？

江初扪心自问。

他这难道不就是在关心一下？还是说他关心过度了，在覃最眼里就像是在不舒服？

没等他想明白，扶梯就到底了。覃最扫了他一眼，也没再开口，直接迈开步子继续走。

江初皱皱眉，在身后跟着他，望着覃最的后脑勺有点儿匪夷所思。

他也不是个嘴笨的人，但是一面对覃最，就总能被覃最给"要么不张嘴，要么张嘴噎死人"。

而且覃最每次冷不丁地撂给他的问题，不管他说什么、怎么说，最后只要看一眼覃最，他就会很神奇地产生"好像也不是没有道理"的感觉。

毕竟平时覃最走到哪儿都跟着他，一转脸就能看见人，今天回头扑了好几回空，他确实还挺不习惯。

跟老杜聊天儿的时候，想想覃最以后远走高飞、头也不想回的模样，他也着实不太舒服。

回到房间，覃最才又跟他说话："今天中午的药是不是还没吃？"

"没。"江初这方面不太上心，吃药从来都是想起来才吃一回，反正感冒这玩意儿对他来说就是靠熬。

覃最去给热水壶接上水，然后直接拆了两包感冒灵倒进杯子里。

江初盘腿坐在沙发上看他忙活，觉得想说点儿什么，又不知道怎么开口。

跟自己的弟弟解释自己没有因为他跟朋友玩不舒服也太怪了。

江初整个思路卡壳，好一会儿才被热水烧开的哨声给带回来。

他在这儿东想西想的，覃最已经晃晃杯子把感冒灵冲开，朝他递过来。

"谢谢。"江初抬手接住杯子，放在茶几上凉凉。

见覃最转身不知道要去哪儿，他又喊了一声："覃最。"

"嗯？"覃最回头。

江初仔细盯了盯他，跟平时也没什么两样。

"没事，"江初搓了搓额头，"看看你是不是还不高兴。"

覃最突然很想叹气。

刚才在扶梯上脱口说出那些话，江初一路上没吭声，他自己都有点儿没着落。

　　他不该说。

　　覃最今天没跟江初待在一块儿，但他的注意力一直放在江初身上。

　　他看着江初跟那帮兄弟朋友有说有笑，几乎能看见江初顺顺利利的未来，不愁吃喝，不愁工作，找个合适的人结婚成家，这群朋友都是十年后也能一起带着老婆孩子出来玩的关系。

　　江初的生活很好，跟他这个人一样好，身边也都是很优秀的人。

　　覃最却根本不知道自己想要什么、想干吗。

　　江初对很多小事是不计较，对他时不时的失控行为也很包容，可这都不该成为他随心所欲的理由。

　　覃舒曼不知是有意还是无意，把他安排进高二，覃最原本对多念一年高中没有太大的想法，今天却只觉得烦躁。

　　高考，上大学，工作，挣钱，他距离真正实现独立还是太远了。

　　要想成为像江初这样优秀，不对，是成为比江初还要优秀，能像江初现在照顾他一样反过来照顾江初的人，他还有一大截的路要走。

　　他得先成长，成长到拥有坦然去想象未来的资格，拥有能坦然开口说出自己的渴望的资格。

　　"我真没不高兴。"覃最从鼻腔里轻轻呼出一口气，在江初旁边坐下。

　　"没不高兴，肯定也有别的事，你今天一天状态就不对。"江初将胳膊往沙发上一架，支着脑袋看他，"说说？"

　　"不是说了吗？"覃最扫了一眼卫生间墙上的竹帘，索性半真半假地把这个话题扯过来。

　　"真就为这个？"他指了指竹帘，瞪着覃最。

覃最没反驳，看江初这反应还有点儿想笑，敛下眼皮勾了勾嘴角。

"你真就，"江初"就"了半天，最后转过去把感冒灵一口气灌了，"绝了。"

"你上一次谈恋爱是什么时候了？"覃最突然问江初。

"过去小两年了。"江初摸出烟盒咬了根烟。

"谈了多久？"覃最又问。

"也有一年多吧，"江初想了想，"一年半。"

"记得这么清楚？"覃最说。

"总共就一年半，再记不清，我的脑子能不能用了？"

"你提的分手？"这个问题覃最真的挺好奇，在他看来，跟江初谈恋爱应该没什么分手的理由。

"不是。"江初摇了一下头。

覃最眼里透出点儿讶异之色。

江初回想自己的恋爱经历，其实没什么可说的，循规蹈矩，流程正常，觉得对彼此挺有感觉就在一起了，后面大概人家觉得对他没感觉了，就分了。

每一任都是差不多的经历。

"你看着不像。"覃最说。

"不像什么？"江初问。

"不像不会谈恋爱的人。"覃最说。

他能想象到江初跟女孩儿谈恋爱的模样，一定很妥帖细心，什么都考虑周到，会说会笑，主要人也够帅，拉出去走到哪儿都长脸。

"我一开始也这么评价自己。"江初笑了起来，"该过节过节，该买礼物买礼物，也没差到哪儿去，可能就是……"

"没激情？"覃最打断他。

　　江初条件反射地就要抽人，看覃最表情挺认真，他才反应过来是自己想歪了。

　　"哪里来的那么多激情？又不是拍电影。"他不太想说这些，没什么意思，"不合适就是不合适，在一起不来电，来电了什么都不干也有激情。"

　　"哦。"覃最将目光从江初脸上移开。

　　"一天天地没完了？"江初揾着覃最，用指关节往他的肩胛骨窝里拧，"什么心都操！这是你该琢磨的事吗？"

　　覃最被江初扣着肩胛骨拧了两下，嘴角一抿，反手捞着江初的小臂，掀过身子压了回去。

　　两个人特幼稚地扑腾了一会儿，江初挂在沙发上摆了摆手，喘气喘得想笑，蹬蹬覃最的胯骨让他起开："不打了，鼻子太堵，吃亏。"

　　"头一次听人说打架还要用鼻子。"覃最从上往下看他，胳膊贴在江初的耳边撑了一下，抬腿直接从他腰上迈下沙发。

　　"鼻子不通，气就不顺，不顺就使不上劲儿。"江初坐起来揉了揉鼻子，覃最给他倒了杯水，扯着浴袍转身晃去卫生间洗漱。

　　走到一半，他又停下来回头看向江初："忘了说了。"

　　"又想说什么？"江初不想再听他还能放出什么厥词了。

　　"元旦快乐。"覃最说。

　　"你这话题转得……"江初差点儿没控制好表情，撑着脑门儿笑了一下，"快乐，快乐。"

第十一章

吹个小火苗

元旦在温泉里泡过去了。回到家后，飘了几场小雪，覃最开始准备期末考试，江初每天脚打后脑勺地忙活年终。

今年过年晚，得到二月多，江初还得上一个月的班。

人们年前这一个月都既松懈又难熬，老天爷也跟着憋了一个月，终于到月底憋出场大雪，正好在覃最考试那天。

江初头一天睡觉没拉帘子，隔天早上活活被亮光晃醒。

他去床边看了一眼，整个小区从楼到路都是雪白的一层，昨天睡前还好好的，看样子是后半夜开始下的雪，到现在也没停。

"覃最，走了没？"江初拉开卧室门探头喊了一声，覃最正洗漱完打算去穿外套。

"吵醒你了？"覃最看一眼墙上的时间，今天考试没有早读，他可以晚点儿去学校。

"没，差不多也该起了，我送你过去。"江初捏着他的毛衣搓了搓，"穿厚点儿，雪大。"

覃最去卧室拿江初买给他的羽绒服，想了想，去江初的衣柜里把他那件也拽了出来，搁在沙发上。

"我的还是你的？"江初拎着衣服闻了闻。

"我的。"覃最坐在沙发扶手上偏头看他，故意说，"你的在我身上，扒了吧。"

"美死你吧，自己穿臭了就想骗我跟你换。"江初利索地把羽绒服套上，"走了。"

屋里有暖气，看那么大的雪没感觉，出来后，凛冽的雪立刻就冲上来了。

"上回下这么大的雪都是两年前了。"江初把扫雨器打开。

"嗯，你分手那年。"覃最望着窗外接了一句。

"是不是有病？"江初看着他一本正经的侧脸，忍不住地想笑，这两句话简直连得莫名其妙，"我是分得多惨烈，还能分出漫天大雪？"

覃最自己说完也笑了，自从知道江初上段恋爱都快过去两年了，他就时不时地想起这件事，顺带着就开始想，江初已经空窗两年了，会不会哪天突然想谈恋爱，领个女朋友回家让他喊嫂子？

"你们考完试是不是直接就放假了？"江初问他。

覃最收回思路"嗯"了一声。

"好好考，考好了也能过个好年。"江初说，"小时候一到考试我妈就说这句话。"

"我要是考不好呢？"覃最问。

"我当时问完这句话就已经挨巴掌了。"江初看了他一眼。

覃最笑着重新望回窗外。

离校门还差一小段路，覃最叩了一下车窗："停这儿吧。"

"怎么了？"江初靠边刹车。

"高夏。"覃最冲路边卖早点的小车指了指。

"那你们一块儿过去吧，两步路。"江初有点儿佩服覃最的眼力，又是帽子又是围巾的，他看了好几眼才勉强认出哪个是高夏的背影。

覃最"嗯"了一声，推开车门又对江初说："等我一分钟。"

　　小车前面人还不少，江初靠在车里看他两步跑了过去。

　　高夏刚买完三个包子、一杯豆浆，正要转身往外走，覃最过去跟他说了句话，直接把人家的早点给拎自己手里。高夏冲他喊了句什么，又朝江初挥挥手打招呼。

　　"趁热吃，省得路上再停车去买。"覃最把抢来的早点递进江初的车窗里。

　　"你怎么还抢饭？"江初笑着接过东西，"人家还得接着排队。"

　　覃最翘了一下嘴角："我请他吃。"

　　江初想说其实公司旁边就有一排早餐店，用不着专门抢饭，覃最又对他说："伸手。"

　　"嗯？"江初没明白他是什么意思，迟疑着把手从车窗里伸出一半。

　　覃最往他的手心里放了个圆滚滚的小雪球。江初一下乐了："什么时候团的？我一直看着你，没见你从哪儿抓雪啊。"

　　"圆吗？"覃最问。

　　"太圆了。"江初笑得不行。

　　他已经不知道多少年没玩过雪了，这个突然出现的小雪球怪可爱的，也不知道怎么回事，看得他心情特别好。

　　"脸过来让我搓一把。"江初把车窗摁到底。

　　周围人来人往，覃最将手往车顶上一撑，俯身把脸凑到车窗前，江初屈起食指刮了刮。

　　可爱归可爱，雪球到底还是个雪球。尽管江初为了尽可能延长它的寿命，后半截路把车里的空调给关了，等到了公司，小雪球还是半化不化地成了个小破雪球。江初攥上层雪补了补，把小破雪球搁在外面窗台的一盆仙人掌里，拍了张照片，顺手发了个朋友圈："大雪。"

　　他发完往下一拉，就看见大奔已经飞快地评了一条："这小雪蛋。"

"是不是闲的？"江初把手机锁上，进去踢了一脚大奔的椅子。

"你好歹也捏个雪人啊，在外面站半天弄出个球。"大奔冲着"小雪蛋"直乐。

"用不着我，过会儿唐彩他们就能在院子里堆个大的。"江初说。

"他们可拉倒吧，去年在那个破水桶上堆得跟个怪兽似的，不知道哪个缺心眼儿的还给装了个水枪当手。晚上我一出去，好家伙，一米来高，挡在那儿，我差点儿给它跪下。"大奔想起来还吧唧嘴。

"尿。"江初笑着打开电脑。

前两年都是到年二十八休息，今年家里有个覃最，考完试已经自己在家待了好几天，江初二十六号晚上就把新年礼物发了，一块儿打扫卫生，提前把假放了。

"今年怎么过？你是跟你弟两个人一起，还是带他去你爸那儿？"大奔问他。

"不去了。"江初具体也没想好，覃舒曼那儿覃最应该是不想去，江初也不乐意过去。但是江母那儿他肯定得过去吃顿饭。

"你的生日今年没法给你过了，跟年三十赶一块儿去了。"大奔从包里抽了条烟给他，"回头给你补红包。"

"拉倒吧，哪一年跟你一块儿过过？"江初没客气，把烟收了。

"你这话就没良心了，"大奔指了他两下，"你自己生在二月十四这么个日子，在你和宝丽之间，我是不是得做出取舍？舍你我还有家，舍宝丽她是不是得跟我玩命？"

"再说你也不爱过生日，"大奔又说，"你自己都不爱过，你看我哪一年忘记过？还让我拉倒，这些感情我都没跟你提，我现在提起来了，你都该哭着喊我声奔哥。"

"奔哥。"江初点点头，诚恳地喊了一声。

"信奔哥得永生。"大奔也诚恳地拍了拍他。

"什么乱七八糟的。"江初笑得不想搭理他。

收拾完东西开车回家，江初半路上给罩最打了个电话，想问问他正好饭点儿了，晚上想出去吃还是在家吃。

他连着打了两遍电话都是占线。如果不是罩最的手机出毛病了，就只能是他在打电话。这么漫长的通话时间，江初只能想到梁小佳。

这孩子又开始了？江初在心里叹了一口气。

车开到小区门口，他又给罩最打电话，还是占线。

江初本来想着如果出去吃，他直接不进小区了，打个电话让罩最出来，结果到最后还是免不了多跑一趟。进电梯的时候江初挺无聊地跟自己打了个赌，猜是不是他到了家，电话还没断。他一直没细问过罩最跟梁小佳这别扭的友情，要是都这会儿了电话还没断，他觉得自己一定会忍不住想问。开门的时候，江初下意识地把动作都放轻了，罩最果然在打电话，这回没在房间里，站在阳台前面，开着窗。而且他打得很专注，江初都开门进来了，他背对着客厅，头也没回一下。

周腾来到跟前儿趴在地上伸了个懒腰，江初跟他大眼对小眼，正好听见罩最"嗯"了一声，说道："我知道。"

"小佳，别怕。"他的声音又温柔又稳。

江初不由得轻轻一抬眉梢。

江初没有偷听的意思，回家回得正大光明。不过一听罩最这句"别怕"，出于条件反射，他原本就放轻的动静被放得更轻了。

他想起了那天在梁小佳的后脑勺上看见的纱布。

又过了五六分钟，罩最这通电话才结束，他关上窗，回头喊了江初一声："回来了？"

"我以为你没听见呢。"江初端着杯水从厨房出来。

"我又不聋。"覃最笑了笑，低着头又摁了几下手机，应该是又给梁小佳发了条消息，"你的车一进小区我就看见了。"

"梁小佳的电话？"江初去沙发上坐下。

"嗯。"覃最在江初旁边也半躺着坐下来，两条腿拖得老长，翻过手腕揉了揉眉心，表情看着既心烦又无奈。

"他家里出什么事了？"江初问。

"他被他爸打了。"覃最说。

"很严重？"江初耳边还响着覃最那句"小佳，别怕"。

覃最接梁小佳的电话、面对面地跟梁小佳说话都挺有耐心，但是也都没今天这么有耐心。他也太温柔了。

"左边耳膜裂了，这儿缝了四针。"覃最指了指自己右边的眉骨，"挨巴掌的时候磕了一下墙。"

江初一愣。

"能长好。"覃最说，"医生说了，轻微裂孔，自己能合上。"

"不是能不能长好的事。"江初皱了皱眉，"他干吗了？他爸怎么这么打他？"

"问他爸没考好怎么办？"覃最看着他说。

"你差不多得了啊。"江初笑着指了他一下。

覃最也笑了，望着周腾在茶几上晃来晃去的猫尾巴，比起刚才安慰梁小佳的语气，他这会儿的口吻很平静，甚至有点儿习以为常的麻木："他爸打他就是没有理由，也不是天天打，平时正常，还会跟他开玩笑，就是喝酒以后没轻重。"

"他妈呢？"江初问。

"他妈拦不住。"覃最说。

"上回他来，后脑勺也是被他爸打的？"江初又问。

覃最"嗯"了一声："他其实早就被他爸打习惯了，这次突然被血糊了一眼，吓着了。"

"那你想做点儿什么？"江初想了想，不知道他们在电话里商量出什么没有。

他回去看看梁小佳？还是梁小佳想再来找覃最待几天？这就过年了，梁小佳家里能让出门？

"我做不了什么。"覃最平静地说。

"我帮不了他，他只能自己往外考。"覃最望了一眼手机，梁小佳给他回复消息说已经冷静下来了，"他只是习惯挨揍了就来跟我说，发泄完也就好了。"

江初蹙着眉看了一会儿覃最，有一会儿没说话。每次听到这种别人家里的矛盾，他都不知道能说什么。人跟人不一样，家庭跟家庭也不一样，每个人都有自己的无可奈何，每个家庭都有自己的不如意，相似的人群又总会牵扯在一起。这些放在新闻上看也就是一掠而过的故事，听身边的人讲起真切的事例时也只会有种很抽象的放空感。

"你爸呢，也经常打你？"比起看不见、摸不着的梁小佳，江初的重点还是禁不住要落在覃最身上。

"他不打人。"覃最看着江初，"砸东西。"

江初弹了弹他的指头："那还好。"

"哪儿好了？"覃最牵了一下嘴角，"小时候听他砸个没完，我总觉得下一声就得落我头上。"

"我是在想，梁小佳每次挨完揍好歹能找你，你能找谁？"江初揽着他的脑袋晃了晃。

覃最看着他。

"你在我这儿天天得我哄着让着，结果在老家是人家的小最哥。"江初笑着"啧"了一声。

"吃亏啊？"覃最继续看着他。

"亏啊。"江初抬了抬眉毛。

话音还没落，覃最突然抬起胳膊，在江初的后脑勺上使劲搓了一通。

"那换过来，你每天喊'最哥'，我哄你。"覃最说。

江初整个人还在状况外没反应过来，下意识地一挣，后脑勺猛地撞上了覃最的下巴。

"哎。"覃最抬了抬脖子，松开他揉了揉下巴。

"你什么动静？！"江初给他一脚，搓了两下耳朵又去掰覃最的手，"砸着了？"

"你的脑袋不疼吗？"覃最揉着下巴看他，眼里还带着笑。

"管你自己吧！"江初简直无话可说，又搓了半天耳朵才消停。

年二十九早上，江母给江初打了通电话，问他什么时候去家里过年。

江初正打算跟覃最出去买点儿年货，家里连张贴门的"福"字都没有。

他看了一眼在厨房做早饭的覃最，拿着手机去了书房。

"不然我明天中午去吧，跟你和方叔吃顿饭就回来。"他跟江母商量。

"吃完中午饭就回？"江母应该是在打扫卫生。她一年从头忙到尾，就年前坚持要给家里做大扫除，讲话讲一半就喊方周给她换盆水。

"我初一得去你姨家看看你姥，还想着今年你也别去你爸家了，今天就过来，晚上在家过一夜，明天正好年三十。"江母飞快地盘算着，"明天中午……那晚上呢？你要是晚上不在家，我跟你方叔也不用等初一了，明天中午吃完饭就过去了。"

"我总不能让覃最一个人过年三十吧？"江初随手翻着桌上的书，

"他还在我这儿呢。"

"他不去跟他妈过年？"江母有些惊讶。

"去了就生气，两个人都不自在。"江初说。

"嗯，对，放你那儿就最自在了。"江母冷冷一笑。

江初也笑着"哎"了一声。

其实他想过能不能带覃最去母亲家吃饭的事。

平时无所谓，明天毕竟是过年，就算只是中午一顿饭，他一想到别人都阖家团圆，覃最却只能自己在家下面条，就还是心疼。但他不好意思主动开口提，跟母亲聊了一会儿，她也不像是有这意思。

"那先这么着吧，明天我早点儿过去，今天就不去了。"江初没在电话里跟母亲多说，"有什么东西要我带的？"

"你人来了就行，什么时候缺你给我买东西了？"江母飞快地说，"行，挂了吧。"

她说不用带，江初该买还是得买。不仅江母和方周这边，江连天和覃舒曼那边的烟酒茶水江初也还是得备一份，还有四家老人的。这些东西他直接从华子那儿拿渠道货，把给家长的年货置办好，两个人再去给自己买吃的喝的东西。

超市里人很多，红灯笼挂得到处都是，《恭喜发财》作为固定曲目被一遍一遍地循环播放，江初一听这背景音乐就觉得氛围起来了，拽了辆小车推给覃最。

"我头一回为了过年正儿八经地出来买东西。"覃最不紧不慢地推着辆车往前走。

过年来买东西就是图个氛围，江初平时也不怎么吃薯片、喝汽水，经过各种新年装促销台时还是往车里拎。

"嗯？"他又拎了箱牛奶，"你跟你爸都怎么过年？"

"多做两个菜，放一挂鞭炮。"覃最说着，在江初后面把没必要买的东西往外拿。

"你爷爷奶奶呢？"江初问。

"没见过。"覃最拎了桶油看看，放进车里。

江初扭头看他一眼，姥姥姥爷那边更不用问，覃最连覃舒曼都见不着，更别说她的娘家人了。

"那赶紧享受吧。"他又往车里扔了两大盒坚果礼包，"随便拿，哥都给你买。"

覃最笑着又给他捡出去一袋。

"春节跟情人节赶到一块儿了，今年到处都是巧克力。"江初经过一整排的巧克力塔，正想问覃最买哪种，有人拍了他一下。

"哎，初哥，真是你啊。"陈林果笑盈盈地站在身后。

"这么巧？"江初笑了笑。

"我才该说巧吧，这商场离我家更近，你怎么来这儿啦？自己吗？"陈林果扭头看了一圈，覃最正好过来，她又喊了声"弟弟"。

"我们正好在附近买东西，顺便就进来了。"江初说，"你呢？"

"我跟我姐来买零食，明天家里要来一堆小孩儿。"陈林果找了两眼没找到她姐，突然"啊"了一声，说，"对了！"

"明天你过生日吧，初哥？我还想着明天看春晚的时候连着新年好一块儿跟你说。"陈林果从自己的车筐里拎了一桶巧克力放进覃最推着的小车里，"正好，这个就当生日礼物啦。"

覃最本来漫不经心地听着他们说话，"生日"这两个字一蹦出来，他的目光顿了顿，飞快地扫了一眼江初，然后视线定在小车里那桶巧克力上。

"真有意思，你放进来不还是我付钱吗？"江初笑了一下，把陈林果的巧克力拎了回去。

"哎，是。"陈林果刚反应过来，挺不好意思地捂着嘴直乐，"我老觉得放我车里就是我的了……那等会儿结了账我再给你？"

"谢谢，太感动了。你还是拿回家给小孩儿吃吧，我也不吃这个。"江初没再跟她多聊。正好陈林果的姐姐抢百香果回来了，互相打了声招呼，他赶紧跟覃最去了另外一边的蔬菜区。

"人一多就是容易遇见熟人。"江初说。

"陈林果跟她姐长得挺像啊。"

"我本来是想拿点儿巧克力的，她突然来这么一下，弄得我没好意思再拎。"

江初连着说了三句，一句都没听见覃最应他。

他扭头看去，覃最正在装一朵绿油油的西蓝花。

"等会儿咱们再拐回去买。"江初跟着也往袋子里拣了一朵。

覃最把他那朵给拿了出来。

"我买一路你扔一路了啊。"江初弹开他的手，强行把自己挑选的西蓝花塞回袋子里。

"你明天过生日？"覃最只好打开袋子让他放。

"啊。"江初应声。他都不用猜陈林果怎么会知道，宝丽之前都能把他家住哪儿告诉她，多知道个生日也不稀奇。

"不是不过吗？"覃最又问。

"是不过，正好她知道了，踩在日子口提了一句。"江初说。

覃最点了一下头，转身去给西蓝花称重时才又说："我以为你是谁问都不说呢。"

这话说得莫名其妙的。江初冲着覃最的背影看了两眼，感觉他好像是有点儿不高兴，又没什么不高兴的点。

他不喜欢陈林果？

过了好一会儿，覃最都从西蓝花摊位走到酸奶柜旁边了，江初才猛地想起来——覃最之前也问过他的生日，被他用三两句话给搪塞了。

也不算是搪塞，当时他和覃最东一句西一句地聊着，是覃舒曼的电话突然过来，把话题岔开了。后来他们就都没再想起来问生日的事。

江初想通这一层逻辑，看着覃最挑饮料的背影，第一反应竟然是想笑——不是觉得好笑、当笑话的那种笑，就是觉得想笑，而且是打心底觉得翻上来一股暖洋洋的热气，一个没留神，嘴角就已经控制不住地往上扬起来的那种笑。

谁会因为别人忘了说自己的生日在几号不高兴啊？

那得是这人确实真心在意一个人，才会因为这种事不乐意。

江初有种自己对覃最的好意一丁点儿都没白费的慰藉感。

虽说他照顾覃最，压根儿也没图对方能"报答"什么的，但是没有谁会不喜欢被人真心以待。

"我的小狗。"江初两步过去，从后面一把揽住覃最的肩，叹气似的笑着说。

"你说什么？"覃最脚底一顿，转头盯着他。

"我的小狗。"江初重复一遍，在覃最的胳膊上用力搓了搓，跟他解释，上回聊生日聊一半儿，话题就被覃舒曼带跑了，自己不是故意憋着不说，陈林果肯定是从大奔那儿知道的他的生日。

超市里大庭广众的，江初不好上手表达他欣慰的心情以及对覃最的喜欢，这要是在家里，他直接就闹着覃最搓他的脑袋了。

覃最真的觉得他总在一些微妙的时刻跟不上江初的思路。

江初大概是真正的直男逻辑，他对覃最始终缺少防备，甚至就没有过防备，所以对覃最所有的情绪表达都是最直白的。

而就是这些不加防备的直白言行，每次都能直直地打在覃最心上。

覃最任由江初对他的胳膊上上下下地搓来搓去，又盯着江初看了好一会儿，才继续推车往前走。

"嗯，你的。"他笑了笑，轻声接了一句。

在超市挤了一下午，拎着大包小包的东西回到家，江初一晚上就开始忙。他跟覃最吃完饭，清点着买给各家的东西，清点了半天，又学着江母在年前一天给家里打扫卫生。收拾得差不多了，他接到江连天的电话，问他和覃最明天去不去家里过年。

这个电话打来就多余。江初接起来的时候在心里叹了一口气。如果江连天真想让他们回家过年，一早就该打电话过来了。

江初跟江连天到底是父子，话里话外就将彼此心里的念头把握个门儿清。从江连天个人的角度，他其实也不想跟覃最坐在一桌吃年夜饭，氛围太怪了。那么大一个突然冒出来的继子，跟他一点儿感情也没有，回回都是坐一起就没吃好过一顿饭，大年三十他也不想给自己找不痛快。但是从继父的角度，这是覃最来到这边的第一年，连春节都没在他和覃舒曼家里过，不是那么回事。况且撇去覃最不提，他还是愿意见亲儿子江初的。

"你们别折腾自己，也别折腾我们了。"江初单独跟江连天说话时不用顾及覃舒曼，态度直白得多。

"她要是真想跟自己的儿子过年，根本不用等到今年。只不过今年覃最在这儿，你们才道德感作祟。"江初推着吸尘器，周腾在吸尘箱上蹲着。

"你考虑覃最是她的亲儿子，她考虑你是覃最的后爸，你们都想把事做得好看点儿，就是没考虑覃最愿不愿意跟你们吃饭。"他接着说。

"胡说八道。"江连天压着嗓子骂了他一句，"就你会分析，你那边是什么动静？一直响。"

"行，我胡扯。"江初笑着把吸尘器关上，磕出根烟咬上，打开电视随便找了个台。

"我们肯定得去看你们，毕竟是过年，不过年夜饭就都分开好好吃吧。"他看了一眼在厨房刷碗的覃最，转身去了阳台，"初一吧，我带覃最去领红包，你们什么都不用准备，我们领完就走。"

江初挂了电话，把吸尘器收好，去厨房朝覃最的屁股上拍了一巴掌："弟弟。"

覃最手上全是洗洁精，一个盘子差点儿滑掉，"哎"了一声。

"明天我得去我妈那儿吃顿饭，中午饭，吃完就回来。"他想了想，还是和覃最商量，"你中午怎么安排？想去你妈那儿吗？"

"不去了，我随便弄点儿什么东西吃，你不用考虑我。"覃最说。

"行。"江初点点头，蘸了点儿洗洁精刮在覃最的鼻头上，"那明天下午我回来，咱们一块儿包饺子。"

"好。"覃最把洗洁精全蹭了回去。

"哎，你一天就记仇吧！"江初又朝他的屁股上抽了一下，抹着脸从厨房出来，"我去洗澡了。"

江初忙活一晚上，覃最一晚上也在琢磨一件事，江初的生日。

这个生日他知道得太临时了，什么也没准备。而且大概是出于被陈林果"抢先"的心理，他很奇怪地不太想给江初过生日。

覃最反思了一下自己，他对江初连知道个生日都想抢先。他反思到一半，脑海里转来转去的又全是江初跟陈林果站在巧克力塔前说说笑笑的模样。抛开私心来说，覃最心里明白，陈林果是个很好的女生。她长得好，性格好，人聪明，又有情商，跟江初站在一块儿不违和，甚至十分般配。如果哪天他们真的成了，双方的亲友绝对没有二话。

如果他们真的成了……

听着客厅的电视声和浴室隐约的水声，覃最打开冰箱拿了瓶饮料，慢慢地灌了两口。

理论上来说，江初结婚成家是早晚的事，就算他现在看起来对这些事都没兴趣，年龄到了，无论有没有兴趣也都会去考虑。

他不考虑，他父母肯定也得催他考虑。

覃最不想三两年过去，他还没从大学毕业，还没能成长到自己满意的程度，江初已经要结婚了。

如果到时他的"嫂子"是陈林果，他都能想象到这两个人在一块儿的样子，能想象到陈林果一口一个"初哥"地喊着，江初随便说三两句话，她就捂着嘴笑个没完。

手机在兜里响了两声，覃最掏出来看了一眼，是陆瑶的微信。

陆瑶："情人节快乐哦覃最！"后面是一串表情包。

覃最又无奈又想笑，拿着手机出去坐在餐桌前。

陆瑶天天疯疯癫癫的，三天两头闹着玩。

他给陆瑶回了句"谢谢，不了"，打着字才猛地反应过来，看一眼时间，已经过了十二点了。屏幕上日历更新到了二月十四日，底下缀着大大的"情人节"。

江初的生日到了。

几乎是同时，江初的手机在餐桌上响了一声，有消息弹出来。

覃最扫了一眼，是陈林果。

她跟陆瑶一样，发了一连串消息，覃最光看见一个个"表情包"往上弹，不过猜也能猜到，她肯定是在祝江初生日快乐。

覃最夹着自己的手机在桌上磕了两圈，听见浴室里的水声停了，他把江初的手机屏幕朝下翻了过去。

他还是想当今年第一个对江初说生日快乐的人，哪怕什么都没准备。

江初洗了个畅快的澡，拉开卫生间的门时正想甩甩头发上的水，结果一开门，客厅黑漆漆的，覃最抱着胳膊靠在门口，吓得江初往后仰了一下，硬是连叫都没叫出来，叫声噎在嗓子眼儿里，原地蹦了起来。

"你站在这儿吓谁呢？"他朝覃最的胳膊上抽了一毛巾。

覃最没说话，也没动，朝他的脸前举了个打火机，摁出一簇高高的小火苗。

"吹。"他对江初说。

"干吗？"江初愣了一下，这会儿反应倒是很快，借着浴室的灯飞快地看了一眼墙上的时间，零点零三分。

二月十四号到了。

江初笑了起来，下午在超市时那种心里涌起热流的感觉又出现了，他的嘴角往上抬，乐得停不下来。

"蜡烛啊？"他也往墙上一靠，歪着脖子看看小火苗，再隔着小火苗看看覃最。

"惊不惊喜？"覃最勾了勾嘴角。

"太惊喜了。"江初还是乐。

"惊喜就赶紧吹了。"覃最"啧"了一声，"烧手。"

江初赶紧笑着吹了火苗。

"生日快乐，哥。"覃最看着他说。

"啊。"江初还扬着嘴角，攥着覃最一直摁着打火机的大拇指搓了搓，"谢谢。"

"许愿了吗？"覃最很正经地问。

"许个啥，我就光顾着纳闷，"江初又是一阵笑，"谁家的哥儿俩能跟咱们似的，过个生日都是在卫生间门口开始的？"

覃最听他这么说也笑了，借着正好的光线，用额头轻轻地碰了一下江初的脑门儿。

覃最堵在卫生间门口给江初摁亮的那一簇小火苗，让江初本来就不错的心情像被烧开了一样，一直到隔天睁眼都有种身心愉悦的舒适感。

就算是被不知道谁家偷放的鞭炮强行炸醒的，他也只觉得这一年格外有年味。

刚早上七点，江初摸过手机看了一眼，也没再睡。

他把大奔他们的红包给点了，方子还在群里说江初今年赚了，一睁眼先领一轮生日红包，晚上再领一圈春节的，上哪儿说理去？

大奔："你拉倒吧，数你最抠，我这辈子都忘不掉去年生日我领了你一块六毛一。"

华子："还是手气最佳。"

大奔："对，还是手气最佳。"

江初刚往群里发两个红包，还想打两行字意思意思感谢弟兄们，江母的电话直接进来了。

"起了吧？过来吧，等你贴春联呢。"江母的声音听起来精神头十足。

"这么早？"江初从床上坐起来，"我刚睁眼，脸都没洗。"

"赶紧下床洗，过年谁家睡到大中午，你还真想中午过来吃顿饭就撤啊？算得也太美了。"江母风风火火地催了他一通就把电话挂了，"赶紧来吧。"

江初伸伸懒腰，下床把窗帘拉开，去卫生间洗漱。

覃最这会儿还在睡，放假以后他的作息特别规律，每天早上得过了十点半他才懒洋洋地从卧室晃出来。

非常标准的青春期大好青年作息。

出门前江初犹豫了一下，还是过去敲门喊了他一声。

本来江初想着只喊一声，覃最没听见就算了，让他踏踏实实地接着睡。

结果他都转身要走了，又听见屋里下床穿鞋的动静，覃最拉开门出来，皱着眉眯缝着眼，一副没睡醒的样子。

"嗯？"他撑着门框看江初，嗓子还有点儿哑。

江初见他这模样，心里有股软软的感觉，伸手在覃最的脸上搓了一把，说道："没事，我妈让我早点儿过去，跟你说一声。"

"替我问阿姨过年好。"覃最扯了下嘴角，转身把自己重新砸回床上。

周腾也从沙发上蹿下来，跟着跳上床，蜷在覃最旁边一块儿睡。

一家子估计也就是这样了。

等回来他得跟覃最一块儿把"福"字贴上。

江初把房门给他拉上，望着覃最舒展放松的腰背，心里突然冒出这么两句话。

年三十江初去江母那里吃饭，其实就是干活。

江初也不知道为什么，明明她昨天都忙活一天了，还是能有那么多东西要收拾。

他先跟方周一块儿贴了春联，又去把阳台收拾一遍，之后就是帮着剥皮扒蒜，在厨房跟着打下手，一块儿做饭。

江初感觉手里一直没停，不过听着江母和方周两个人拌嘴，东一句西一句的，也不觉得无聊。

前面几年不无聊，这年他惦记着家里还有个覃最，干点儿什么都忍不住琢磨到覃最身上。

"哎哟！让你剥个葱，你把叶子全给掐了！"江母朝他手上拍了一下，把江初拍回神，"想什么呢？"

"这不也是皮吗？"江初搓搓剥下来的葱皮。

"你没看都从擀面杖细成筷子了吗？"江母把葱全部抽走，让他上一边儿去，"行了，你看电视去吧。"

"我都多大了？"江初没忍住，乐了，"你还把我当小孩儿哄。"

"多大了你连个葱都剥不好？"江母用葱抽了他一下。

"剥也是你让剥的，你还嫌江初捣乱。"方周笑着把葱接过来。

"我还让他给我找个女朋友呢，也没见他这么听话。"江母的话题拐得神鬼莫测，"这么大的人了还不会剥葱，我看也没有谁家姑娘愿意跟你。"

江初一听江母提这个话题就自动过滤，脑子里想着这会儿覃最估计已经在下面条了，随口接了一句："覃最倒挺会做饭的。"

"他会做，他替你娶媳妇啊？"江母简直理解不了他的逻辑，回头瞪着他，"也好意思说，人家还是个学生呢。"

"那孩子自己在家呢？"方周问，"我听你妈说他跟他妈关系不太好，今天也没去你爸那儿过年？"

"没去，在家随便吃点儿。"江初咬上根烟，这话从其他人嘴里说出来，他听着又开始心疼覃最了。

"孩子也不容易。"方周悠悠地说。

可不是吗？

江初扫了一眼江母，其实江母说话厉害，但是挺心软的，说不定一动容就会让他把覃最喊来一块儿吃饭。

然而江母并没有反应。

不管是跟江连天婚前还是婚后，她在"一家人"这个界限上都特别分明，直接屏蔽了江初和方周，专心给她的汤撇沫。

一直到吃完饭，江初收拾收拾准备走了，她才让江初等会儿，去厨房抬掇了一个保温盒出来。

"带回去你们晚上吃吧，你那冰箱比屁股都干净。"她把保温盒用袋子装好递过来。

"什么话？"方周笑着又去拎了两只烧鹅，还有一大盒其他乱七八糟的东西，全是提前收拾好就等他往家拎的。

"我等了半天就在等这堆东西。"江初一样样地接过来，"来之前覃最让我带一句新年好，我还想着你要是不给他拿吃的，我就不说了。"

"你摸摸你的胳膊肘。"江母看着他说。

"往里着呢。"江初笑着搂过江母的肩拍了拍，又交代了一遍带来的东西哪些是给她和方叔的，哪些要让她带回去给他外婆。

江初拎着一堆吃的东西开车回家，体会到了"归心似箭"的心情。

还在半路他就给覃最打了通电话，想问问覃最有没有什么想吃的和想喝的东西，他给带回去。

"你回来了？"覃最接起电话还挺惊讶，这才刚过十二点半。

"我妈要去我姨那儿，赶着出门。"江初听着他那边的动静有些吵，不像在家里，"你没在家？怎么听着跟大街上似的？"

"确实在大街上，我出来买点儿东西。"覃最给他报了个位置，"顺路吗？"

"顺路。"江初打了把方向盘，"站路边等着。"

覃最在他们学校那条街的一个商场前面。

江初开车过去，发现这一年的年三十，路上的人比往年都要多。

今天虽然太阳不错，但是这两天雪也没断，路牙子下的积雪都还垛着，闻一口空气都冷，却也挡不住春节跟情人节重叠的喜气。

满大街的小情侣牵着手晃荡，路两边卖花的小摊位简直按点分布，隔几米就是一个，往哪儿看都是一片粉红色彩。

在人堆里找覃最一如既往地不费事，虽然他戴了顶帽子，帽檐压得很低，还低着头在摁手机。

"小帅哥。"江初把车停过去，降下车窗吹了声口哨。

覃最抬眼笑了笑，拉开车门坐进副驾驶座："这么快。"

"本来也没多远。"江初瞄见他手里的纸袋，"专门出来买什么了？"

覃最把纸袋直接递了过去。

江初打开看了一眼，是条围巾，不算便宜，虽然覃舒曼在钱上肯定不会再亏着覃最，但是这对于高中生来说也算得上奢侈了。

"给我的？"他看着覃最问。

"你能不能表现得有点儿惊喜的样子？"覃最也靠在椅背上看他。

"你这直接往我怀里一扔，也没打算惊着我啊。"江初笑了，"那重来一次——不会是给我的吧？实在太意想不到了。"

"有病。"覃最笑着望向窗外，笑完了又偏过脑袋继续望着江初，"还行吗？"

"嗯，特别行。"江初点点头，开车带覃最回家。

"反正你什么也不缺，我看见顺眼的直接拿了。"覃最弹了弹纸袋。

"生日礼物？"江初问。

"嗯？"覃最顿了顿，盯着他。

"我的意思是，昨天那个打火机和蜡烛已经足够了。"江初说。

他确实这么想的。

昨天的小火苗就已经让他心情很好了，覃最真花钱给他买东西，江初肯定高兴，但还是更想让覃最把钱花给自己。

只是这毕竟是覃最的心意，江初说完想了想，又怕扎着他青春期微妙的自尊心，正想进一步解释，覃最打断了他。

"你以前的女朋友给你买点儿什么东西，你是不是也得先说一句已经够了？"他有些无奈地问江初。

"你可真会给自己找比较。"江初听着这个对比，冷不丁都不知道该怎么回。

弟弟跟前女友，这两种关系挨得着吗？

"是我自己的钱，不是他们给的。"覃最明白江初的意思，望向窗外没多说别的，手指搭在车门上一下下轻轻地敲着，"我愿意买，你收着就行了。"

余光里，江初朝他看了一眼，像是想解释，覃最没有看回去。

他原本不错的心情突然变得烦躁，既因为江初潜意识里似乎把他当成真正的"弟弟"、觉得花钱这种事压根儿轮不着他而烦躁，也因为他现在确实没有足够的底气与资本去花钱而烦躁。

就算他说用的是自己的钱，在江初眼里，大概也就跟小朋友的压岁钱是一个意思，是覃舒曼给他的那张银行卡里的钱。

实际上那真的是他的钱，是他自己挣来的钱。

可是跟江初体面的工作与完全能够独立的经济能力比起来，覃最不想告诉江初，他手里那些"自己的钱"是他在假期、周末和平时不上课的时候，在老家街上的网吧里当网管攒出来的。

他的目标很明确，要考去更好的地方，他父亲指望不上，他得时不时地想着为自己存些钱。

他有目标，有计划，偏偏时间是最不可横跨的鸿沟。

他没法一步跨到数年后，一键替换掉他在江初眼里处处需要照顾的"小孩儿"形象。

昨晚那种与江初之间距离漫长的焦灼感又出现了。

"这么厉害，不愧是小最哥。"见覃最不说话了，江初笑着想逗他一句，覃最不知道在想什么，头冲着窗外没理他。

江初心里又一阵不舒服。

本来留覃最一个人在家吃午饭他就一直惦记着，结果覃最惦记的是他的生日。

覃最大年三十专门一个人跑出去给他买礼物，却被他来了一句"昨天的小火苗就挺好的了"。

江初也从这个年龄过来过，知道一个人满心想为别人做一件事，结果却被泼一头冷水是什么滋味，就算明白对方是善意的、真诚的，被说"其实没必要"的一瞬间，多少都会有种怀疑自己在自作多情的感觉。

尤其在回到家，看到覃最已经把春联贴上，连饺子馅儿都剁好，面团也已经和好时，他真是后悔多嘴。

覃最过完年都十九岁了，就算比他小几岁，在同龄人里也绝对属于稳重成熟的那一类型，是个野狗一样扑腾着长大的男孩儿，在花钱这方面，有时候比他还靠谱。

不过他倒是突然理解了江连天每次说"我是为你好"时理所当然的样子。

可能人一旦有了"当家长"这个意识，"我是为你好"的想法就跟开业大酬宾的买一赠一一样，直接成为附属的意识本能。

关系越亲密的人，越容易在想当然的角度让人扫兴。

"覃最，"江初反省了一会儿，搅了搅小盆里的饺子馅儿，喊了他一声，"这都什么时候弄的？"

"什么？"覃最换了身衣服从房间里出来。

"这些。"江初敲了敲盆沿。

"睡醒了弄的。"覃最去开冰箱拿了听可乐，拉开拉环。

江初跟着进厨房，从电饭锅到炒锅一个个拎开看了一圈，没看见做过饭的痕迹。

"你的饭呢？"江初把锅盖扣回去看着他，"弄完馅儿、和完面，你直接就出去买围巾了？"

"还没做。"覃最三两口把可乐灌完，直接捏扁易拉罐扔进垃圾桶，从厨房出去，"本来想直接在外面吃点儿，正好你的电话打来了。"

"怎么不跟我说啊？"江初立刻去把江母给的保温盒拎到桌上拧开，又扎进厨房给他拿筷子，"来吃，全吃完。"

覃最看着江初里里外外地给他弄饭，刚压回心底的焦灼感缓缓变成另一种发软的情绪。

"哥。"

"在呢。"江初真的不能听覃最哑着嗓子轻声喊他"哥"。

他拍了拍覃最的胳膊："别喊了，先吃饭。"

覃最没撒手。

江初是个彻头彻尾的吃软不吃硬的人，覃最这种用沉默变相示弱的态度在他心里直接就等于在撒娇，让他根本舍不得把覃最扒拉开。

他只好站在餐桌前，手上还攥着双筷子，顺便把被江母都倒在一块儿的菜往几个盘子里分一分。

过了一会儿，他才又听见覃最说："我刚才不是冲你。"

没冲他那覃最就只能是冲自己。

江初一时间想不出覃最冲自己能有什么不满，明明受委屈的一直是他。

"我知道。"江初走了下神，从保温盒里夹了块牛腩塞嘴里，另一只手往后揉了揉覃最的脑袋，先顺着他说话，"你挑的围巾我特喜欢。"

"你在吃东西？"覃最的脑袋顶着他的掌心抬起来了，语气有点儿不可思议。

"啊。"江初被他这突然转换的话题弄得有些想笑，赶紧把牛腩嚼了嚼咽下去，转头看向他，"我闻着挺香的，结果筷子怎么自己就夹上去了？"

覃最松开手往后靠了一步，表情有点儿无语："我这儿煽着情呢。"

"是，我不是配合了吗？"这一句江初真忍不住了，笑得想咳。

他抄过杯子去接了杯水，顺完气又在覃最旁边坐下看着他吃饭，真诚地发出邀请："来，继续煽。"

"没了。"覃最往嘴里夹了块牛腩。

"是不是挺香？"江初抬了抬眉毛。

覃最跟他对视两秒，两个人跟搭错线一样，偏开头笑了半天。

江初身为一个连葱都剥不好的人，饺子倒是包得挺好，让覃最有点儿意外。

想不好也难，总共就放馅儿和捏皮两个步骤，只要不开口，包得是丑是美都一样吃。

"要不要放枚硬币？"终于包到最后两张饺子皮，江初掂在手里问了一句。

"脏。"覃最胳膊往后靠在椅背上，仰了仰发酸的脖子，歪着脑袋好玩儿地看着他，"你还讲究这个？"

"那不是节日氛围吗？"江初笑了笑，把两张皮裹着馅儿贴在一块儿，捏来捏去捏成个四不像。

"是你的了。"他把"四不像"放在覃最面前的盘子里。

"捏的什么？"覃最研究了两眼，跟个菠萝似的。

"小狗。"江初说。

"真像。"覃最笑着给"菠萝小狗"拍了张照。

第十二章

哥惯着你

天色暗下来后，家家户户开始做饭，电视里春节晚会把年味带起来，江初的手机开始没完没了地响。

朋友、同事、甲方乙方的拜年消息与电话一个接一个，还有江母突然想起来这天是他的生日，在江初的外公、外婆旁边赶紧发了生日红包、打了视频电话。

覃最在厨房煮饺子，他的手机也在一条条闪着高夏、杜苗苗和班里同学们的消息。

锅里的热气蒸腾，他透过雾气腾腾的窗看着万家灯火，心里突然有种很不真实的恍惚感。

如果他父亲还在，这会儿应该已经吃完饭，出去跟人喝酒打牌了。

这一年没有满街弥漫的硝烟气和炮纸；没有他跟父亲无言的酒杯对碰；没有热闹过后家家归于平静，显得格外空旷漫长的黑夜。

唯一还牵扯着过去的联系，好像只剩下梁小佳。

覃最跟梁小佳这天的电话说得无比长，江初觉得比他那天从公司回家被占线了一路的电话还长。

他挂完跟江母的视频电话，回了几条消息，把锅里的菜和饺子都盛出来摆好，又给周腾开了个猫罐头，蹲着看它吃了半天，才看见覃最把举在耳边的手机放下去。

"打完了？"他冲覃最的背影喊了一声。

"嗯。"覃最应声，去洗了洗手准备吃饭。

"聊什么了？"江初观察着覃最的表情，没看出什么，但是也不怎么高兴。

"聊我爸了。"覃最夹了个饺子。

江初一下午就在想这事，没说什么，把杯子推给覃最。

"你行吗？"覃最给他点了个杯底。

"满上，倒那一滴寒碜谁呢？"江初抓紧吃了两口菜垫垫，别等会儿覃最情绪上来哭起来了，他在旁边吐了。

不过覃最没有哭，没给江初倒满，只倒了半杯，所以江初也没吐。

打从覃最住进他这儿第一天起，江初一直有意避免着关于覃最他父亲的话题。

一开始江初是不想问，后来知道他父亲和覃舒曼的事，他也能感到覃最跟他父亲不怎么亲近，但再不亲近，那毕竟是亲生父亲。

平时也就算了，过年这种日子，覃最不可能不难受。

"想你爸了？"江初拽着已经开始想飘的思绪问覃最。

"有点儿。"

"要哭吗？"江初问。

"你是想看我哭吧，"覃最笑了，"问三回了。"

"是吗？"江初跟着笑了笑。

"嗯。"覃最平静地看着他。

"你来我这儿以后，自己偷偷哭过吗？"江初又问。

"我就那么点儿出息？"覃最又笑了，"想哭还得偷偷哭？"

"怕你憋着。"江初没跟着他笑，认真地跟覃最对视。

覃最的手顿了一下。

"我知道你就这性格，心里天天什么情绪都自己捂着，也捂得住，"江初摸过烟盒给自己点上一根烟，被烟气熏得眯了下眼，"但是你在我这儿、跟我，可以选择性地不那么能忍。"

江初想起覃最犯浑的那几回，又补充了一句："我是指情绪上。"

覃最听明白了，翘着嘴角笑。

"就是在我这儿，你可以想说什么说什么，想哭可以哭，想撒娇也可以撒娇，"江初晃了一下，往后靠着椅背坐稳当，抬起条腿踩着椅子边，胳膊架在膝盖上冲覃最轻轻招了招手，"哥惯着你。"

覃最自觉地往前坐，攥着江初的手在自己脸上贴了贴，定定地看着他，问道："什么都能说？"

"嗯，只要你想说了。"江初捏了捏他的耳垂。

"以后吧，"覃最偏了偏头，"现在你会被吓着的。"

江初脱口想说：你还有什么能吓着我？

从过敏到脱臼，加上覃最时不时地犯浑，该吓的、不该吓的他都吓了好几轮了。

不过某种没被酒精麻痹的微妙感让他没有开口。

江初说不上来是什么感觉，跟这念头同步冒出来的还有另一份叫"别瞎琢磨"的直觉，他蜷起掌心往覃最脸上弹了弹，把手收回来。

大年初一一早，江母和方周把压岁钱发过来，江初这边不客气地点了，那边就点开覃最的头像，给他发了十个红包。

"你直接转账多好啊。"覃最在客厅里笑起来。

"转账多不壮观。"江初揉着脑袋出来洗漱，"我和我妈的都在里面了，你戳着玩吧，等会儿去江连天那儿让他给你个大的。"

江连天和覃舒曼大概就适合干纯给钱的活，少了吃饭这项，这趟拜年顺顺当当，意外地和谐。

覃舒曼的气色不错，江初估计，没硬装出欢天喜地、阖家团圆的气氛在一块儿过年让她也轻松不少，她还问了覃最两句学习能不能跟上、几号开学。

春节都叠到情人节上了，等过了元宵节覃最开学，已经是三月了。

班主任海大胖在开学第一天就正经八百地让全班"赶紧醒一醒"。

"你们该庆幸今年你们才高二，知道高三的人现在紧张成什么样了吗？"他竖着三根手指头在讲台上比了半天，"三个月以后就要高考，他们考完，下一批就是你们，所以四舍五入，你们也只有三个月的时间。"

"哪有这么比的？！"班里学生闹开了，还有人小声说了一句，声音正好卡在安静的一瞬间，海大胖在全班的笑声里瞪了那人半天。

"你们不要总觉得只有到了高三才跟高考挂钩，上半年这就过去一半了，离你们进高三也就还剩两次月考的时间了。"他点了点班里的所有人。

上半年的时间确实留不住，一个月一个假，清明和劳动节过完，高考说来就来了。

"这会儿本来咱俩该一块儿去看考场。"梁小佳在电话里唉声叹气，"我感觉现在脑子里什么都没有。"

"别想了。"覃最说，"明天别迟到就行。"

挂电话前，梁小佳又喊了声"小最哥"。

"嗯？"覃最听出他有话想说。

"我想考你们那儿的学校。"梁小佳说，"我查了，感觉师大我应该能冲，前两年好几个专业都是过了二本线就能被录取。"

覃最有些无奈，高考在即也不能说什么，只笑了一下："那你好好考，九月份开学我去车站接你。"

　　江初对覃最的成绩一直没怎么挂心过，潜意识里总觉得不怎么样，是使使劲儿能凑合上三本大学那种程度。

　　直到方子又计划着想去哪儿玩玩，江初问覃最想去哪儿，覃最跟他说暑假要补课，江初才跟刚睡醒似的，产生了点儿高中生家长该有的紧迫感："对，再开学你不就上高三了吗？"

　　覃最勾了道选择题，"嗯"了一声。

　　"要是没多上一年高二，你现在不就高考完了？"江初刚洗完澡，惬意地往覃最床上一躺。

　　覃最闻到沐浴露的味道，侧头看了一眼江初。

　　"哎，梁小佳是不是今年高考？"江初在覃最的背上拍了拍。

　　"考完了。"覃最动了动肩胛骨，"说感觉还不错。"

　　"他成绩怎么样？"江初问。

　　"蹦一蹦能够到二本线。"覃最对梁小佳的成绩的印象也还停留在转学来过前。不过梁小佳很踏实，高三三轮复习下来，考上二本应该没问题。

　　"他想考师大。"他在练习册上飞快地写了道题，顺嘴说了一句。

　　"哪个师大？"江初搁在覃最背上的手无意识地划拉了一下，"咱们这儿的？"

　　"手拿开。"覃最往前坐正了些，后背发紧。

　　江初拿开手盘腿坐起来，若有所思地看了一会儿覃最，笑着往床头一靠。

　　"挺好的，师大这几年不错。"他转了转手机，"小哥儿俩又能一块儿玩了。"

　　覃最看了他一眼。

　　"那你呢，弟弟？"江初突然对覃最即将到来的高三生活和一年后的高考充满兴趣，"你蹦一蹦能蹦上几本？"

"比梁小佳高点儿。"覃最说。

"那你成绩不错啊。"江初有些意外。

"凑合。"覃最还是这一句。

"有想考的学校跟专业吗？"江初又问。

覃最停下笔转了一圈，反问江初："你想我考什么？"

"我想？"江初笑了，"我想你考哈佛呢，你能蹦过去吗？"

覃最牵起嘴角："踩两个火箭应该差不多。"

考哪所学校，覃最确实还没有具体的倾向，但是专业方向他已经有了。

他对自己的规划很务实，江初有江连天这个后盾，说江连天的一切都是留给江初的也不过分。

江初能直接拿江连天的钱去创业，可覃舒曼跟覃最并不是这种没有隔阂的母子关系。

不知道覃舒曼怎么想，对于覃最而言，他来找覃舒曼，就是为了保障生活和上学，未来从学校出来走上社会，覃舒曼的钱跟他就没有关系了。

所以他需要自己毕业后有专业傍身，有体面的职业，需要一气呵成地努力，需要每一步都能稳扎稳打地往下走。

他需要看得见的未来。

"我打算学医，"他转了一下笔，告诉江初，"本、硕、博连读的那种。"

"可以。"江初听见学医就直接点头，"你性格也合适，当医生靠谱，小覃大夫。"

"这就喊上了？"覃最笑了笑。

"不过本、硕、博读下来多少年？"江初算了算，"小十年了吧？"

"临床八年。"覃最说。

"八年，"江初拨了下他的耳朵，"八年以后你就二十七岁了。"

"嗯。八年后我就成为你。"覃最看着他说。

"我还不知道到时候成什么样呢。"江初笑着摇摇头。

"你会结婚吗？"覃最忍不住问。

"八年，三十多也该结了。"江初随口说道。

"别算八年。"覃最打断他，"三十岁之前。"

"怎么了？"江初看了他一会儿才问。

覃最的嘴角十分细微地动了动，他控制着自己不露出情绪，目光定回桌上继续写题："我不想我还没去上学，家里就多住进来一个别人。"

"真给你领个嫂子回来你能管她叫'别人'？"江初又笑了，"这两年肯定不会，没那个心思。而且哪有那么现成的？"

覃最心里一松。

陈林果就挺现成的。

但是他把这句话捂在了嘴里，不想往外说。

江初其实也有话没说。

覃最琢磨着他结婚的时间，江初想的却是另一码事——二十七岁的覃最怎么也该谈过恋爱了。

就算不按八年算，只要覃最考上大学，周围环境一松，认识的人也多了，心思就得撒欢儿地往那上面跑。

这种事就不能细想，江初想想就满脑子都是画面。

他对自己也是服气，覃最就跟他说了个目标而已，到时候志愿真报成什么样还是未知数，他已经开始幻想覃最跟小对象并肩行走在校园里的场面。

八月底，梁小佳拿着师大的录取通知书过来，要覃最去接站时，"上了大学就想撒欢儿"这个原本被抛到脑后的念头瞬间回到了江初的脑海里。

"已经到了？他自己？"江初刚从公司回来，还没放下车钥匙，正好见覃最在换衣服准备出门，"我送你去。"

"不用，你歇着吧。"覃最往脑袋上扣了顶棒球帽，在玄关边摁手机边换鞋，"他这次坐动车来的，我接了他直接先去大学城放行李。"

"宿舍已经能住了？"江初也没坚持，去接了杯水喝，人家两个好朋友见面，他一个当哥的一趟两趟地跟着去，确实招人烦。

"没有，明天开始报名，他在学校旁边订了个宾馆。"覃最把手机揣兜里，犹豫了一下才说，"我晚上应该不回来了。"

"行，去吧。"江初点了点头，"有事给我打电话。"

"嗯。"覃最又看了一眼手机，应该还是梁小佳的电话，他接起来说了句"马上到"，开门快步出去了。

门关上，江初在原地站着没动，无所事事地把杯子里剩下的大半杯水全喝了。

他喝完水听见周腾在沙发前面舔毛的动静，又扭脸看着周腾。

周腾警惕地瞪着他。

"今天晚上家里就咱们了。"江初说。

要说人的反应真的很奇妙，说出这句话之前，江初对于覃最晚上要夜不归宿这件事一点儿反应都没有。

也不能说没有反应，覃最说梁小佳订好了宾馆时，江初条件反射地想皱一下眉，想起上回梁小佳在火车站旁边想住的那个小旅馆又脏又乱，怕他再图便宜弄个那样的房间让覃最去住。

他冲周腾说完这句话以后，整个人突然莫名地别扭。

他把杯子放在桌上，去厨房转了一圈，也不知道自己进去干吗，这会儿并不觉得饿。

明明不饿，可是看看一干二净的厨房，除了冷锅冷灶什么都没有，他刚压下去的别扭情绪莫名地重新起来，并且人变得有点儿烦躁。

平时这个点他回到家，覃最已经做完晚饭等他过来吃了。

江初咬上根烟在屋里转了一圈，觉得家里太安静了，就去把电视打开，再去冰箱前翻了两下，看什么都没胃口，就又把冰箱门摔上，窝回沙发里皱眉盯着电视，看了半天也没看进去，心里乱糟糟的，还是烦。

江初都不知道自己在烦什么，连理由都不好意思琢磨——覃最又不是个保姆，现在他暑假补课结束了，开学前休息一星期，才能在家给他做饭，等他回来。

之前覃最天天上课的时候，两个人不是一直一个在学校一个在公司，各吃各的吗？

就这么几天，他还离不开覃最了？

覃最推着梁小佳的行李箱进房间后，先往床上扫了一眼，是标间，有两张床。

"你订了几天？"他把行李箱靠墙放好，从桌上拿过遥控器摁了几下空调，摘下帽子冲着出风口甩了甩脑袋。

从地铁站出来时，天已经擦黑了，热度还是一点儿也没下去，两个人一路折腾过来，都是一身汗。

"就一天。"梁小佳掏出瓶矿泉水灌了两口，畅快地呼出了一口气。

"本来想明天再过来的，报完名直接就住校，但是校友群里有学长说明天下午人会特别多，就改成今天了。"他太久没见覃最，很欢快，一路上就没停嘴，什么话都想跟覃最说，"直到前两天我才想起来得订宾馆，还是校友群里的人提醒的，我搜的时候附近几乎都满了，就这家还有一间。"

他把瓶子递给覃最，覃最摆摆手没接，弯腰在靠外那张床的床沿上坐下。

"去洗把脸，歇一会儿，"覃最用两只胳膊肘抵着膝盖，掏出手机滑开点了几下，"等会儿咱们出去吃饭。"

梁小佳"哦"了一声，收回手把瓶子里剩下的水全喝了。

喝完他没去卫生间洗脸，也没动，望着覃最的手机犹豫着眨了眨眼。

"小最哥。"他在覃最旁边坐了下来。

"大学生。"覃最应了一句。

梁小佳笑笑，直接问他："你的手机屏是你自己的照片？"

"不是。"覃最锁上屏把手机收起来，站起来看着他，"尿尿吗？不尿就出去吃饭。"

"我跟我妈打个电话，说一声我到了。"梁小佳有点儿失落，知道覃最不想跟他多聊这些，再问就得挨训了，立刻很熟练地闭嘴，停止这个话题。

大学城离市区虽然远，但是有学生的地方就不缺生意，附近的几条街都很热闹，饭店、网吧、奶茶店齐全，还有专门卖衣服的一条小步行街，够逛也够用。

开学季人很多，都是提前来看学校的学生和家长，脸上都带着对新环境的新奇。

"你一个人过来，阿姨没要送你？"覃最选了家自助烤肉，味道还行，价格也不贵，他和梁小佳两个人堆了不少盘子。

"能没要吗？"梁小佳揉揉肚子，很满足地靠着沙发椅背，"她今天送我到车站门口，要不是没带身份证，直接就要买票跟我过来了。"

"你爸呢？"覃最看着他缝过针的眉骨，隐约能看见一点儿疤痕，正好埋在眉毛里，像是被剃了一小条。

"他不喝酒就正常啊。"梁小佳下意识地也摸摸眉毛，低下头，"我就怕我不在家了，他喝了酒打我妈。"

覃最没说话，把最后几片肉放进烤盘里，烤熟了夹给梁小佳。

"吃肉。"他把盛着孜然的调味碟也推了过去。

梁小佳他父亲的问题对梁小佳来说就是无解，他虽然考出来了，只要家里还有母亲，他家的日子还要继续过，就谁也没有办法。

"谢谢小最哥。"梁小佳冲他笑笑，坐直了继续吃。

他想了想，问覃最："我是不是该请江哥吃个饭？"

"嗯？"覃最抬眼看向他，"怎么了？"

梁小佳说江初的前一秒，覃最刚扫了一眼手机，也在想江初。

不知道江初晚上吃的什么。

本来他准备给江初做点儿吃的东西再出门，结果不知道怎么把梁小佳的车次给记错了，没来得及。

"就上次过来，他还专门开车跟你来接我，我又吃又住，第二天也没打声招呼就走了。"梁小佳认真地在想这件事，"我现在都考过来了，感觉不跟他道个谢说一声，不太礼貌。"

"明天我问问他。"覃最没想这么多，知道江初对这些事不会放在心上，梁小佳说请他吃饭江初也不会让梁小佳花钱，最后直接就是江初带着他们去吃东西。

江初这一晚上也不知道自己睡得是好还是不好。

入睡快，也睡得挺香，隔天不用上班，他一口气睡到九点多才睁眼，但是就是梦一个接一个地没完，乱七八糟，压得他脑子疼。

洗漱出来的时候他习惯性地往覃最的房间看，见门开着，床上也没人，愣了一下才想起来覃最昨天出去了。

江初还有点儿困，去沙发上仰起脖子靠着，闭着眼搓了搓眉心。

刚才那一瞬间的恍惚感很神奇，他仔细想想，从去年覃最来到现在，这还是头一回没跟他在一个屋檐底下睁眼。

梁小佳今天要报到，他们估计也已经醒了，覃最估计得陪着他再待一天。

来上大学，梁小佳肯定得带不少东西，从夏天到冬天的衣服，一个行李箱估计不够，说不定跟去年覃最刚来的时候一样，得背个民工包。

覃最昨天去接他，肯定会直接把最重的东西接过去。梁小佳初来乍到，覃最得一边带着他往外走，一边跟他介绍布局，教他以后一个人怎么来回，从几号口出去坐地铁，从几号口找出租车上车点。

高铁站里人来人往，覃最帮他拿着行李，跟他说着话，还得随时拉着他、拽着他……

昨天接人，今天报到，江初简直能想象出他们相处的模式。

他皱眉瞪着天花板愣了一会儿，昨天傍晚那种心里发堵的烦躁感又来了。

他跟覃最出门都没怎么让覃最拎过东西，要拎也就从店里到车里那几步路。

沙发边上传来一阵动静，周腾从另一边跳上来，冲江初咂了两下嘴，原地一趴。

江初斜着眼瞥它两秒，伸伸手把它从沙发上推了下去。

覃最帮梁小佳领了资料书目，从一层层的学生和家长里挤出去，梁小佳也已经领完了宿舍钥匙和学生证。

两个人一起松了一口气。

"应该没了，十二点之前去宾馆把行李箱拖来就行。"覃最对着报名流程快速核对了一圈，现在只剩下去宿管处领床垫和被子了。

"没想到这么麻烦，"梁小佳张望着人流涌动的方向，宿舍离报名处还不算太远，抬眼就能看见，否则再多个一百米他都有点儿走不动了。

"我以为一个小时就差不多弄完了，结果光排队就排了那么久。"他不好意思地看着覃最，"不好意思啊，小最哥。"

"跟我客气这个，矫情。"覃最笑着看了一眼时间，他们专门七点赶过来，想速战速决，这会儿神不知鬼不觉地都快十点半了。

梁小佳的宿舍还行，是个有桌子、有柜子的六人间，有独立卫浴，还有个小阳台。

就是高，在五楼，人拿着东西爬上爬下很费力气。

寝室里其他五张床还空着，他们快速把床单和被罩套完铺上，回去拖行李箱的时候，覃最顺便又帮梁小佳买了热水壶和卫生纸这些东西。

他们顶着中午的日头把这些又运回寝室折腾完，今天的报名才算彻底完工。

梁小佳请覃最在校门口的小饭馆吃饭，等餐的时候整个人都想瘫在桌上。

"你的胳膊，小最哥。"他瘫了半截儿突然又坐起来，朝覃最的胳膊上指了指。

覃最正在喝水，抬了抬右手才看见，他的胳膊肘顺着上臂靠里的位置有一条泛红的血道子。

不知道什么时候剐的，有点儿破皮，这会儿细痂都结上了。

"没事。"覃最看了一眼就没管，不疼不痒的。

他想了想，又交代梁小佳："你等会儿回宿舍注意看看床柱周围，应该是有铁丝之类的东西。"

"你要回去了？"梁小佳问。

"啊，我还能去你的宿舍住啊？"覃最笑着说。

"那我可太愿意了。"梁小佳咧了咧嘴。

"如果有什么事你就联系我。"梁小佳吃饭有点儿慢，覃最靠着椅背等了他一会儿。

"反正现在离得近，我想找你也方便。"梁小佳点了点头。

覃最想赶着中午饭点儿回去，江初吃饭晚，自己不会做也就算了，有时候连外卖都懒得点。

快到小区门口的时候覃最给江初打了个电话，问他吃饭了没，没吃的话直接给他打包带回去。

"你回来了？"江初那边点着鼠标，应该是在书房赶活，像是对覃最这个时间回家有些惊讶。

"马上到了，你吃什么？"覃最问。

"都行，"江初想了两秒也没想出来，他两个小时前刚吃了盒锅贴，这会儿其实不太饿，"你随便买吧。"

覃最拎着两盒炒菜回家，还给江初带了杯酸梅汤，一推门就见周腾跟个长了毛的炮弹一样冲过来，蹲在鞋柜前贴着他叫了好几声。

覃最弯腰挠挠它的脖子，进客厅喊江初。

江初在书房应了一声："这儿。"

覃最去厨房洗手，拿盘子给他倒菜。

江初把文件保存了才揉揉脖子晃出来，看见桌上的酸梅汤，拿起来喝了一口："我的？"

"不是，吐回去吧。"覃最脱掉身上的 T 恤进了卧室。

"梁小佳报名报完了？"江初看了一眼覃最有些冒汗的后背，"我以为你得再陪他逛一天。"

　　"报个名就够逛的了。"覃最从衣柜里拽了条内裤出来，"我洗个澡。"

　　等他洗完澡出来，江初一顿饭刚吃了一半儿，冲桌上指了指："过来陪我吃点儿。"

　　"我刚吃完，都是你的。"覃最甩了甩脑袋上的水，在江初旁边坐下，往后仰着脖子闭上了眼，从胸腔里长长地舒了一口气，"舒服。"

　　"报个名累成这样啊？"江初笑了。

　　江初刚想说"你能不能把身上擦擦"，扫过覃最胳膊上那道伤口，眯缝着眼仔细看了看，问道："你的胳膊怎么了？"

　　"剐了一下。"覃最连眼都没睁。

　　"在哪儿剐的啊？那么长一道。"江初把筷子放下了，"给我看一眼。"

　　"不知道在哪儿，应该是梁小佳他们宿舍，床看着挺老的了。"覃最转转身子朝江初挨近了点儿，随江初拉着他的胳膊往里翻、往外翻地研究。

　　"床老……你跟床干仗啊？你去给人搬床了怎么着？床老就能剐着你？"前面两句还好，说着说着，江初连眉毛都皱起来了。

　　覃最愣了愣，看着他。

　　覃最没把这一道伤口当个事，血道子虽然长，刚洗完澡又被激得有点儿发红，它也就是个血道子，平时走到哪儿蹭一下身上可能就会有，有时候没注意疤都掉完了。

　　江初也不是那种见了点儿伤口就咋咋呼呼的人，覃最过敏起一背红疹子的时候，看着得有一百条血道子拼起来的效果，江初还把他扣在沙发上打了一架。

　　覃最脱臼打石膏那阵儿也没见江初有什么表情，一门心思光逗他喊哥。

这一道血道子在覃最眼里就跟指甲旁边长了枚倒刺一样，他连要不要穿件衣服遮一下都没想过，江初要看就给他看。

结果江初的反应竟然这么大。

别说覃最了，江初自己都没想到自己竟然这么上火。

然而一想到这是覃最去给梁小佳帮忙带回来的口子，他从昨天堵到今天的那股烦躁感就瞬间上来了。

自打覃最一只脚踩上这座城市那天起，不管江初一开始是不是不情愿，覃最是他顶着太阳守在火车站前接来的，是他开着车一步路没让走地带回家里的，连床单被罩都是他亲手套上，床都是他直接给铺的。

覃最在他这儿，他天天疼着、让着，覃最犯浑他都没舍得下手狠抽过，覃最心情不好时他还得被咬两口……别人家亲哥对亲弟弟都不一定有他对覃最这么个疼法。

结果转眼到了梁小佳那儿，就全部得是覃最去照顾人。

覃最顶着太阳去接人，覃最去给他拉着行李箱带他去学校，覃最陪他去报名，覃最给他跑上跑下、领东西、铺床，最后胳膊还被划上那么长一条血道子。

"哥？"覃最仔细观察着江初的脸色，喊了他一声，"真没感觉，我连'不疼'这个说法都不好意思用。"

"我知道。"江初一听覃最喊他"哥"，下意识地就软和下来了。

"我不就纳闷吗？师大的床是有多破，是不是床上钢丝支起来了？"他捏了两下覃最的胳膊，控制五官赶紧放松表情，别弄得跟多不高兴一样。

梁小佳跟覃最是从小就认识的朋友，就像他和大奔一样，这么些年一直就有属于他们的相处模式。

覃最就是会照顾梁小佳，江初就是会年年给大奔的媳妇儿挑礼物。

"什么为什么？你剐个半米长的血道子我还得高兴啊？"江初憋了半天憋出一句。

"你也真说得出半米。"覃最被他逗笑了，扣着食指和拇指比了两下，"最多也就二十厘米。"

"哦，二十厘米，你一条胳膊才几十厘米。"江初不想跟他说这个，说不明白。

他起身去茶几前拿烟盒，弹了根烟咬在嘴里，往沙发正中间大马金刀地一坐，捞过遥控器冲着电视一连串地摁。

屋子里一时间没人说话，只有电视发出的动静。

覃最靠在椅背上看了江初一会儿，起身走了过去。

江初一动不动地霸占着正中间的位置，没让座的意思。

覃最从上往下地看着他，笑了一下，也没硬挤着江初坐，非常嚣张地直接靠着扶手躺倒，还把腿架在江初的肚子上。

"一晚上没回来，你长本事了，是吧？"江初转脸瞪着覃最，完全没想到覃最还敢直接上腿了，肚子被压得猝不及防，他张嘴说话的时候烟差点儿掉下去，"腿拿开！"

"你直接把我掀地上不就行了？"覃最在背后垫了个靠枕，目光里带点儿挑衅的意思，舒舒服服地看着江初。

江初正想着是得揍一顿了，再不揍要上天了，覃最突然又喊了声"哥"，问他："我昨天没在家过夜，你是不是不舒服了？"

"你是个枕头啊，你不在我还睡不舒服了？"江初想也没想，张嘴就还回去，还往覃最的小腿上抽了一巴掌，"我卸腿了啊。"

"我一晚上不在你就不舒服，"覃最没搭理，盯着他继续说，"那我以后考去别的地方上大学，你能舍得吗？"

江初要卸腿的手停了一瞬，放在覃最的小腿上没动。

这个问题江初不是没想过，他是没"真的"想过。

就跟他心里知道自己早晚得结婚，却没真的去想过怎么结、跟谁结、婚后生活会如何一样。他总觉得反正事情还没到眼前，就不需要急着去考虑。

估计也是因为覃最昨天晚上没在家，现在他突然一提，江初随之就产生了一种近在眼前的真实感。

梁小佳都拖着行李来了，覃最带着通知书走的日子还会远吗？

而且覃最要是真按计划考上了八年的本、硕、博连读，人生的小十年都过去了，估计头两年还能想着他，后面就连放假都懒得回家了。

江初既想他赶紧成长，能够独当一面，又觉得他还是慢一点儿长大吧。

江初忽然就有些理解了老杜那天在温泉里说的话。

"那能舍得吗？天天就问点儿废话。"别的情绪都被取代了，江初搓了搓覃最的腿，"到时候你生日也不能在家过了。"

他微微眯缝着眼，出神地看着电视，不由得开始想象到时候送覃最去上大学，得准备些什么东西。

他看电视，覃最在沙发窝里撑着腮，就这么看着江初。

江初刚才冲他发火，覃最其实挺高兴的，心里明白江初不是冲他，是冲梁小佳。

他也知道江初舍不得，江初是真的对他好。

这一年覃最的生日正好赶上周三，前不着村后不着店的，该上学的上学该上班的上班。

覃舒曼主动给覃最打了通电话，祝他生日快乐，问他有什么想要的东西，倒是没再提吃饭的事。

覃最在江初这儿什么也不缺，也不想过生日，礼貌地跟她道了谢，于是覃舒曼给他往卡里打了六万块钱。

江初下班后直接去给覃最买了身衣服。

在给男孩儿买礼物这方面他还是挺糙的，毕竟他也没正经给哪个男的买过礼物，大奔和方子他们过生日都是想起来了去吃一顿，想不起来拉倒，真要表达心意那就是发钱。

去年为了安慰覃最，江初专门费心思地去给他做了个蛋糕，这年覃最没被"覃醉"刺激着，不用哄，江初连蛋糕都懒得买。

反倒是大奔看不下去了，去蛋糕房给覃最买了个现成的蛋糕，还让店员在贺卡上专门强调一下"你奔哥"，得意地说："你这哥当得可太好了，去年还送点儿实用的东西，今年连个蛋糕都不给吃。我看也不用等明年高考，到年底你这爱就消失得差不多了。"

"衣服不实用吗？"江初乐了。

"那你得看什么年龄、什么阶段。"大奔一本正经地胡说八道，"咱们弟弟连个暑假都没有，衣服还真不怎么实用。"

"覃最要知道你这么设身处地地为他考虑，将来都得给你养老。"江初点了点头。

"这话说得，"大奔肚皮上的肉直抖，"那他奔哥说什么都得给他鸟枪换炮，升级一下。"

江初笑着把蛋糕放在车后排座位上，去接覃最放学。

二十七中在高三开学后全面收紧，覃最现在每天比平时早走十五分钟，晚上也多加了一节课。

平时他自己打车回来，今天江初想着生日不过了，好歹带他找个不错的店吃吃饭，正好把梁小佳也叫上。

上回覃最跟他说梁小佳想请他吃饭，江初听了都有些不好意思，小孩儿挺有心的，他这么大个人了还老在心里给人挑刺儿。

不过这周师大开始军训了，梁小佳过不来，覃最也没愿意。他现在回到家就是学习，嫌出去吃饭耽误时间。

江初就只能踩着放学的点过去等着接人，努力多表现点儿当哥的对弟弟生日的诚意与重视程度。

今天覃最出来时身边就一个人，不是陆瑶和高夏，走到车前了江初才发现竟然是杜苗苗，这孩子瘦了一圈，他差点儿没认出来。

杜苗苗不仅瘦了，情绪也不太高，平时那个眼珠滴溜溜转的机灵劲儿都没了，眼皮又红又肿，眼眶底下挂着黑眼圈，眼里还有一圈红血丝，也不知道是熬夜了还是哭过。

"还是头一回见你们一块儿出来。"江初看一眼覃最，覃最朝他很轻地摇了一下头，他就没问杜苗苗怎么了，"上车吧，顺路送你回家。"

"不用，我叫过车了。"杜苗苗摇摇头，没跟江初多说别的，直接道别就转身走了。

"他怎么了？"江初问。

覃最看着杜苗苗的背影没说话，上车坐稳后才开口："没什么，心情不好。"

江初转头看了他一眼。

什么心情不好到覃最跟他也不能说？两个人又有小秘密了？

"不是因为什么违法乱纪的事吧？"江初认真地问，"他网贷了？"

杜苗苗的状态明显不太对，要是他又跟他叔吵架了就算了，要是因为别的事，自己必须得跟老杜说一声。

"没有，"覃最都被他说笑了，"你怎么那么能想？"

扭头看见车里的蛋糕，他直接把话题岔开："还是买蛋糕了？"

"大奔给你买的。"江初朝后视镜里装衣服的纸袋抬了抬下巴,"还嫌我只给你买衣服,一点儿也不疼你。"

"疼,谁说不疼?"覃最拽过袋子往里看,"你就是扯二尺布给我我都高兴。"

"高夏他们今天怎么没跟你一块儿出来?"江初问。

"陆瑶不舒服,高夏送她回家了。"覃最说。

江初"哟"一声笑了:"陆瑶不追着你玩了?"

覃最看他一眼:"你怎么看着这么高兴?"

"替陆瑶高兴啊,挺好的小姑娘。"

"唉。"覃最笑笑,配合着叹了口气。

"错过女神的下场就是女神永远不缺人,"江初逗他,"记住这个教训,小最哥。"

回到家收拾收拾洗完澡,等两个人把小菜摆好,把蛋糕点上蜡烛,已经快十一点了。

"你这生日都快过去了。"江初打开一瓶啤酒,"生日快乐,小狗。"

"你能喝吗?"覃最对江初那酒量永远保持警惕,怕他明天再睡过头。

"一瓶啤酒不至于。"江初觉得自己的酒量提升了一点儿,白酒还是不行,啤酒喝一瓶基本上可以当饮料。

覃最夹了粒花生米在嘴里嚼着,看着江初没说话。

大奔挑的蛋糕太甜了,江初嫌腻没吃,戳了一叉子奶油意思意思。

覃最也没吃多少,桌上的小菜基本没动,只把盘子里的蛋糕消灭完了。

"我去刷题,你早点儿睡,桌上的东西吃完搁着就行,我写完了出来收拾。"他起身往自己屋里走去。

覃最走到门口时，又停下脚步顿了顿："谢谢哥。"

江初"啊"地应声，都没来得及抬手往他的脑袋上揉一把，覃最已经进屋了。

江初把客厅收拾完，把筷子和碗也刷了，洗漱完回卧室前，还去看了看周腾的碗里有没有粮和水。

他如常地该干吗干吗，直到关了灯躺在床上，脑子仍停不下来地一直在乱转，转出覃最抽过的那些风，感官像是在黑洞洞的卧室里被放大了。